霸妻追夫

下

文創
風
735

踏枝
著

目錄

第二十九章

當喬秀蘭的小金庫攢到七百塊錢的時候，已來到臘月。

趙長青的生意步入軌道，再也不需要她每天早起做滷肉了，於是喬秀蘭就開始做起肉餅。

精白麵做的酥脆餅皮，泛著誘人的金黃色光澤，裡頭的肉鮮香可口，塞得滿滿的，一口咬下去還會爆出肉汁。

更難得的是，一到冬日，善水發揮出更大的效用。只要吃上一個肉餅，渾身都會暖洋洋的，任北風再吹，一點也不會覺得手冷、腳冷。

家家戶戶在年前都會改善伙食，或是買點好東西去走親訪友，所以小吃的銷量特別好。一個大鍋裡可以烘上幾十個肉餅，喬秀蘭每天做兩鍋，就算這樣，肉餅還是不夠賣。

喬秀蘭知道黑市的生意做不長久，再過不到一年的時間，她就該勸二哥和趙長青收手了。因此她不想放過這個賺錢的好機會，不只是晚上，就連白天她都會去趙長青家裡繼續做小吃。

他家雖然看起來還是很破敗，但自從添了被褥和熱水瓶等許多嶄新的生活用品，灶房裡也有一些餘糧後，總算有點家的氣息了。

小石頭已經喝了幾個月的善水，不再整天只知道玩，還學會說許多話。他最先學會的就是喊「奶奶」，然後是喊「爸爸」和「姨姨」。

現在小石頭雖然有時候看起來還是呆呆的，但和普通孩子的差別已經不大了。

冬日裡，小石頭穿著一件半新不舊的藏藍色大棉襖，下面配一條小棉褲，還戴了棉手套。這一身行頭都是李翠娥用孫子們小時候的衣服和褲子改的，看起來可愛極了。

喬秀蘭時不時過去，小石頭很乖巧，也不到處亂跑，就待在家裡等著她，還會在她旁邊打下手。她每回去趙長青家，中途都得回家吃午飯，就讓小石頭幫忙看火，他也真的就乖乖地守著，從來沒有偷吃過她做的吃食。

喬建國託人買了一輛自行車，就放在趙長青家裡，趙長青每天一大清早要到喬家取吃食的時候再推過來，然後兩人騎車去城裡，比之前的效率高上許多。

就這樣忙活到年底，喬秀蘭又掙了快三百塊，而喬建國和趙長青賺的則比她更多。

三個人不約而同地發愁，這些錢到底該怎麼花出去呢？

手裡有了錢，自然得先改善自家的生活。

喬建國和喬秀蘭雖然都在補貼家裡，但又不能被家人發現，他們也只能偷偷在灶房裡補充一點白麵和糧食。畢竟李翠娥雖然心大，但也不是傻子，所以他們能補充的量十分有限，一個月最多買上幾十塊錢的東西，不能再多了。

這天喬秀蘭剛準備趁著下午的工夫溜出去，就看到自家大哥突然回來。

喬建軍身為大隊長，向來是以身作則，每天勤勤懇懇地幹活。可今天還沒到下工時間，他卻突然回來，而且還不是一個人回來，和他一起回來的，還有一個皮膚很黑的高瘦青年。

這個青年，喬秀蘭認識，叫錢奮鬥，是黑瞎溝屯裡有名的紅小兵。

喬秀蘭沒和他說過話，但他從前經常找趙長青的麻煩，她就把這個人記住了。

喬建軍和錢奮鬥一進堂屋，就問他說：「你剛才的話是什麼意思？具體給我說說。」

錢奮鬥為難地看了在堂屋裡掃地的喬秀蘭一眼。

喬建軍拍了拍他的肩，說：「這是我的親妹子，你若不相信她，就是不相信我這個大隊長。」

「我哪裡敢不相信您啊。」錢奮鬥討好地笑著，一點也沒有從前欺負趙長青時的盛氣凌人。

喬秀蘭也不想和錢奮鬥待在同一個屋子裡，便轉身走去灶房，反正灶房跟堂屋就隔著一道牆，也不妨礙她偷聽他們說話。

堂屋裡，只剩下喬建軍和錢奮鬥兩個人。

錢奮鬥急不可耐地開口說：「隊長，我在縣城裡看到趙長青了。他現在不用在屯子裡勞動，就每天在縣城裡偷雞摸狗，做一些見不得人的勾當。」

自從上次趙長青在大庭廣眾之下痛打他，兩人之間的梁子就結得更大了。

錢奮鬥在炕上養了快半個月才能下地，而且因為被趙長青打掉門牙，他到現在還一直被人嘲笑，所以他卯足勁地要找趙長青的麻煩。

可趙長青自從那次被喬建軍處罰不許勞動之後，就不怎麼在田裡出現了。

不勞動就沒工分，沒工分就沒飯吃，錢奮鬥美滋滋地等著看趙長青窮困潦倒。

可等了這麼久，趙長青雖然不勞動，人卻一天比一天精壯，連他家那傻兒子都看起來面色紅潤，變得機靈不少。

這哪裡是窮困潦倒，分明過得更好了！

錢奮鬥心裡不平衡極了，有好長一段時間沒睡好覺。

在他看來，趙長青這種戴著「帽子」的人就是低人一等，只能吃不飽、穿不暖，怎麼能過得這般春風得意呢？所以他時不時在趙長青家附近閒逛，就等著捉住趙長青的錯處。

可他等啊等，除了瞧見晚上才回家的趙長青，白日裡根本沒發現趙長青的身影，也不知道趙長青是什麼時候出門的。

除此之外，他只看到喬秀蘭時不時去趙長青家看小石頭，不過小石頭和喬家的淵源，那是整個屯子裡的人都知道的，倒說不出有什麼錯處，而且他也不敢把歪腦筋動到隊長的妹妹身上。

終於皇天不負苦心人，錢奮鬥今天進城，恰巧在供銷社裡撞見趙長青。

趙長青沒發現他，正拿著錢在買東西。

麥乳精、蜂蜜、糕點、水果糖……他眼看著趙長青買了一大堆東西，一雙大手提得滿滿當當的。

雖然在年前忙著採買的城裡人當中，趙長青的行為並不起眼，但身為農村人的錢奮鬥卻被嚇到了。

他活了快二十年，也沒吃過這麼多好東西啊！這個趙長青卻連眼睛也不眨地就付了錢，一點都不心疼的樣子。

趙長青都不去田裡勞動了，哪來的這麼多錢？這個趙長青肯定沒幹好事！

但他上次被趙長青打得太狠，現在趙長青的身板又更加壯實，他不敢貿然上前，只能趕緊回黑瞎溝屯，一狀告到喬建軍面前。

喬建軍剛才在田裡聽他說了趙長青的事，想著趙長青也不容易，就沒有在人前細說，而是把錢奮鬥帶回家裡說話。

如今聽錢奮鬥說完他在縣城裡看到的一切，喬建軍的眉頭不禁緊緊地皺起來。

關於趙長青的家庭條件，整個屯子裡的人都清楚，那真是窮到不能再窮，怎麼會幾個月不見，就突然財大氣粗起來？

難道說……真像錢奮鬥說的那樣？

「隊長，您相信我，我真沒瞎說。您要不信，現在就可以跟我去趙長青家裡，他買完東西肯定得拿回家，咱們去看看有沒有，就知道我說的是不是真的了。」錢奮鬥提議道。

捉賊捉贓，喬建軍也不想冤枉趙長青，就點點頭說：「行，咱們一會兒過去看看。」

喬秀蘭在灶房裡聽著，已經嚇出一身冷汗。

他們只要去了趙長青家裡，根本不用看他是否有買東西回來，光瞧見他灶房裡的那些糧食和米麵，就會知道不對勁了。

趁著喬建軍和錢奮鬥還在堂屋裡說話，喬秀蘭趕緊從後門溜出去，飛快地往趙長青家跑去。

喬秀蘭用平生最快的速度，跑進趙長青家裡。

小石頭正蹲在家門口搭石頭玩，看到她過來，先是歡快地叫了一聲「姨姨」，然後便拿起石塊，要她陪他一起玩。

喬秀蘭蹲在他身前，急急忙忙地說：「快去村口等你爸爸，讓你爸爸千萬別帶任何東西回來！」一時間有限，她不知道小石頭能不能聽懂自己說的話，只能飛快地說：「這是很緊要的事情，小石頭一定要幫姨姨的忙，好不好？」

小石頭點點頭，也不知道聽懂了幾句，扔下手裡的石塊就跑出家門。

喬秀蘭轉身進到灶房，把白麵、大米和糧食一股腦兒地往自己的空間裡塞。塞完以後，她又跑到臥房，打開櫃子，把新買的棉被和布料一併塞進空間裡。不算特別大的空間，立刻就被她塞滿了。

好在趙長青雖然掙了錢，但還算低調，家裡其他地方並沒有什麼新買的東西。喬秀蘭這麼想著，猛然想到她二哥的自行車還在這裡呢！
空間已經被她塞滿，絕對無法再放下一輛自行車，只能先推走了。
她剛到後院把自行車推出趙長青家，迎面就遇上她大哥和錢奮鬥。
「喬同志怎麼在這裡？」錢奮鬥神色古怪地看著她，心想難道她是來報信的？
喬秀蘭的額頭冒著汗，她盡可能讓自己顯得鎮定，不大高興地看著他說：「你和我大哥在說話，又不想讓我聽，我就出來玩了。怎麼，我去哪裡還要經過你同意？」
她這般理直氣壯，錢奮鬥反而不好說什麼了。
喬建軍也有些狐疑地打量著她。自家小妹是不會騎自行車的，而且自行車可是稀罕物，也就知青那邊才有一輛。
不過有外人在場，喬建軍也沒說什麼，反而幫她打圓場說：「妳要學騎車，大哥是不反對，但千萬得小心點。」
喬秀蘭嘿嘿一笑，裝傻道：「大哥，你怎麼也來長青哥家了？我來是想讓小石頭看我騎車的，不過找了一圈都沒看到小石頭，也不知道他又跑到哪裡去玩了。」
喬建軍點點頭，說：「我有事來找長青談談。」
錢奮鬥看他們兄妹倆還在說話，心裡不禁急躁起來。他覺得喬秀蘭不會無緣無故地出現在這裡，要是再拖下去，說不定什麼證據都被藏起來了。
「隊長，我先進去看看。」說完，錢奮鬥就急急地跨進趙家大門。

趙長青家總共有三間屋子，堂屋裡就放著一張破破爛爛的八仙桌和兩條長凳。於是錢奮鬥轉身去了臥房，發現裡頭只有一條放在炕上的被子和一些半新不舊的衣裳，他便又鑽進灶房。灶臺上很乾淨，除了幾個裝在大碗裡的玉米麵饃饃，空無一物。最後他連後院的茅房也沒放過，捏著鼻子進去看了一圈，仍舊是一無所獲。

不論從哪裡看，趙長青家還是從前那個破敗又窮困的家。

喬建軍就跟在他後頭，眉頭皺得越來越厲害。「你確定趙長青真的賺大錢了？」

錢奮鬥急得出汗，搔了搔腦袋，說：「隊長，您先別急，他一定是把好東西全都藏起來了！咱們不急，且等他回來。」一跑得了和尚跑不了廟，趙長青在城裡買了那麼多奢侈品，肯定得拿回家。

錢奮鬥還特地留了個心眼，緊緊地看住喬秀蘭，生怕她去外頭通風報信。

三人就這麼在趙長青的家門口等著。

喬秀蘭表面上看起來若無其事，心裡卻是七上八下的。

也不知道小石頭有沒有通知到趙長青？若趙長青真的提著一堆東西回來，那可是怎麼說也說不清了！

大概過了快二十分鐘，只見趙長青和小石頭手牽著手回來了。

趙長青手裡只提著一塊巴掌大小的肉，喬秀蘭瞧見，立刻鬆了一口氣。

「大隊長，你們怎麼來了？」趙長青一臉驚訝地道。

喬建軍怒極反笑，臉色不善地看著錢奮鬥。「我也奇怪，我今天的活兒都還沒做完，好端端地跑來這裡幹什麼？」

錢奮鬥出了一身冷汗，一張臉頓時漲成豬肝色，卻還是梗著脖子說：「趙長青，我看到你在縣城的供銷社買東西了。你說，你哪來的錢？還有你買的那些東西呢？是不是都被你藏起來了？」錢奮鬥說話的語氣，就像是在審問犯人一般。

忽然間，錢奮鬥像是想起什麼，倏地看向小石頭。「是不是你這個小傻子給你爹通風報信了？」

小石頭聽不懂錢奮鬥在問什麼，只是咯咯直笑。

這不用趙長青解釋，根本沒有人相信這個癡傻的孩子，會做出那麼機靈的舉動。

趙長青臉色不變，坦坦蕩蕩地說：「之前喬隊長罰我不許勞動，可我和兒子總不能在家等著餓死，所以我就去城裡找了散工做。馬上要過年了，供銷社老是排著長隊，所以今天我的東家就讓我去幫忙買東西……」他一邊說，一邊提了提手裡的肉。「這就是東家看我事情辦得好，特地賞給我的。」

現在的農民雖然都是集體幹活，但冬天田裡沒什麼事情，為了掙口飯吃，確實有不少人會去城裡做散工，替人跑跑腿、搬搬貨、洗洗衣服之類的。因為不收錢，只是換點東西，也不算違背國家政策。

錢奮鬥紅著眼，瞪大眼睛逼問趙長青。「你替誰家做工？那家人是幹什麼的？你快說清楚！」縣城裡也不會有那般花錢不眨眼的東家，趙長青肯定在說謊。

趙長青雲淡風輕地聳聳肩，說：「我就是做散工，今天做東家，明天做西家的，哪裡說得清楚？再說我也不好打聽東家的家庭狀況。不過我倒是知道今天的那個東家住在哪裡，你想跟我去看看？」

「哼，看就看！要是你敢說謊，我一定會讓你吃不完兜著走。」錢奮鬥說完，便上前拉住趙長青。

「夠了！」喬建軍不耐煩地大喝一聲。

錢奮鬥針對趙長青也不是一天、兩天了，而且之前錢奮鬥還在大庭廣眾之下說趙長青和喬秀蘭的閒話，喬建軍本來就不大喜歡這個人。

今天錢奮鬥來告狀，喬建軍肯聽錢奮鬥說話，還特地跑一趟，到趙長青家裡來驗證，已經算得上是大公無私了。

可趙長青家裡並沒有什麼新買的東西，他也沒有帶回錢奮鬥說的那堆奢侈品，態度又十分自然坦蕩。更何況小石頭是個傻孩子，當然不可能去通風報信。

種種跡象看來，肯定是錢奮鬥對趙長青懷恨在心，才會聽風就是雨，根本沒了解實際情況如何，就跑來告狀。

「我回去了。以後這種不確定的事，別來和我說。」喬建軍不悅地看了錢奮鬥一眼，自顧自地走了。

喬秀蘭正拉著小石頭說話，好像她真的只是來找小石頭一樣。

趙長青收起臉上的和善，惡狠狠地瞪向錢奮鬥，他握緊拳頭，咬牙切齒地說：「你敢跟蹤我是吧？敢打小報告是吧？」

他的眼神惡狠狠的，像野狼一般，錢奮鬥立馬被嚇得腿軟，哆哆嗦嗦地向喬秀蘭求救。「喬同志，妳聽聽，趙長青在威脅我。」

喬秀蘭一臉迷茫地看了看錢奮鬥。「什麼？我怎麼沒聽到他說話？」

趙長青捏著拳頭，一步步靠近錢奮鬥。

錢奮鬥趕緊撒腿就跑，因為太過緊張，還摔了個狗吃屎。

趙長青輕嗤一聲，看錢奮鬥已然跑遠，才折了回來。

喬秀蘭終於不用再裝作鎮定，她拍了拍胸脯，擦著汗說：「幸好趕上了，剛剛可真是嚇死我了。」

趙長青感動地捏了捏她的手。「難為妳了。」

「你在縣城買的東西呢？藏在外頭了？」喬秀蘭問道。

趙長青笑著說：「放心，我在不顯眼的地方挖了個坑，把那些東西都埋起來了，等半夜我再去挖出來。」

喬秀蘭點點頭，將穿得圓滾滾的小石頭抱在懷裡。「我們小石頭真棒，都能給你爹通風報信了。」
小石頭這會兒不傻笑了，自豪地挺起小胸脯，奶聲奶氣地說：「我棒！」
喬秀蘭響亮地在他的小臉上親了一口，兩人笑成一團。
趙長青也彎了彎唇角，走進屋裡。一進去他就發現不對勁，家裡明顯有人來過。他本以為錢奮鬥只是跟喬建軍等在家門口，沒想到他們居然進了自己家。
他快步走向灶房，然後又去臥房看了看，發現他最近添置的東西都不見了。
錢奮鬥應該是什麼都沒發現，不然剛剛早就揪著他不放了。
喬秀蘭快步跟進來，說：「長青哥，你別擔心，你買的東西都被我早一步收起來了。只有外頭的自行車，我一時找不到地方藏，只好說是我借來騎著玩的，我大哥也沒多問。」
趙長青心裡很不是滋味，倒不是因為錢奮鬥的為難，而是因為喬秀蘭被牽扯進來了。
「妳往後別過來了。」趙長青撤下臉上的笑，十分認真地和喬秀蘭說：「是我做事不小心，才會被錢奮鬥撞見，但妳不該為了我和妳大哥撒謊。咱們屯子裡也就那麼一輛自行車，妳大哥只要隨便去問問，就會知道妳在撒謊。」
「知道就知道唄，大哥不會把我怎麼樣的，你別擔心。」喬秀蘭笑著安撫他，說完就要去牽他的手。
趙長青卻避開了，越發嚴肅地說：「我被人捉到把柄，那是我沒本事，妳真的沒必要摻和，這根本不關妳的事！往後妳別再像這樣幫我了。」

今天是運氣好，喬秀蘭幫他圓了過去。可若是有個閃失，錢奮鬥是紅小兵，肯定不會放過喬秀蘭，說不定鬧開來，連喬建軍這個生產隊長都會受到牽連。

喬家一家子都是安分守己的好人，若是因為他，被套上階級敵人的帽子，那他真是萬死難辭其咎。

喬秀蘭臉上的笑僵住了。「不關我的事？趙長青，你這話是什麼意思？」

她現在雖然說得輕巧，但當時藏東西和說謊的時候，她心裡真是慌得沒邊了，生怕被大哥和錢奮鬥看出什麼貓膩。

她這麼做是為了誰？還不是為了他趙長青！可他現在非但不領她的情，還黑著一張臉教訓她。

委屈的情緒在胸腔裡蔓延，喬秀蘭氣呼呼地看著趙長青。

趙長青只是面無表情地望著她，不再多說一句話。

「好，是我多管閒事。」喬秀蘭跺了跺腳，逕自離開。

她一路快走，直到出了趙長青家，身後忽然傳來凌亂的腳步聲。

還知道要追上來，算你不笨。喬秀蘭的心裡一邊想著，一邊轉過身。結果站在她身後的不是趙長青，而是小石頭。

小石頭拉著她的衣襬，著急地說：「姨姨，不氣。爸爸壞！」

喬秀蘭摸了摸他的髮頂，又看了看趙家門口——趙長青根本沒追出來！

這可把喬秀蘭氣壞了，她抱了小石頭一下，就氣鼓鼓地回家去了。

臘月裡，家裡的活計多，所有房間都要清掃乾淨，還得準備各色年貨。自從那天兩人不歡而散之後，趙長青半夜就再沒來過了，而喬秀蘭替他收在空間裡的東西，他也沒來討要。

每天早上來取貨，他也不多看喬秀蘭一眼，就好像兩人只是普通的同鄉關係一樣。喬秀蘭私下罵他沒心肝、白眼狼，氣得好幾天沒睡好覺。

後來她按捺不住，主動跟喬建國打聽趙長青的近況。可喬建國的回答讓她更生氣了，趙長青不但吃好、睡好，生意還越來越興隆。

接近過年，家人不用再到田裡去，都歇在家裡，喬秀蘭也不方便繼續準備小吃，她跟趙長青的聯繫就這樣徹底斷開了。

第三十章

直到村裡殺年豬，喬秀蘭才在人群裡見到趙長青。

趙長青也看見她了，卻只有神色淡淡地跟她點點頭，算是打過招呼。

村裡今年收成好，養了一整年的豬也格外肥美，足足有好幾百斤，三、五個男人都壓不住。恰巧往年村裡殺豬的兩個大漢，在前兩天一起喝酒，喝醉後打了起來，到現在都還待在家裡養傷。

殺豬的可以拿走豬下水當酬勞，這活兒人人都想幹，卻不是人人都有那個本事。有個青年領了殺豬的活兒，卻挨上肥豬一蹄子，摀著肚子倒在地上。沒經驗的鄉親們都被青年的傷勢嚇到，一時間誰都不敢去碰那把殺豬刀。

趙長青默不作聲地站出來，在喬建軍那裡領了刀。

喬秀蘭看得後背冒汗，生怕他也被豬蹄子踹傷。卻見趙長青脫掉棉襖，只穿著一件粗布背心，一手壓住豬肚子，一手提起刀就朝肥厚的肚皮劃下去。

年豬激昂地慘叫，掙扎得更加劇烈。

趙長青卻不見一絲慌亂，他結結實實地把豬壓住，幫豬放血。不一會兒，豬血已放了一大盆，那隻豬終於沒了聲息。

趙長青出了一身汗，渾身冒著熱氣，一身精肉像是鍍上一層油，看起來格外結實。圍在一旁看熱鬧的那些大姑娘和小媳婦們，眼睛一眨也不眨地黏在他身上，紛紛紅了臉頰。

喬秀蘭跟吃了酸葡萄似地，酸味漸漸泛上喉頭。可在外人看來，她跟趙長青根本是八竿子打不著關係，所以她不能表現出自己的情緒，只能恨恨地瞪向趙長青。

趙長青正在男人堆裡說話，根本沒注意到女人們的反應。等他穿好衣服，其他女人早就移開視線，只有喬秀蘭凶狠地瞪著他，那眼神好像要把他給生吞活剝。

唉，都這麼久了，小姑娘的氣還沒消呢。

那天和喬秀蘭吵架，他心裡也難受，可他不後悔。他怎麼樣都無所謂，只有他放在心尖尖上的小姑娘，絕對不能有一丁點危險。這一點他不會讓步，更不會妥協，所以就沒急著去哄她，想等她氣消後，再和她心平氣和地好好談一談這件事。

這段時間他雖然沒去找喬秀蘭，卻時不時向喬建國打聽喬家的情況。喬建國總說自家小妹最近不知怎麼了，在家成天黑著一張臉，也不說話，任誰哄都不好使。

趙長青就想著再等等吧，小姑娘如今氣不順，還不是談話的時候。於是就這麼過了快半個月，兩人一個想著「等妳氣消，我再和妳好好談」，一個想著「也不知道要來哄哄我」，誰都沒有先去找對方說話。

年豬殺完以後，家家戶戶都能領到肉。

趙長青額外得到一副豬下水，且因為他殺豬的表現出眾，不少人都主動上前跟他說話。

喬秀蘭可不想看他那春風得意的樣子，領完肉就直接回家去了。

等趙長青應付完鄉親，回頭要找她的時候，喬秀蘭早已不見蹤影。

喬秀蘭心情不悅地提著肉回到家裡。

李翠娥快步上前接過肉，用手掂一掂，笑道：「今年的肉真多，能過個好年了。」

喬秀蘭扯出一個僵硬的笑容，應付兩句就鑽回自己屋裡。

喬秀蘭心情不好也不是一日、兩日了，家人都看在眼裡，問她發生什麼事，她又不肯說。這時候看她又躲進房中，李翠娥忍不住和于衛紅說：「蘭花兒也不知道咋了，這段時間天天愁眉苦臉的，真叫人擔心……」

于衛紅想了想，說：「是不是外面又傳出什麼閒話被小妹聽見，所以她心裡難受？」

家人對喬秀蘭是一如既往的好，因此她不高興的原因，只可能是在外頭。

想到鄉親們之前如何說自家閨女的，李翠娥不禁皺眉問：「潘家那孩子回來沒有？」

「媽，您放心，他這兩天該回來了。我已經和潘大娘說好，等她兒子一回來，就讓她兒子上咱家來拜訪。」于衛紅說著，也心急起來。「潘大娘身子不好，不知道她還記不記得，我現在再去她家一趟吧。」

于衛紅剛出門沒多久，喬建軍和趙長青就肩並肩回來了，身後還跟著小石頭。

「長青今兒個怎麼過來了？」李翠娥笑著將趙長青迎進家門。

喬建軍幫他回答說：「長青今天攬下殺豬的活兒，隊裡多分給他一些下水，他說要拿過來孝敬您呢。」

趙長青不動聲色地用眼角餘光在堂屋裡打量一圈，卻沒發現喬秀蘭的身影，於是他收起視線，點頭說：「大娘，過去我一直受到您和大爺的照顧，今年小石頭也是多虧您看顧了好一陣子，您可千萬別跟我客氣。」

豬下水雖然沒有豬肉金貴，但也是難得的好東西。不過處理豬下水很費工夫，要是弄不好，可就難以下口了。李翠娥想著趙長青一個大男人，多半不會處理這種東西，所以也沒跟他客氣，笑著說：「行，那大娘就收下了。等煮好以後，大娘再送一些去給你。」

「長青，別傻站著，快坐。」喬建國熱絡地招呼他坐下，又塞了把瓜子到他手裡。

趙長青自然想跟喬家人打好關係，所以也沒推辭，挨著喬建國坐下了。

冬天裡沒什麼活計，喬家人都閒著，此時男人們坐在堂屋裡，開始聊起天來。

喬建軍主動問起趙長青這段時間過得如何？

其實他事後知道趙長青是因為替喬秀蘭抱不平，才打了錢奮鬥，已經有些後悔罰趙長青罰得那麼重。後來他有心想讓趙長青回生產大隊勞動，但錢奮鬥的家人也是狠角色，接連在他那裡告了半個月的狀，還說他要是不秉公處理，他們就要鬧到縣城的公安局去。

雖然錢奮鬥有錯在先，但趙長青確實下手太重，錢奮鬥傷得可不輕。

喬建軍也難辦，最後只能說兩邊都有不對，讓他們不許找趙長青的麻煩，也說好短時間內不會再讓趙長青回來勞動。

直到上回錢奮鬥又來打小報告，他才知道趙長青在城裡做散工，日子過得很不錯，他心裡的愧疚才消散不少。

「家裡一切都好，喬大哥放心。我現在要養活自己和小石頭，已經完全不成問題，不過若能回來勞動，那當然是最好的。」趙長青客客氣氣地回道。

「那行，等過完年，你只管回來勞動。錢奮鬥要是還敢揪著你不放，我來替你作主。」喬建軍拍拍胸口說。

「那就先謝過喬大哥了。」趙長青一臉放心地笑了笑。

看著趙長青不卑不亢的態度，喬建軍打從心底覺得這個小伙子不錯，可惜趙長青的家庭背景有問題，又撿了個兒子回來，要不然和自家小妹配成一對，還挺合適的。

男人們正說著話，只見于衛紅笑著從外面回來，後頭還跟著一個穿著軍裝的小伙子。

「媽，快出來，潘家小子來了。」

李翠娥正在灶房收拾豬下水，一聽到于衛紅的聲音，連忙擦擦手，快步迎出來。

潘學禮大約二十出頭，理著平頭，膚色偏白，長相只能算普通，但個子高，腰板挺得直直的，看起來很有精神。

「喬大娘。」潘學禮爽朗地叫人，笑著說：「我娘說我不在家的這段時間，您和喬大嫂對她多有照顧，方才咱們村子裡分了肉，我就想著拿一些過來孝敬您。」

李翠娥將他從頭到腳都打量一番，越看越滿意，忙笑著接過肉。「你這孩子太客氣了。快，外頭風大，到屋裡坐。」

潘學禮進屋後，朝喬建軍行了一個端正的軍禮。「喬隊長好！」

喬建軍連忙說：「潘同志別客氣。」又拉過一張靠背竹椅。「請坐、請坐。」

潘學禮道謝後坐下，卻沒有像普通人那樣靠著椅背，他依舊挺著背，坐得筆直。

李翠娥笑呵呵地轉身來到臥房。「蘭花兒，快出來，家裡來客人了。」

喬秀蘭原本倒在炕上，卻硬是被李翠娥拉起來。李翠娥還替她攏了攏頭髮，扯一扯棉襖的褶子，才拉著她出去。

喬秀蘭一進堂屋，就看到了趙長青。她不禁翹起嘴角，但還是強忍住笑意，不冷不熱地說：「長青哥來了啊。」

趙長青一見到她，馬上不由自主地笑起來。

還不等他們說話，李翠娥就扯了扯喬秀蘭的衣襬，介紹道：「這是隔壁村的潘同志，在部隊裡當兵。」

喬秀蘭上輩子並不認識潘學禮，所以只是同他道了聲「你好」。

李翠娥在旁邊急壞了，向潘學禮陪笑道：「潘同志，我家蘭花兒認生，你別見怪。」

喬秀蘭穿著一件大紅色的修身小棉襖，要是換成旁人來穿，多少會有些俗豔。但她五官秀麗，沒有一處瑕疵，皮膚又白嫩得像水煮蛋，那顏色穿在她身上恰到好處，將她襯托得更嬌俏。

潘學禮只是看她一眼，就紅了耳根，不敢再看第二眼，忙說：「沒關係、沒關係。」

喬秀蘭整副心思都在趙長青身上，一點也沒察覺到家人的異常。

但趙長青不同，他自小嘗盡人情冷暖，很早就學會了察言觀色。堂屋裡，李翠娥和于衛紅時不時打量著潘學禮，又默契地對視一笑，他立刻反應過來她們這是在幹什麼……

潘學禮是個當兵的，那身軍裝是他夢寐以求卻求不得的，光是這一點，他就覺得自己比不上潘學禮。

也對，只有這樣優秀的人，才配得上喬秀蘭，他趙長青算什麼？

趙長青覺得難堪極了，站起身就要告辭。

喬建國平時跟人精似地，此時卻也沒瞧出來自家是在相看女婿，便一把將趙長青拉住，說：「走啥呀？一會兒該吃午飯了，你在我家吃過飯再走吧。」

李翠娥看了喬建國一眼，心想這傻兒子啊！不過趙長青難得來一趟，還特地送豬下水過來，確實沒有不留人吃飯的道理。因此李翠娥也說道：「對，長青你留下來吃飯吧，今天大娘烙餅子給你吃。我也挺想小石頭的，一會兒可得和小石頭好好說說話。」

他們都開口留人了，再加上小石頭也不肯走，趙長青只好又坐下來。

于衛紅特地從屋裡拿出一個塑料攢盒放在桌上，裡頭擺滿瓜子、花生和水果糖，是用來招待貴客的最高標準了。

喬秀蘭愛吃零食，在自家也無須客氣，於是她伸手就去拿水果糖給小石頭吃。

李翠娥立刻拍掉她的手，皺眉看她。「妳幹啥？客人還沒動呢。」

喬秀蘭嘟起嘴，一時不明白自家親娘今天怎麼忽然講究起來。

「學禮啊，別客氣。」李翠娥笑咪咪地把攢盒往潘學禮的面前推。

這個時候，堂屋裡除了喬建國和喬秀蘭兩個反應慢的，都偷偷地打量著潘學禮。

潘學禮被看得滿臉通紅，他抓了幾顆花生，又客氣地把攢盒推到桌子中央。「大家一起吃吧。」

于衛紅用手肘推了推喬建軍，喬建軍便與潘學禮攀談起來，問他在部隊辛不辛苦。

談到部隊裡的事情，潘學禮馬上不再害羞，挺直胸膛，語帶自豪地說：「部隊裡的操練辛苦，那是必須的，這一切都是為了國家、為了人民，所以雖然辛苦，但我們這些士兵心裡都很高興。」

「好，是個漢子！」喬建軍由衷地誇讚著，又問起部隊裡的其他事情。

他們說著話，喬秀蘭也插不上嘴，她一邊靠在椅子上剝花生，一邊用眼角餘光偷看趙長青。

趙長青垂著眼睛，既不參與男人們的談話，也不回應她的眼神，不知道在想些什麼。

這榆木疙瘩，看她一眼會死啊？喬秀蘭氣壞了。

「蘭花兒，別傻愣著，跟媽做午飯去。」李翠娥拉起喬秀蘭就往灶房去。

喬秀蘭跟著母親進了灶房，興致不高地問：「今天不是說好吃麵條嗎？」

她一大早就和母親把麵都做好，湯底也提前一天熬好了，吃飯前再把麵條下鍋就行。小菜是蘿蔔乾、醬菜這些入冬前就醃製好的，放在熱湯麵裡也不用加熱。

「這不是剛分了豬肉嗎？咱們做個大菜！」李翠娥切下一大塊豬肉，笑著去洗肉了。

趙長青和小石頭要留下來吃飯，喬秀蘭自然樂意多加一道葷菜。

看著肥瘦相間的豬肉，喬秀蘭打算做紅燒肉。她俐落地把豬肉切成小塊，下鍋焯水。

李翠娥在旁邊笑咪咪地看著閨女幹活。閨女多麻利啊，那潘家小伙子看著也是個好的，這郎才女貌的般配極了。

「媽，您幹啥啊？」喬秀蘭被母親看得背後發毛。

「蘭花兒，媽問妳，妳覺得潘學禮咋樣？」李翠娥急切地問。

喬秀蘭把焯過水的豬肉撈起來，漫不經心地說：「啥咋樣啊？就那樣唄……」說著、說著，她忽然反應過來，倏地轉過身。「媽，您不會是那個意思吧？」

看閨女終於明白過來，李翠娥忙不迭地點頭道：「可不就是那個意思！媽覺得這小伙子真不錯，人看著精神，說話也得體，在部隊裡又能吃苦。雖然家裡窮了點，但媽不看重那些。聽妳大嫂說，他正月十五以後才要回部隊，這段時間你們最好可以多多相處，看能不能趕緊確定下來……」

「媽，您打住！」喬秀蘭無奈地求饒。「他人是不錯，但跟我沒關係啊。」

「怎麼會沒關係？」李翠娥止住笑。「我跟妳說，妳別不上心，過完年就是妳的生日，這都快十八歲的大姑娘了！誰家十八歲的大姑娘還沒個對象？再說了，媽又不是要妳立刻嫁給他，就是想讓你們先相處看看。」

「那也不行！」喬秀蘭果斷拒絕。

「咋不行？妳看不上人家？」李翠娥疑惑道。

這跟潘學禮根本沒關係，是她心裡已經有人了。不過這可不能和母親說，所以喬秀蘭只說：「對，看不上，我不喜歡那樣的。」

「這還看不上？」李翠娥驚訝得直咋舌。「蘭花兒，這樣好的小伙子妳都看不上，那妳喜歡啥樣的？總不會是高義那種……」

「媽！」喬秀蘭不大開心地放下鍋鏟。「您提那個人渣幹麼？」

「好、好，不提、不提。那妳總得跟媽說說，妳喜歡啥樣的。」李翠娥不死心地問。

喬秀蘭咬了咬嘴唇，說：「我喜歡長得好看的，能吃苦、會幹活，腦子還比別人聰明，最重要的還是得對我好，只對我一個人好。」

當然，這個人要是叫趙長青，那就再好不過了。

第三十一章

「男人好看能當飯吃啊？」李翠娥恨鐵不成鋼地看著閨女。「我覺得男人麼，長得精神耐看就行；人家在部隊裡，吃苦肯定是能吃的，幹活也不會比旁人差；這聽明麼，我看他說話和舉止都挺有禮的，應該也是聰明的；至於這對妳好麼，你們今天才第一次見面，人家也來不及表現不是？」

得，她媽居然一條條地把潘學禮安排到她的擇偶標準裡了。

喬秀蘭苦著一張臉，不說話了。

李翠娥將語氣放得極輕緩，還帶著一絲哀求，苦口婆心地勸她。「蘭花兒，媽和妳大嫂不會害妳的，潘家這孩子的品性和條件是真不錯。妳就先和他相處一陣子試試看，行不行啊？」

喬秀蘭也不是鐵石心腸的人，知道家人都是真心實意地關心自己，但是要她跟別人談戀愛，這她怎麼可能辦得到啊！

一道紅燒肉做完，李翠娥嘴都說乾了，喬秀蘭也沒答應下來。

不過李翠娥還是了解閨女的，知道她打小性子執拗，所以也沒再強逼她，只是說：「今天他人都來了，妳就當給媽和妳大嫂一個面子，不許擺臉色行嗎？」

喬秀蘭無奈地嘆口氣。「知道了。」

李翠娥笑呵呵地摸了摸閨女的髮頂，開始燒熱水、下麵條。沒多大會兒工夫，麵條也煮好了。

李翠娥讓媳婦們進來灶房幫忙，幾個女人很快就把麵條和小菜端到飯桌上，喬秀蘭最後才端著紅燒肉走出來。

李翠娥熱情地招呼著潘學禮。「學禮，今天這紅燒肉是你妹子特地為你做的，你可得多吃兩塊。」

潘學禮客氣地回道：「讓妹子特地為我做菜，這怎麼好意思。」

喬秀蘭把紅燒肉放到桌上，乾巴巴地說：「別客氣，你多吃點。」最好快點吃完，快點回去吧。

這哪裡有一點即將過年的歡樂氣氛，分明是修羅場啊！

潘學禮飛快地瞧了她一眼，隨即紅著臉、垂下眼睛，輕聲細語地向她道謝。

此時，喬家人全都盯著潘學禮和喬秀蘭兩人直看，臉上帶著意味不明的笑容。

喬秀蘭尷尬地扯起嘴角，便去幫著她三嫂分筷子了。

筷子分到趙長青手裡時，趙長青默不作聲地接過去。如果說喬秀蘭只是尷尬的話，那趙長青心裡則是難受得發疼。

喬秀蘭知道趙長青心裡多半不好受，只是現在也沒機會解釋，只能招呼道：「長青哥，多吃點，別客氣。」

小石頭靠在趙長青的膝上，有些不明白為什麼爸爸和姨姨之間會變得如此生分。於是他看了看喬秀蘭，又看了看趙長青，突然對著喬秀蘭清清脆脆地喊了一聲。「媽媽！」

這突如其來的一聲「媽媽」，讓本來熱鬧非凡的飯桌上，突然安靜下來。

小石頭倏地明白自己說錯話了，嚇得趕緊往趙長青身後躲。

這孩子學會說話，也就這幾個月的事情，到現在連說一整句話都還很吃力，怎麼會無緣無故地把喬秀蘭喊作「媽媽」？

難道說閨女和趙長青……李翠娥的臉立刻沈下來。

喬秀蘭的面上倒是一點也不見慌張或不悅，別人不知道為什麼，但她知道啊！

她之前時不時去趙長青家裡做吃食，小石頭每次都會跟在她後頭。有一回小石頭問她，為什麼別人家裡都有爸爸和媽媽，自己家卻只有爸爸？

天底下哪有小孩不想要母親的？喬秀蘭心疼極了，就和小石頭說雖然他沒有媽媽，但是有她照顧他、喜歡他，他要是想媽媽了，也可以喊她媽媽啊。

小石頭私下喊過她幾回，沒承想今天居然在人前喊出來。

飯桌上的氣氛，頓時變得十分尷尬。

趙長青的臉色不大好看，沈著臉把小石頭從身後拉出來，很認真地跟他說：「你該叫姨姨或者姨娘。爸爸和你說過多少回了，不能看到好看的姨姨就喊『媽媽』。」

小石頭被趙長青這一訓，立馬低下頭，他絞著手指，不說話了。

趙長青對眾人歉然一笑，說：「這孩子打小沒娘，學說話又學得晚，老是糊裡糊塗地亂叫人，讓你們笑話了。」

李翠娥尷尬地笑了笑，忙說：「不打緊、不打緊，小石頭還小，不懂事，這我們都知道，不怪他。」

喬家人都知道小石頭的智力不如一般小孩，因此只當是玩笑話，聽聽就算了，並沒有放在心上。

可潘學禮並不知道趙長青父子和喬家人的關係，心裡盤算著難道喬家姑娘和這個姓趙的私下裡關係親密？不然人家兒子也不會管她喊「媽媽」。再說，喬秀蘭也沒有表現出任何不悅的神色……

接下來的時間裡，潘學禮都表現得有些不自在。

潘學禮不自在了，喬秀蘭的心情反而好了。

看來，今天這場相親已經算是黃了一半。

吃過午飯，趙長青便帶著小石頭告辭。

潘學禮也沒在喬家多待，又寒暄幾句後，就離開了。

李翠娥懊惱極了，好好的一場相看，竟被小石頭的童言童語給攪和了，而且還讓人無從解釋……

不過，李翠娥還是很喜歡小石頭，也知道他不是有心的，所以不會去責怪他什麼，只是覺得太不湊巧了。

喬秀蘭收拾好碗筷，就開開心心地躺在炕上，準備睡午覺。

李翠娥看她這沒心沒肺的樣子，更是氣不打一處來，問她說：「是不是妳亂教小石頭說話的？」

喬秀蘭大大方方地承認道：「是啊，小石頭問我為啥人家都有媽媽，就他沒有，我就讓他私下裡想媽媽的時候，可以這麼喊我。」

「妳啊。」李翠娥用手指直戳她的腦門。「妳這丫頭咋這麼拎不清？妳還是個沒成家的大姑娘，要是被人家聽見，妳還要不要嫁人了？」

喬秀蘭笑嘻嘻地任由母親戳，她一邊笑，還一邊鑽進李翠娥的懷裡。「我本來就不想嫁人嘛。咱們家的日子這麼舒坦，又不缺我一口飯吃，您幹麼這麼急著讓我去別人家？」

面對撒嬌的閨女，李翠娥一肚子的火來得快，去得更快。

李翠娥無奈地拍著喬秀蘭的後背，語重心長地說：「傻丫頭，妳的人生才剛剛開始，但媽已經老了，總有走的一天，還能看顧妳一輩子不成？妳現在不想嫁人，若再過個幾年，可就來不及咯！」

「那不還有哥哥們嘛。」喬秀蘭嘟囔著。「再說我有手有腳，也不用靠哥哥們養活，就只是住在一起，難道他們還能不願意了？再說大嫂可是把我當女兒般疼愛，有大嫂當家的話，我才不會被苛待呢。」

「妳真傻。媽走了，妳姪子們也都大了，是要娶媳婦的。就算妳哥哥、嫂嫂們不說妳，難道妳那些姪媳婦還願意和妳這個姑姑住在一起？」李翠娥嘆了口氣。

她們母女倆說著體己話，卻不知道四個小子正在外頭偷聽牆腳。

他們雖然年紀還小，但都很早就懂事了。

今天吃飯的時候，他們就發現奶奶格外熱情，可小姑卻顯得有些悶悶不樂。他們也不知道發生了什麼事，只覺得大人們有什麼事情瞞著他們，便過來偷聽了。

李翠娥說到這裡的時候，最沈不住氣的喬福明立馬推門進來說：「奶奶，我們不會要那種媳婦的！」

這孩子像足了喬秀蘭的三哥，平時悶不吭聲的，話最少，心眼卻是最實誠。

其他三個小子索性也不躲了，全都跟著一起跑進屋裡。

「就是啊！奶奶，小姑不想離開咱們家，您幹麼逼她呀？」

「等過兩年，我們都長大了，就可以照顧小姑了嘛。」

姪子們跟喬秀蘭的年紀都相差不多，打小就沒什麼隔閡，猛地聽喬秀蘭說要離開家裡，心裡都很捨不得。

「你們這是又在添什麼亂哪。」李翠娥頭疼地揮手趕他們。「你們這些小孩子家家都知道什麼啊？快去別處玩。」

好不容易趕走那四隻猴小子，她們母女倆才能繼續好好說話。

喬秀蘭窩在母親的懷裡，問她說：「媽，您覺得長青哥咋樣？」

李翠娥可不遲鈍，早就看出閨女對趙長青非同一般了。

李翠娥立馬正了臉色，說：「蘭花兒，媽跟妳認真地說，長青是個好青年，哪方面都很好，即便他還帶著小石頭，媽也覺得他們父子兩個都很討人喜歡。但他的家庭背景擺在那裡，這幾年國家對他們是沒有從前那般嚴苛了，但媽經歷過那個時期，可真是……就算到了現在，妳看錢奮鬥那幾個紅小兵，還不是有事沒事就去找長青的麻煩。妳大哥雖然能幫長青說上兩句公道話，但私底下這樣的事情多得是，怎麼管也管不過來的。蘭花兒，媽是真的不希望妳過上那種日子。」

喬秀蘭說不出話了，因為母親是真心為她打算。她雖然知道往後趙長青的家庭背景不再是問題，可母親不知道，母親一直害怕六幾年的風波會持續下去，當然不可能同意她和趙長青在一起。

母女兩個都沈默下來，最後李翠娥悠悠地嘆了口氣，拍著她的肩膀說：「媽都是為了妳好，妳往後會明白的。」

喬秀蘭也跟著嘆氣，心想時間要是能過得再快一些就好了。只要再過個三、四年，那些如今擺在眼前的問題，就都不是問題了。

喬秀蘭去午睡後，李翠娥就走出房間，找于衛紅商量去了。

她們心裡對潘學禮都是十分喜愛的，自然不可能因為今天飯桌上的一段小插曲，就弄僵與潘家的關係。

婆媳倆合計了下，便帶著一些年貨，特地來到潘家回禮。

潘家家徒四壁，而且因為潘學禮長年待在部隊，他年邁病重的老母親一個人在家，許多事無法料理，所以大門都是破洞漏風的，屋頂的瓦片斑駁，院子裡雜草叢生，簡直沒有一塊能下腳的地方。

整個家非但沒有一絲年味，還透出一股蕭條冷清的感覺。

李翠娥雖然是第一次來到潘家，但于衛紅之前早就把潘家的情況都跟她說了，因此她倒不是很介意。

她們倆在門口喊了一聲，潘學禮立刻從屋裡走出來。他已經脫掉一身軍裝，穿著一件縫滿補丁的黑色襖子。

猛地看到來人是喬家人，潘學禮先是愣了一下，隨後馬上扯了扯身上的襖子，快步迎出來。「喬大娘和喬大嫂咋突然過來了？」

于衛紅笑著說：「你今兒個不是提了好些豬肉過來嗎？雖然我們來看過你媽幾回，但也不至於收那麼貴重的禮。我和你大娘想著你剛從部隊回來，也不知道家裡的年貨準備得怎麼樣了，就拿了一些東西過來。」

李翠娥和于衛紅帶來春聯、鞭炮和一些瓜子、花生等零碎東西，價值雖然沒有那幾斤豬肉貴重，卻是送禮送到了點子上。

潘學禮剛拿到部隊的津貼，準備回來過個像樣的年。可他放假太晚，再不到幾天就是過年，供銷社的年貨都賣得差不多了，他有錢也沒地方買。

「真是多謝喬大娘和喬大嫂了。」潘學禮感激地從她們手裡接過東西，趕緊將她們請進屋裡。

潘家的堂屋裡就一張桌子和兩條長凳，地板還是泥土地，看起來有些髒兮兮的。

坐下之後，李翠娥朝于衛紅遞了個眼色，于衛紅就開口說道：「今天的事你別放在心上。我家小妹心腸最軟，看小石頭沒了娘，所以格外心疼那孩子一些。那孩子學說話晚，也不大懂事，所以才鬧出那麼個笑話。」

潘學禮笑著點頭。「我都知道的。」

他從喬家出來後，就找人打聽了喬家和趙家父子的關係，已經知道是自己誤會了。

本以為因著這樁誤會，今天的相看算是黃了，沒想到喬家人還特地過來解釋，那應該是對他很滿意了！

想起喬秀蘭那嬌俏又能幹的模樣，潘學禮的心瞬間滾燙起來。

他笑著幫李翠娥和于衛紅各倒了杯熱水，又覺得有些寒磣，特地回屋裡去拿茶葉。

「學禮，誰來了啊？」潘大娘從房裡顫巍巍地走出來。

潘大娘和李翠娥差不多年歲，卻身形佝僂，孱弱矮小，臉色青白，眼眶都瘦得凹陷進去了。

這還好是青天白日的，若是在夜裡見著，小孩子都要被嚇哭。

李翠娥倒是沒想到潘大娘看起來會這麼可怖，她有些驚愕地看向于衛紅。

于衛紅也很吃驚，雖然自己來過潘家幾回，但每回潘大娘都是躺在床上休息，並沒有起身。再加上潘大娘的臥房坐向不好，即使在白天，整間臥房也昏昏暗暗的，自己還真沒看清過潘大娘的真容。

第三十二章

此時，喬秀蘭也跟了過來。

她小睡片刻起來，見母親和大嫂不在家，就猜她們肯定去潘家了。

雖然母親和大嫂乃一番好意，但她心裡已經有了趙長青，所以絕對不能讓她們順利地相看女婿。因此她連忙一路打聽過來，準備要搗亂。

「娘和大嫂怎麼不等等我？」喬秀蘭言笑晏晏地走進潘家大門。

「我跟妳大嫂是來回禮的，妳咋跟過來了？」李翠娥一看到喬秀蘭，連忙對她使眼色，生怕她又鬧出什麼么蛾子。

「我就跟過來看看嘛。」喬秀蘭朝母親努努嘴，撒嬌道：「我不能來嗎？」

李翠娥看她這模樣，就知道她「不安好心」，要不是在外人面前，自己的手指早就戳上她的腦門了。

還不等李翠娥回答，拿茶葉出來的潘學禮已搶著道：「能來、能來，喬家妹子快請坐，我給妳泡茶去。」

喬秀蘭俏生生地往自家一站，他只覺得這個破破爛爛的家頓時變得光亮起來，有個詞叫「蓬華生輝」，用在這裡真是再恰當不過了。

潘學禮殷勤地搬了椅子給喬秀蘭坐，還先拿布替她擦了擦椅面，然後他才端著茶壺，快步走去灶房燒水。

他這討好的舉動，全被李翠娥和于衛紅看在眼裡，兩人對視一笑，都很滿意。

喬秀蘭在旁邊笑盈盈地看著他忙進忙出，眼角餘光卻落在潘大娘身上。

果然和她想的差不多。這位潘大娘早年喪夫，含辛茹苦地把兒子撫養成人，到潘大娘這個年紀，兒子可以說是潘大娘此生唯一的支柱了。因此當看到潘學禮對她態度殷勤的時候，潘大娘的臉上不見欣喜，反而還沈下臉色。

潘大娘心裡正覺得奇怪。之前于衛紅主動上門，提出要讓兩家孩子相看，那時候潘大娘向同村人打聽過，都說喬家家境殷實，但喬家小妹卻是個彪悍的，之前還把他們村裡一個男知青打得都不能見人。

於是，潘大娘就以為喬秀蘭是個粗壯有力的老姑娘。這種姑娘好啊，能幹活，還會服侍人，就算兒子回部隊去了，她一個人也能支撐門庭。再說彪悍些才好呢，兒子是當兵的，喬秀蘭也欺負不到他頭上去；相反地，兒子不在家的時候，也不用擔心有什麼心懷不軌的男人找上門來。

可眼前的喬秀蘭，生得嬌滴滴又水嫩嫩，一副十指不沾陽春水的模樣。這要是嫁過來，是她服侍兒子和自己，還是自己和兒子服侍她啊？

這跟潘大娘所想的未來媳婦形象，可真是相差太遠了。

一間屋子裡，幾個人的心思各不相同。

不一會兒，潘學禮泡好茶出來，他先替喬秀蘭倒上一杯熱茶，然後才幫其他人倒茶。潘家的茶杯都是有些年頭的，杯子邊緣還有許多缺口。

喬秀蘭抿了一口熱茶，驚呼一聲「好燙」。

「慢點兒、慢點兒。」潘學禮趕緊接過茶杯，替她搧走熱氣。

未來女婿這麼知道疼人，李翠娥真是越看越滿意。

喬秀蘭忽然笑著說：「潘大哥家一點年味也沒有。媽、大嫂，反正我們也來了，不如幫忙裝點一下。」

李翠娥和于衛紅自然點頭同意。

「這怎麼好意思啊？」潘學禮笑呵呵的，眼神不時往喬秀蘭看去。

之前在喬家，他還覺得喬秀蘭對他態度冷淡，如今看她特地來到自己家，又表現得十分熱情，他自然心情大好。

說話間，幾人就忙活起來。

李翠娥和于衛紅都是幹慣家務活的麻利人，有她們在，喬秀蘭也不用怎麼動手，於是她一會兒讓潘學禮去貼春聯，一會兒讓他去掛鞭炮。

潘學禮被她指揮得團團轉，心裡卻跟吃了蜜似地。

潘大娘坐在堂屋裡，看著他們忙碌，一張臉冷得能結出冰來。不過潘大娘的臉色本就因為長年生病而變得蒼白病態，除了喬秀蘭一直把注意力放在潘大娘身上，誰也沒看出潘大娘的情緒變化。

過了一個多小時，李翠娥和于衛紅已將堂屋打掃好，喬秀蘭就只是幫著擦擦桌椅、擺擺乾果，頓時潘家看起來沒那麼冷清蕭條了。

作為主人，也是男人，潘學禮自然幹最多活兒，此刻他已經滿頭是汗了。

李翠娥笑得特別開懷，這未來女婿真是怎麼看、怎麼滿意。

收拾好以後，喬秀蘭和李翠娥、于衛紅也沒多留，直接告辭。

臨走前，李翠娥還熱情地招呼潘學禮，讓他放年假的這段期間，多來家裡玩。

潘學禮笑呵呵地應下，殷勤地把她們送出門口。看著喬秀蘭她們走遠後，他才回屋。

剛才他出了一身汗，猛地被外頭冷風一吹，頓時起了一身雞皮疙瘩，然而這並不能影響他的好心情。

他腳步輕快地回到屋裡，就瞧見他母親板著一張臉，死死地瞪著他。

潘學禮心頭一跳，以為母親是哪裡不舒服，忙斂起笑容，跑上前詢問道：「媽，咋了？身子不舒服嗎？」

潘大娘一想到方才自家兒子被喬秀蘭指使得團團轉，卻還樂在其中的模樣，就氣不打一處來，因此也不回話，只是冷哼一聲，起身回屋去了。

潘學禮不明白母親好端端地怎麼會生起氣來，他愣在原地，一臉疑惑地搔搔頭。

而此時的喬家正熱鬧非凡，與冷清的潘家形成鮮明對比。

幾個小子在家裡你爭我搶地貼春聯、掛鞭炮；媳婦們坐在一起和麵做餅子；喬建軍兄弟幾個則拿了錘子和鑿子之類的工具，修補過去一年來，家裡壞掉的物件。

喬秀蘭回到家之後，就去洗了手，加入嫂子們的行列，一起做吃食。

李翠娥心滿意足地看著熱鬧的一家子，又想起自家閨女終於想開，願意試著和潘學禮相處，頓時她渾身每一處都覺得舒坦無比。

又過幾天，終於要過年了。

在這幾天裡，潘學禮又來過喬家一次，喬家人儼然將他當成未來的女婿人選，待他格外熱情。

喬秀蘭看在眼裡，也沒表現出任何反感，還讓潘學禮到灶房幫她打下手。

李翠娥看著越發高興，就等著年後找人算好日子，把兩家的親事定下來。

到了除夕這天，喬秀蘭一大早就起來包餃子，不一會兒李翠娥他們也起來了，一家人都加入這包餃子的行列。

還沒到午飯的點，上百個形狀各異的餃子就已經包好了。

喬秀蘭看著姪子們故意搞怪的創意餃子，樂得不行，連帶著胃口都好了不少。

吃過一頓熱鬧的餃子料理，喬家人便聚在一起說話。

說起來，大家雖然整年都住在一起，但每日上工已十分勞累，回到家一般都是吃完飯就各自回屋歇息，很少有工夫閒聊。如今閒了下來，那話就像說不完似地。

晚上的年夜飯，李翠娥特地讓喬建國去喊趙長青和小石頭過來吃飯。

趙長青這幾日很不好過，自那天從喬家回來後，他嚴肅地訓了小石頭一番，然後就再也沒去過喬家了。

今天的年夜飯，他原本不打算去的，可喬建國盛情相邀，還嘴碎地跟他說：「今年或許是咱們家最豐盛的一頓年夜飯了，明年小妹要是訂了親，肯定不會再這麼大肆操辦。」

趙長青聽完，當場愣住了。

這幾天他雖然沒刻意打聽喬家那邊的事，但喬家和潘家這幾天來往頻繁，閒話傳得特別快，不少人都在傳他們兩家怕是要結親了。趙長青心裡難受，刻意不去多想，卻沒想到喬秀蘭居然這麼快就要訂親了！

他扯出一個酸澀的笑。「這麼快？秀蘭不是過了年才十八歲嗎？」

喬建國自顧自地說：「是啊，小妹年歲是不大，不過人家潘學禮是當兵的，正月十五左右就得回去，再回來又不知道是幾個月後。我媽對潘學禮是哪裡都滿意，就想先定下來，然後留小妹在家待個一、兩年後再出嫁。」

趙長青的腦子裡嗡嗡作響，根本無法思考，就這麼任由喬建國拉著去了喬家。

此時喬家的年夜飯已經上桌，雖然主食還是餃子，但另外還有幾個大菜，有魚、有肉，都是喬秀蘭忙活一下午才做出來的。
「人齊了，開飯咯。」姪子們早就對著一桌子的菜嚥了幾百回的口水，剛瞧見喬建國和趙長青父子進門，馬上吆喝一聲，爭先恐後地上了飯桌。
「長青，別傻站著了，快坐。」李翠娥招呼著他，又把小石頭攬到身邊。
小石頭不像往常那樣同李翠娥親熱，而是有些瑟縮的樣子。
李翠娥給小石頭挾了塊炸肉餅，他也不笑，只是客客氣氣地小口、小口吃著。
「小石頭今天怎麼不大高興呀？」李翠娥捏了捏他肉乎乎的小手，又摸了摸他的額頭，生怕他是哪裡不舒服。
小石頭眨了兩下眼睛，才慢吞吞地說：「爹說我不乖，奶奶不喜歡小石頭了。」
李翠娥一下子明白過來，小石頭是以為她還在生他的氣。其實都過好幾天了，後來閨女和潘學禮的關係也沒因為那段小插曲而搞砸，她哪裡還會把他的童言童語放在心上呢？
「沒事了，奶奶不生你的氣，我們小石頭最乖了。」李翠娥輕聲哄著，又親密地抱了抱他。「咱們忘記那天的事好不好？」
見她真沒生自己的氣，小石頭才笑開來，一張小臉神采奕奕地保證說：「我以後絕對不亂喊。」
「好，你最乖。」李翠娥點了點他的小鼻子，寵溺地笑著。
喬秀蘭從灶房裡端出最後一道湯，就看到家人都已經入座。李翠娥正攬著小石頭親親熱熱地說話；趙長青則坐在二哥身邊，垂著眼睛，默不作聲。

「長青哥來了呀。別客氣，多吃點菜，我燒了一下午的。」喬秀蘭像平常一樣招呼趙長青。

趙長青低頭應了一聲，連看她一眼都不敢。

喬家的氛圍太好，喬秀蘭也太好，他怕自己再多看幾眼，就真的會捨不下了。

大家都動筷以後，喬建國便起身回屋裡去拿了幾瓶酒來，說是城裡朋友自家釀的。隨後又拿來幾個酒杯，和兄弟幾個分著喝起來。

喬秀蘭一聞那酒味，就知道是茅臺酒，黑市裡要賣十多塊錢一瓶呢。

喬秀蘭年前去逛黑市時，曾看到不少人在買，當時她想著這茅臺酒要是放到以後，可以賣個好價錢，便買了幾瓶放進空間裡。

沒想到二哥這麼豪氣，竟也買了好幾瓶，還特地裝在別的酒瓶裡，用來招待家人。

茅臺酒的滋味自然好，喬家兄弟們推杯換盞，喝得好不熱鬧。

趙長青心事重重，被喬建國勸著喝了幾杯後，有些上頭。

一桌子的菜還沒吃完，幾個男人個個臉紅脖子粗，喝得醉醺醺的。

因為是過年，李翠娥也沒說他們，只是讓他們去外頭吹吹風、醒醒酒。

男人們笑著去了院子，一聽到別人家傳來鞭炮聲，他們也跟小孩兒似地在家門口放起鞭炮。

四個小子一聽到鞭炮聲，哪裡還坐得住，也跟著他們的爹瞎鬧去了。陣陣喧鬧的鞭炮聲中，幾個女人也吃完了年夜飯，她們一起收拾桌子，洗好碗筷。等她們收拾妥當出去的時候，院子裡的幾個男人和小子們都樂得不著邊了。喬建國喝得最多，此時正給大夥兒表演倒立。喬建軍和趙長青他們非但沒有阻止，還在旁邊拍手叫好。

猴小子們哪裡見過長輩們這般忘形的時候，也跟著瞎起鬨，一時間歡聲笑語不斷，吵得差點沒把喬家的屋頂給掀翻。

李翠娥實在沒眼看，讓兒媳婦們趕緊把各自的男人拖回屋裡去休息。

趙長青醉得不輕，回家也沒人照顧，李翠娥乾脆讓孫子們把他攙進他們的房間。反正平時幾個小子分開住，是因為怕他們晚上鬧得太厲害，不好好寫作業；現在是過年，他們樂得擠在一個屋子裡睡，空房絕對夠。

喬秀蘭在灶房裡泡好蜂蜜水，就往各個屋子送去。

哥哥們雖然醉得厲害，但都有嫂子們看顧著，只有趙長青的屋子裡黑漆漆一片，安安靜靜的沒半點聲音。

喬秀蘭點上油燈，伸手推了推倒在炕上、緊閉著眼的趙長青。「喝點蜂蜜水吧，不然明天起來要頭疼的。」

趙長青卻不動，也不答話。

喬秀蘭以為他醉得厲害，就把蜂蜜水放在桌上，扯過被子，替他蓋好。一段時間沒有好好看過他了，喬秀蘭這會兒自然得珍惜這個難得獨處的機會。她坐在炕沿，深情的目光細細地描摹著趙長青硬朗的面容。

趙長青白了不少，也壯實不少，臉上的肉變多了些，看起來沒有以前那麼凶……總之就是更加好看了。

油燈下的他，臉頰酡紅，緊閉著雙眼，濃密的睫毛像一對黑色的蝴蝶，正微微地顫抖著翅膀。

喬秀蘭一邊看著，一邊笑起來，忍不住伸手去觸碰他的眼睛。可她的手剛伸過去，就猛地被捉住了。

趙長青睜開眼，疲憊又無奈地看著她。

這小姑娘到底知不知道自己在做什麼?!都是要訂親的人了，怎麼還主動來撩撥他……

「你醒了啊。」喬秀蘭被他捉個正著，臉頰一紅，立馬抽回自己的手。「快把蜂蜜水喝了吧。」

趙長青也收回自己的視線，淡淡地應一聲。「我知道了，妳回妳屋裡去吧。」

「就這麼急著趕我走？」喬秀蘭覷了他一眼。

兩人之前雖然鬧得不大愉快，但都已經過了這麼久，她就算有再大的氣也生不起來，她現在只想好好和趙長青說說話。

「嗯，不方便。」趙長青神色未變，聲音卻忽然變得晦澀，十分艱難地才說出一句完整的話。「妳不久後就要訂親了，我們今天這樣……傳出去不好。」

「你聽誰說我要訂親的？」喬秀蘭驚訝地問。

「妳二哥說的。」趙長青垂著頭說。

喬秀蘭撫著額頭，很是無奈。「他說的你也信啊？」

趙長青輕笑一聲，神情有著說不出的落寞。「妳不用瞞著我，上回在妳家……我早就看出來了。那個姓潘的很不錯，軍人出身，人也長得周正，你們……」他微微停頓一下，閉了閉眼，才把滿心酸澀壓下去，接著說：「你們很般配。妳不用擔心我會難受，我只希望妳過得好，只要妳好了，我……」

趙長青後面的話，最終還是沒能說出口，因為喬秀蘭已經傾過身子，用嘴吻住了他。

小姑娘的嘴唇軟得像果凍，趙長青失神片刻，回過神來後馬上要推開她。

喬秀蘭卻不肯退開，死死地抓住他的肩膀。

兩人的唇瓣廝磨，趙長青的定力很快就潰不成軍。他的手從推拒變成緊摟，從被動轉為主動，他靈活的舌頭撬開了喬秀蘭的嘴唇……

這是個炙熱霸道、混雜著酒味的親吻，喬秀蘭一度因為缺氧，覺得有些發懵。

親吻結束後，她軟在趙長青的懷裡，氣喘吁吁。

「妳真的不和那姓潘的訂親？」趙長青的情緒好了很多，卻還是患得患失地再次和她確認。

喬秀蘭「嘖」了一聲。「你把我當什麼人了？」

趙長青心滿意足地擁著她，下巴在她的髮頂摩挲。

這一刻，喬秀蘭說什麼就是什麼，即便她說太陽是方的，那太陽就是方的，他心甘情願地選擇相信。

「好啦，我很快就會解決這件事的。」喬秀蘭從他懷裡坐起身，伸手整理一下自己的衣服。「我不能再待了，一會兒我媽該來找我了。」

趙長青依依不捨地目送她出去，然後才躺回被窩裡。

嘴唇的餘溫彷彿還未褪去，他整個人都有些迷迷糊糊的，一會兒摸摸嘴唇，一會兒傻笑兩聲，過了好久，才藉著酒意沈沈睡去。

第三十三章

過年期間，日子總是歡樂的，時間也過得特別快。

喬家雖然人口不少，但本家親戚不多，春節裡走動最多的，就是幾個媳婦的娘家了。

劉巧娟帶著安安回了一趟娘家，她爸、媽這才第一次看到這個外孫女。

不過劉家兒孫眾多，對劉巧娟這個女兒都不是特別上心，更別說是她所生的女兒了。

劉巧娟看在眼裡，對比寶貝著她們母女倆的喬家人，心裡越發不是滋味。所以她沒在娘家住下，當天晚上連晚飯也沒吃，就拉著喬建黨回到喬家。

喬家二媳婦李紅霞這邊可就精采了。

李紅霞初二回娘家住了一天，初三這天就帶回一大群姪子上喬家拜年，明擺著就是來拿紅包的。

李翠娥心腸軟，想著李家孩子多，過得也艱難，往年總是給每人一個大紅包。可今年李紅霞太不地道，居然把她的大姪子李衛東也帶過來。

李衛東生得國字臉、小眼睛，本就不顯年輕的長相，今年還在嘴上留了小鬍子，不過二十來歲的人，站在喬建國旁邊跟兩兄弟似地，就這樣還好意思跟一群孩子一起要紅包？加上之前李紅霞提過要讓李衛東和喬秀蘭結親的意思，讓李翠娥此時面對李衛東，心情更是複雜。

于衛紅是個心直口快的爽利人，不用婆婆說，她在旁邊已經氣不過了，立馬把李紅霞拉到一邊說：「我咋記得妳說妳家大姪子已經在相看對象了？這一到談婚論嫁的年紀，按咱們屯子的風俗來說，可算是大人了。」

李紅霞聽出她話裡的意思，不過還是捨不得紅包，端著笑臉說：「大嫂這話就不對啦，我家衛東還小呢。那是家裡準備替他相看，這八字都還沒一撇，咋就算大人了？」

于衛紅冷笑道：「我可沒見過誰家孩子能留出這麼濃密的鬍子。」

李紅霞恨鐵不成鋼地瞪了李衛東一眼。

昨天在娘家，李紅霞就和李衛東說過，讓他把鬍子剃掉，可李衛東偏不聽，還說這樣才有男人味。現在好了吧，被大嫂揪著這一點作文章！

李衛東是個脾氣大的，雖然沒聽到她們說話，卻從李紅霞的眼神裡讀懂了喬家的意思，當場拉下臉來，嚷嚷道：「不肯給紅包就拉倒，我還不稀罕呢！這是哪門子的大隊長家啊，真小氣。」說完腳尖一轉，直接往門口走去。

喬家人本就不歡迎他，根本沒人去攔，只有李紅霞急急忙忙地去把他拉住。

李紅霞心裡慌得不行，他自己不要紅包就算了，但這關係要是一鬧僵，其他小姪子也甭想再從喬家這裡拿紅包了。

雖然一個紅包就一塊錢左右，但積少成多，他們有十幾個人，那就是十幾塊錢，夠娘家大半個月的開銷了。

喬建國看著媳婦這作派，又瞧見母親和兄嫂不悅的神色，不禁臊得耳根都紅透了。他現在私房錢也有快兩千塊，雖然一直提防著李紅霞，但多少也會給她一點。可不管貼補多少給她的娘家，她娘家兄弟要是不振作起來，她整個娘家就像個無底洞一般。

不等家人開口，喬建國就黑著臉走到大門外，拉著李紅霞往家裡走。「妳消停點！不然我過去怎麼給妳的，回頭總有辦法讓妳怎麼吐出來。」

這還真是掐準了李紅霞的命門，畢竟過年前要不是喬建國給了她幾十塊錢，她娘家連個像樣的年都過不了。

見李紅霞被喬建國拉走，李衛東冷哼一聲，頭也不回地離開喬家。

喬建國雖然對李家人的品性早就了解得一清二楚，卻還是被這小子氣得不輕。

本來李衛東的年紀就不小，過去那些年，自家娘親都會給李衛東紅包的，只是因為今年李家動了那等心思，自家不想再給紅包，反倒成了自家的不是。

合著過去那些年對李衛東的好，就全不作數了！

喬建國一回到堂屋，臉黑得跟包公似地。

「好啦，建國，大過年的，別這樣。」李翠娥笑著拉了拉喬建國，掏出一疊紅包塞到他手裡。「去，給孩子們發去吧。」

見婆婆並沒有因為大姪子鬧彆扭，就不給小姪子們紅包，李紅霞頓時笑成一朵花，忙對著喬建國陪笑道：「就是、就是，這大過年的，你和一個孩子生氣幹啥？」

喬建國的臉色才緩和幾分，拿著紅包去發給孩子們。

喬秀蘭從屋裡出來的時候，這段小插曲已經告一段落。

她過年前那一段時間忙得太厲害，再加上昨天溫度驟降，下了一場大雪，她一不小心就感冒了。

她身體素來不錯，難得生病，硬是比別人更厲害一些，鼻塞、咳嗽、耳鳴等各種症狀同時出現，讓她難受極了。

李翠娥心疼不已，本想讓喬建國帶她去城裡看病的，她卻說這種小感冒只要好好休息幾天，再吃點瓜果、蔬菜，自然就會好了，不用那麼麻煩。

李翠娥拗不過她，就讓她先歇著，要是過一、兩天還不見好，可一定要去看醫生。

「蘭花兒，妳出來幹啥？」李翠娥一見到她，就要把她往屋裡拉，生怕她吹了冷風，會病得更嚴重。

「媽，我沒事。我都躺了一天，想出來活動、活動，出出汗。」喬秀蘭說話時帶著濃重的鼻音，聽起來格外嬌嗲。

李翠娥摸了摸她的手，確定她身上是暖和的，才去把堂屋的門關了一半，讓她在炭盆旁邊坐著。

于衛紅和劉巧娟坐在她旁邊，一左一右地幫她剝橘子。

喬秀蘭一邊伸手烤火，一邊吃著橘子，愜意得都快忘記自己正在生病。

這天下午，潘學禮來喬家拜年。

按老規矩來說，在年初五之內互相走動的，都是比較親近的人家。他選了年初三過來，意思就很明顯了。

李翠娥熱情地迎他進來。

潘學禮跟喬家一眾人都打過招呼後，就和大家坐在一起聊天。

李翠娥特地把他的座位，安排在喬秀蘭對面。

喬秀蘭覺得自家親娘純屬多此一舉，現在她病得厲害，鼻涕就沒停過，誰家小伙子願意看到這般邋遢的女人啊。

「秀蘭生病了？」潘學禮沒嫌棄，反而主動關心起她。

喬秀蘭點點頭，鼻音頗重地說：「沒多大事兒，只是感冒了。」

「感冒可不是小事，若發燒就不好了。反正我今天也沒啥事，不如我帶妳去縣城的醫院打點滴吧？」潘學禮殷切地說。

喬秀蘭知道自己這病是因為之前太過勞累，抵抗力變差才搞出來的，其實沒多大問題。況且她也不怎麼想在大冷天出門，便搖搖頭說：「不用、不用，我歇一歇就好。」

李翠娥卻在旁邊幫著潘學禮敲邊鼓說：「這孩子就是不聽勸，我讓她去看病，她怎麼都不樂意！家裡又人人有事要忙，誰都顧不上她……學禮啊，你要是有空，就帶她去醫院看看吧。」

過年期間，家人個個都閒得不行，沒想到自家親娘為了撮合她和潘學禮，這瞎話說得連眼都不眨一下。

喬秀蘭在心中無力地吐槽。

既然他們都已經說好，喬秀蘭也反對不了，便任由李翠娥在她的小棉襖外面又套上一件軍大衣，還幫她戴上毛線帽和圍巾，開開心心地把她和潘學禮送出家門。

農村裡過年是很熱鬧的，再加上農村人家裡的大門也不關，家家戶戶都傳出熱鬧的說話聲和爆竹聲。

潘學禮和喬秀蘭一前一後地走著，因為喬秀蘭這天穿得實在太過臃腫，路上都沒人認出她來。

不過潘學禮穿著一身筆挺的軍裝，背板挺直，走路跟邁正步似地，倒是吸引不少人的注意。

喬秀蘭慢吞吞地走在他後頭，不一會兒，兩人中間就落開老長一段距離。要不是潘學禮回頭看了一下，說不定他們倆就走散了。

潘學禮快步折回來，歉然地笑道：「不好意思，我在部隊裡習慣快步走路。妳是不是走不動了？」

喬秀蘭身上確實沒什麼勁兒，但她生怕這麼說了，潘學禮會說要牽著她走，所以她果斷地道：「不是！我就是穿得太多，走不快。」

潘學禮點點頭，沒再多問，他放慢腳步，陪著她慢慢走。

不久後，兩人來到村頭的汽車站臺。

平時沒什麼人的站臺，過年期間卻格外擁擠，眼看著都快排出半公里的長隊，喬秀蘭心中更加後悔了……

大過年的出門幹啥啊？她就應該在屋裡躺著的！

他們倆剛走到隊伍末端排隊，就看到從村口方向跑過來一個神色慌張的婦女。

婦女一眼就看到人群中穿著軍裝的潘學禮，趕緊快步上前說：「學禮，你咋還在這兒？快跟我走，你媽身體不好了！」

潘大娘的身體一直時好時壞，今年冬天格外地冷，潘大娘更是時常犯病。

一聽到這個消息，潘學禮的腦袋都發懵了，任由那個婦女牽著就走。

直到走了超過一百公尺，他才想起喬秀蘭，連忙又折回來說：「秀蘭，實在抱歉，妳在這裡等我一下，我先回去看看我媽。」

喬秀蘭理解地點點頭。「你快去吧，我沒事的。」

潘學禮這才快步跟著婦女，往自己家的方向趕去。

他走後，喬秀蘭立馬鬆了口氣。

和不熟悉的相親對象相處，感覺真是太累了！

她正準備回家，恰好汽車從縣城方向開過來。

一大群人下車的下車、上車的上車，方才還井然有序的隊伍，突然開始你推我擠，場面變得混亂不堪。

喬秀蘭被捲入湧動的人群中，費了好大的勁兒，都沒能擠出去。

正當她覺得自己快要被擠成柿餅的時候，突然有一雙大手搭上她的肩膀。她回頭一看，瞬間對上一雙黑得發亮的眼睛。

趙長青笑盈盈地站在她身後，笑著說：「我一下車就看到妳穿得跟個團子似地，妳這是要趕車？」

「我要回家去啊。」喬秀蘭費力地解釋著，突然她感覺到自己的腳背不知道被誰狠狠地踩了一腳，頓時吃痛地「嘶」了一聲。

趙長青收了笑，他用雙手將她圈在懷裡，帶著她往人群外圍走。

他人高馬大的，有他護航，喬秀蘭終於不用再挨擠，很快地他們就出了人群。

四周的空氣終於恢復流通，喬秀蘭把圍在臉上的圍巾扒拉下來，深深地吸幾口氣。

「妳鼻子怎麼了？」趙長青看著鼻頭通紅的小姑娘，以為她是剛剛被撞傷的。

喬秀蘭笑了一下，說：「不礙事，我感冒了，擤鼻涕擤的。」

她此時說話，趙長青才聽出她聲音不對勁，眉頭不禁皺起來，問她說：「那妳還出來幹啥？今天外頭這麼冷。」

喬秀蘭苦著臉說：「還不是我媽，非要讓潘學禮帶我去縣城看醫生。」

趙長青的眉頭皺得更緊了，朝四周張望著。「潘學禮人呢？」

喬秀蘭怕他不高興，趕緊伸手拉了拉他的衣襬，把聲音放柔道：「他家裡有點事，被人叫回去了。」說話間，她的臉被冷風一吹，感覺到冷，打了個寒顫，又說：「長青哥，你送我回家去吧。」

聽著小姑娘帶著鼻音的嬌軟聲音，趙長青卻沒有一口應下，而是說：「大娘說得對，這生病哪裡能不看醫生，妳得去縣城的醫院看看才行。」

唉，又是個愛操心的。

喬秀蘭知道自己想回家歇著，是不可能了。

「怎麼去啊？這麼多人。」喬秀蘭看了一眼人滿為患的站臺，她可是一點也不想再擠進去。

就他們說話的工夫，汽車又裝滿一車人開走了。站臺上還有不少人在等車，剛才喬秀蘭不過被人潮圍著幾分鐘，已經感到氣悶。就算真被他們擠上下一趟的汽車，這一路擠去縣城，她非暈過去不可。

趙長青伸手把她的圍巾拉高一些，又幫她把被擠歪的毛線帽戴正，然後就在她身前蹲下來。「上來，我揹妳去。」他的聲音裡帶著不容拒絕的嚴肅。

喬秀蘭穿得像顆球，笨手笨腳地爬上去。

趙長青毫不費力地站起身，揹著她就往縣城的方向走。

「長青哥，我們還是等汽車吧。」喬秀蘭趴在他的背上，認真地建議道。

去縣城的路，雖然趙長青經常走，但這時候地上的積雪還沒化，路很不好走，更別說還揹著穿得如此厚重的她。

「不用，妳閉著眼睛歇會兒，一會兒就到了。」趙長青腳下不停，聲音聽起來很輕鬆，才兩句話的工夫就已經走出好幾公尺。

喬秀蘭也沒再推拒，和他聊起天來。

「你這是剛從城裡回來？」喬秀蘭一邊吸著鼻涕，一邊問。

「是啊，今年黑豹對我也算多有照顧，我今天特地送了年禮過去。」趙長青回道。

黑市裡的人連真實姓名都得保密，更別說住址了。黑豹能把自己家的實際位置告訴趙長青，可見兩人關係確實不錯。

不過一想到黑豹，喬秀蘭不免想起黑豹家那個體態風流的妹子。

她不輕不重地「哼」了一聲。

趙長青發笑道：「妳想啥呢？人家妹子都有對象了，計劃年後就要結婚。」

「這麼快？」喬秀蘭吃驚道。

明明幾個月前，那女人還對趙長青十分上心呢。

「是啊，聽黑豹說他妹子也守了兩年的寡。這世道一個女人家生活也艱難，我已經明確地拒絕人家，人家也不可能在我這棵樹上吊死不是？現在難得遇上好人家，黑豹的家人們都高興壞了。」趙長青跟她解釋。

喬秀蘭不吭聲了。

在這個年代，女人的地位極低，好像不依附在男人身邊過生活，就是異類一般。她才剛要十八歲，家裡都急成這樣，估計黑豹妹子的日子更不好過。

大夥兒都是到了年紀就結婚、生孩子，好像本人的心意完全不重要，雖然不像古代那種盲婚啞嫁，但距離自由戀愛還是有一大段距離。

「怎麼不說話了？」趙長青以為她睡著了，輕聲問道。

「沒。」喬秀蘭使勁地在他的肩頭蹭了蹭。「就是有些犯睏。」

「那妳睡會兒。」趙長青放慢步伐，盡可能走得平穩一些。

喬秀蘭前一夜睡得並不安穩，現在整個人縮在軍大衣裡，又趴在他寬闊的背上，不一會兒還真的迷迷糊糊地睡著了。

等她再睜眼的時候，趙長青已經揹著她進了縣城。

縣城相比農村，街上的人就少了很多，大、小店鋪都已關上門，看起來很冷清。

「長青哥，你怎麼不喊我啊？」進了城，路就好走了，哪裡還需要趙長青揹？喬秀蘭掙扎著要從他的背上下來。

「不用，馬上就要到醫院了。」趙長青用大手把她按住，又把她往背上掂了掂，腳步和語氣都顯得十分輕快。

小姑娘或許不知道，今天從屯子到縣城的這段路，是他這輩子走過最幸福的一段路了。

他的背上暖洋洋、沈甸甸的，就好像背負著整個世界，讓前行的道路變得前所未有地充滿期待。

他多希望這條路可以長一些、再長一些……要不是她突然醒過來，他怕是還要再多兜幾個圈子。

第三十四章

潘學禮跟著同村的婦女一路心急如焚地趕回家，沒想到推開家門，卻見自家母親端坐在堂屋裡等著他，一點也沒有不舒服的樣子。

「媽，您這是……」潘學禮一臉疑惑地看了看自家母親，又看了看那個同村的婦女。

同村的婦女卻不吃驚，只笑著說：「潘大娘，學禮我可給您喊回來了，回頭我家小子想進部隊的事……」

潘大娘點點頭，說：「我都知道的，麻煩妳了。」

婦女也沒多待，說完話就直接離開了。

潘學禮哪裡還有不明白的，這是他媽特地找人去把他給騙回來了！

「媽，您這是做什麼？」潘學禮的眉頭緊鎖，心裡有氣，卻又不好對著含辛茹苦帶大自己的親媽發作。

潘大娘冷哼一聲，臉色鐵青。「我幹啥你不知道？」

潘學禮隱約知道他媽的意思，不過想到喬秀蘭還在汽車站臺等著，他便一邊往門口走，一邊說：「等我回來再說，秀蘭還在站臺等我，她生著病呢，我得帶她去醫院……」

「你給我站住！」潘大娘暴喝一聲，隨之而來的是一陣劇烈的咳嗽。

潘學禮嚇了一跳，連忙又折回來，拍著自家母親的後背，替她順氣。「媽，您到底想幹什麼？」

潘大娘等氣順了，才瞪著他開口道：「你不許去！」

潘學禮抿了抿唇，沒有回話。

平時兒子對自己可謂是有求必應，如今居然跟她鬧起彆扭！潘大娘的心中更加不悅，再次重申道：「和喬家的事就到此為止，你不許再去喬家，也不許再去見那個丫頭。」

「媽，這到底是為什麼啊？」潘學禮百思不解。

喬秀蘭的名聲雖然不大好，但一番接觸下來，他覺得這個姑娘不僅長得好看，又能幹，性格也很好，他真不明白母親有什麼好不滿意的。

潘大娘當然不滿意，她看喬秀蘭是從頭到腳都不滿意。

上回喬秀蘭第一次來她家，就指使兒子幹這、幹那的……當時潘大娘就很不樂意了，只是看兒子對喬秀蘭是真心喜歡，就沒當場發作出來。

可兒子回來的這段期間，一沒事就想要往喬家跑。

潘大娘可是盼了差不多一年，就等著兒子過年前放長假，可以和她好好團聚一下，卻因為喬秀蘭，讓她這個年過得是一點滋味也沒有。加上這幾天有不少親朋好友上門來拜年，潘大娘從他們那兒聽到許多關於喬秀蘭的事，才知道喬秀蘭打的那個知青，早前居然和喬秀蘭關係密切，後來是因為對喬秀蘭心懷不軌，才會被喬秀蘭給打了……

好女孩哪會這麼隨便就談對象啊？還是和那種心思不正的人！再說那個知青怎麼誰都不欺負，就想著欺負喬秀蘭？說到底還是其身不正！潘大娘這麼想著，越發覺得喬秀蘭不是個好媳婦人選。

她本想和兒子好好談一談，卻沒想到今天她一起身，兒子居然又不在家，她去鄰居那裡一問，才知道兒子是去喬家拜年了。這才年初三哪，兒子就巴巴地上人家的門，他是已經把喬家認作未來岳家了？她這個當媽的還沒答應呢！

兒子會有這種舉動，肯定是喬秀蘭那個壞丫頭蠱惑的！這還沒過門就這樣，要是過了門，兒子豈不是要把她這個當媽的徹底拋到腦後？

「反正我把話撂在這兒！你要是還敢上喬家的門，和那個喬秀蘭牽扯不清，我就當沒你這個兒子。」潘大娘的話說得極重，潘學禮只能苦著一張臉，有口難言。

母子倆僵持了一陣子，潘大娘也怕跟兒子離心，便放軟姿態，勸他道：「兒啊，媽不會害你，媽吃的鹽比你吃的飯還多，那丫頭一看就是個不安分的，真配不上你。這次的事情是媽的錯，沒有事先了解清楚，只瞧著那丫頭的嫂子是個好人，喬家風評也不錯，就犯了糊塗……」一邊說著，她一邊假裝抹淚。「你爹走得早，媽一個人把你帶到這麼大，現在你有出息了，咱們家的日子也越來越有盼頭。媽再活也沒多久，就想過幾天安穩的好日子，你就聽媽這一回吧。」

看著母親病弱的模樣，潘學禮的心腸根本硬不起來，若不是為了照顧他，媽也不會變成今天這樣。別人家的兒子有娶了媳婦就忘了娘的，他卻不能當那種人，喬秀蘭雖然好，但到底沒有親媽重要。

最後，他長長地嘆了口氣，垂著頭說：「媽，我知道了，我都聽您的，您別哭了。」

此時縣城的醫院裡，喬秀蘭正悠悠哉哉地坐在長凳上。

趙長青跑前跑後地幫她排隊掛號，還不時回頭張望，確保她沒事。

喬秀蘭雖然只是感冒，但這種被寶貝著、緊張著的感覺，讓她格外受用。

掛完號以後，趙長青向護士問清楚門診的位置，才牽著她去看診。

看診的醫生是個面善又和氣的中年婦女，問完病症後，又替喬秀蘭量了體溫，看了她的舌苔，然後說：「沒啥大事，就是普通感冒，沒發燒，但扁桃腺有些發炎。妳回家好好休息兩天，我開個維C銀翹片和消炎藥，妳吃個兩、三次就好了。」

喬秀蘭每天都會喝善水，對自己的身體素質還是十分有自信的。聞言，她笑咪咪地拉了拉趙長青的衣襬。「我就說吧，我真的沒啥事。」

趙長青站在她身邊，神情卻沒有她那麼輕鬆，他很認真地問醫生。「醫生，還有沒有好得快一點的辦法？」喬秀蘭過年前忙得像顆陀螺，人已經清瘦了一圈，這回要是再病上個幾天，可不得再掉幾兩肉。

「那就打點滴吧，打點滴好得快。」醫生笑著說。

「行，那就打點滴，麻煩您開個單子，我立馬去繳費。」趙長青焦急地道。

醫生開好藥單後，趙長青轉身就要下樓繳費。臨走之前，他還讓喬秀蘭待在門診室裡乖乖等著，千萬不要亂跑。

喬秀蘭無奈地說：「我又不是三歲小孩。你快去吧，哪來那麼多話呀？」

醫生在一旁覺得好笑，同喬秀蘭說：「你們這對小夫妻的感情還真好。」

喬秀蘭心情愉悅地點點頭，說：「是呀，我丈夫就是愛瞎緊張。」

雖然丈夫只是一個稱謂，但說到這個詞的時候，她心中頓時充滿甜蜜。

不一會兒，趙長青繳完費了，便帶著喬秀蘭去打點滴。

說起來，趙長青長這麼大還沒在醫院正經地看過病，醫生說打點滴時，他還以為是什麼特殊的治療方式，當看到護士拿出粗粗的針頭，他才後知後覺地反應過來。

這下子他更緊張了，連忙囑咐護士道：「護士小姐，麻煩您輕一點，她怕疼。」

喬秀蘭在旁邊憋笑憋得難受，她哪裡會怕疼啊？上輩子年老的時候，她幾乎天天都在醫院裡度過，每天打針、吃藥，早就習以為常。這也是為什麼她感冒後一點都不想來醫院的原因，實在是上輩子留下的陰影太深。

不過看趙長青這緊張擔心的模樣，她真心覺得這場病沒白生，這趟醫院也沒白來。

護士挺無奈的，被她扎過針的病人，沒有一千也有幾百了，就沒見哪個病人的家屬這麼緊張的。緊張的情緒會傳染，護士還真沒那麼輕鬆了，加上喬秀蘭血管細，第一針就這麼扎歪了。

護士道了歉，可喬秀蘭還沒說話，趙長青就著急地開口說：「您小心點兒呀！」他的聲音不大，語氣也不是特別凶，但他人高馬大，一板起臉來就顯出幾分凶悍，年輕的護士被他這麼一說，不禁有些害怕。

「趙長青，你幹啥呀？」看護士都快被他說哭的樣子，喬秀蘭趕緊打圓場。「人家又不是故意的，你凶人家幹啥！」

護士感激地看了喬秀蘭一眼，想著他們待會兒要是吵起來，自己可得喊人來幫幫這個姑娘。可護士預想的情況並沒有發生，趙長青被喬秀蘭一罵，立刻偃旗息鼓，像被主人訓斥的大狼狗一般，整個人變得無比乖順。

趙長青放柔聲音說：「我沒凶人……」然後又轉頭對護士道歉。「對不住，我只是太緊張了，沒有要怪您的意思。」

護士搖搖頭，說了聲「不礙事」，心情也輕鬆不少，第二針並沒有扎歪。

「一會兒快滴完再來喊人幫忙換，一共有兩瓶。」說完，護士就拿著托盤走了。

當離開注射室的時候，護士還忍不住回頭看了喬秀蘭他們一眼。喬秀蘭已經笑著在和趙長青說話，兩人不知道說到什麼好笑的事，都笑得眉眼彎彎。

注射室裡只有零星幾個病人，整個房間安靜極了，只有偶爾傳出幾句小小的說話聲。一大瓶藥水還沒滴完，喬秀蘭已經覺得眼皮下墜了。

「別睡，這裡冷，妳要是睡著，可能會病得更厲害。」趙長青和她說話，又伸手碰了碰她放在扶手上打點滴的那隻手。她的手還是那麼柔軟，只是指尖涼得厲害。

喬秀蘭打了個呵欠，淚花都冒出來了，肚子還適時地「咕嚕」叫上兩聲。

「我去幫妳買點吃的吧。」趙長青替她拉攏軍大衣後，便快步走出注射室。

等他出去了，喬秀蘭才想起今天是年初三，國營飯店休息，黑市也不營業，趙長青能去哪裡買吃的啊……

沒想到不用半個小時，趙長青就以行動證明她的擔心是多餘的。他捧著一個飯盒回來，還有一個灌滿熱水的熱水袋。

趙長青把熱水袋放到喬秀蘭打點滴的那隻手下面，輕輕地捂著。

而飯盒一打開，裡頭裝的居然是湯麵，上頭還臥著一個白白胖胖的糖心蛋。喬秀蘭在家的時候，對著一桌子魚肉都沒什麼胃口，此刻聞到麵條的香氣，卻覺得飢腸轆轆了。

「快吃！外頭沒啥好買的，這是我去朋友家裡，讓朋友幫忙做的。」趙長青先用帕子把筷子擦了擦，然後挾起一小筷的麵條，又吹了吹熱氣，這才餵到喬秀蘭的嘴邊。

喬秀蘭是左手打點滴，右手卻還閒著，不過趙長青這般自覺地餵她，她也沒有推拒的道理，於是立刻湊過去吃起來。

一大碗熱湯麵下肚，喬秀蘭立刻覺得身上暖和起來。

趙長青確定她已經吃飽，才把她剩下的麵條和熱湯全吃光。

「你不怕被我傳染感冒啊？」喬秀蘭擤著鼻涕問他。

趙長青爽朗一笑。「就我這身板，還能被妳傳染了？」說完他就把飯盒蓋好，又順手拿起喬秀蘭剛擤完鼻涕的紙團，走出去丟到垃圾桶裡。

等他忙完後，又坐回她身邊，喬秀蘭立馬歪頭靠在他的肩膀上。

「長青哥，你真好。」雖然她一直知道他很好，但越相處，越覺得這個老男人，真是哪裡都好。

趙長青被她的話給逗笑了。「我不過幫妳買碗麵條，這就算好了？」

「不只這個嘛！反正你就是很好、很好。」喬秀蘭親暱地在他肩膀上蹭了蹭。

注射室裡這時候已經沒人了，趙長青也不用顧忌什麼，長臂一伸，將她攬在懷裡，輕聲問她。「現在身子暖了，妳要不要睡會兒？」

喬秀蘭還是犯睏，卻搖頭道：「不睡了，咱們說會兒話吧。」

比起睡覺，她更想好好地珍惜他們這得來不易的獨處時間。

第三十五章

喬秀蘭和趙長青從醫院出來的時候，已經是傍晚時分。

汽車站依舊人山人海，趙長青不想讓喬秀蘭挨擠，就說要再揹她回去。

喬秀蘭心疼他，當然不肯，於是兩人坐上人滿為患的汽車。

汽車上的座位已被占滿，趙長青和其中一個坐著的人解釋喬秀蘭剛從醫院出來，又出了一塊錢，買下那個人的座位。

喬秀蘭坐在座位上，趙長青就站在她旁邊，用身體替她擋著其他乘客，所以一路下來，她也沒怎麼覺得難受。

回到黑瞎溝屯，路上熟人多，喬秀蘭和趙長青就分開來走，各自回家去了。

喬秀蘭心情大好，哼著小曲回到家中。

家裡人正聚在一起打牌的打牌、說話的說話。

李翠娥見她滿臉笑容，也跟著笑起來，一邊往她身後張望，一邊問：「醫生咋說？」

「醫生說是普通感冒，不打緊。」喬秀蘭一邊說，一邊把帽子、圍巾和軍大衣脫下來。

李翠娥連忙幫她脫下大衣，還不住地往門口看。「妳怎麼一個人回來？學禮呢？」

喬秀蘭脫掉厚重的大衣後，覺得輕快不少，笑著說：「我和他剛到車站，他就被同村的人喊回去了，說是他媽的身子不大好……」

「然後呢？」李翠娥擔心地問。

「然後我就自己去醫院了唄，還在醫院打了點滴。」喬秀蘭一臉無所謂。

李翠娥心疼地看了閨女一眼，沒想到閨女最後居然是一個人去城裡看病的。

喬秀蘭笑呵呵地拿起橘子，慢慢剝開來吃，一點委屈的感覺也沒有。

李翠娥想著閨女中午胃口不好，沒吃什麼東西，過年期間城裡也沒賣吃的，閨女多半還餓著，就去下了碗麵條給她吃。

喬秀蘭吃完麵條，又吃了藥，不一會兒就開始犯睏，便進屋睡覺去了。

李翠娥心裡有些彆扭，就算潘學禮他家裡出了急事，也不至於把自家閨女一個人扔在汽車站。再說就算他當時真的沒空陪她，事後總該來喬家說一聲，看望一下，可這會兒瞧著天都快黑了，潘學禮連個人影都不見。

不過潘大娘的病容，李翠娥是見過的，估計真的不大好了，所以李翠娥也沒苛責什麼，晚飯前還特地讓喬建軍和喬建國兄弟倆帶東西去看望潘大娘，想著若潘大娘真的出事，潘學禮一個人肯定照料不過來，多兩個男人去幫忙總是好的。

沒承想，喬建軍和喬建國兩人剛去沒多久，就原封不動地帶著東西回來了，而且兩人的臉色都不大好看。

喬秀蘭還在睡覺，李翠娥也沒驚動家人，不動聲色地把兄弟倆拉到一邊說話。

還不等李翠娥開口問，喬建國已經搶先說道：「媽，我和大哥是被潘大娘趕出來的。」

「怎麼回事？」李翠娥驚訝地看了看喬建國，又看了看喬建軍。

喬建軍也點頭說：「我和老二剛進潘家大門，潘大娘就冷著臉問我倆幹啥來的。我們是去探病的，潘大娘卻說自己好得很，不勞我們探望，又說兩家非親非故的，受不起咱們家的好意，讓咱們往後沒事別上他們家去……」

「怎麼會這樣？」李翠娥被潘大娘突如其來的轉變搞得有些懵。「那潘學禮呢？他不在家？」

「快別提這個人了！」喬建國黑著臉說：「他就在旁邊不吭聲，任由他媽趕人。媽，妳說這種慫貨，怎麼配得上咱們家小妹？要不是大哥拉著我走，我今天可不會輕易放過他！」

李翠娥的臉沈了下來。

潘大娘根本沒生病，不過是藉口把潘學禮喊回去，那意思已經很明顯了。

本來，喬秀蘭嫁到潘家這種人家已經算是低嫁，不過是看著潘學禮有出息，人品也不錯；沒承想，潘大娘居然還看不上喬秀蘭。再說這門親事也不是喬家一頭熱，本就是兩家大人都默許的，現在潘家這麼一鬧，搞得像是自家倒貼似地……

李翠娥氣得不輕，整張臉都氣白了，她腳步踉蹌，差點沒暈過去。

喬建軍和喬建國急急忙忙地一人站一邊，把李翠娥扶到堂屋裡的椅子上坐下。

幾個媳婦看到李翠娥突然這樣，也都七手八腳地上前關懷。

李翠娥喝了兩口于衛紅端來的熱茶，才把心中的怒氣給壓下去。

恰好這時候，喬秀蘭起來了，見李翠娥面色蒼白，同樣嚇一大跳，連忙問是發生了什麼事。

喬建軍和喬建國都緘口不語。

李翠娥紅著眼眶，拉著喬秀蘭的手。「蘭花兒，是媽對不住妳啊。」

「媽，咋了啊？別哭，到底怎麼回事？」喬秀蘭緊張地問。

這事自然是瞞不住的，李翠娥便一五一十地和她說了。

喬秀蘭聽完，倒不覺得吃驚。說起來還得多虧潘大娘這愛子如命的性格，讓她沒怎麼動腦子，就攪黃了這門親事。

這種老太太她見得多了，把兒子當成命根子，要給兒子娶的不是媳婦，而是傭人。她根本不用特地表現得差勁，只要讓潘大娘知道自己不是那種逆來順受的性格，潘大娘絕對會看自己不順眼。只是喬秀蘭沒想到潘大娘居然這麼快就沈不住氣，還把兩家的關係弄得這般難堪。

「媽，沒事，潘大娘看不上我，我還看不上她兒子呢！」喬秀蘭安慰著李翠娥。「本來我也不急著嫁人嘛。」

李翠娥抹著眼淚，不知道該說什麼好了。

于衛紅心裡也是又氣又愧疚，這門親事還是自己提出來的呢。只是之前潘學禮不在家，潘大娘那會兒還十分客氣、好說話，誰能想到潘學禮一回家，潘大娘就變了副嘴臉。

一家子的臉色都變得十分凝重，紛紛替喬秀蘭抱不平。

「哎呀，大家都開心點，現在可是過年呢。」喬秀蘭拉拉這個、拍拍那個的。「我又沒跟潘學禮怎麼著，兩家也沒明確定下來，總比往後訂了親，甚至是我嫁過去了，再鬧得不愉快好吧？」

聽她這麼一說，喬家人一想也是。

潘大娘這麼看不上喬秀蘭，還好是現在發作出來，要是再晚一些，甚至等喬秀蘭嫁過去後，潘大娘才開始發難，那就真是害了喬秀蘭一輩子。

現在這門親事沒就沒了，他們再替喬秀蘭相看更好的就是，又不是除了潘學禮，就找不到別人。

就這麼過了幾天，在喬秀蘭的安撫之下，家人的心情都已平復下來。

後來潘學禮要回部隊之前，還特地過來喬家一趟。

這回李翠娥看到他，可沒有好臉色了，門也沒讓他進，更沒讓他見喬秀蘭，只是讓喬建軍他們幾個兄弟把他堵在門口，問他還來做什麼。

潘學禮尷尬地笑了笑，捧著自己帶的一堆禮品說：「我馬上就要回部隊了。這段日子多虧您的照顧，這是我的一點心意……」

李翠娥冷笑。「不敢。你媽說得對，咱們兩家非親非故，我們家也不會收你的東西。你怎麼拿來的，就怎麼帶回去吧！」

「喬大娘，您別這樣，我知道是我對不起秀蘭……」潘學禮急忙想解釋。

「你說的是什麼話？」李翠娥立馬打斷他的話。「你和我閨女也才說過幾句話，有啥對得起、對不起的？你別再說這種容易惹人誤會的話了，我家秀蘭往後還要嫁人的。」

潘學禮知道錯在自家，於是不再多言，提著東西便灰溜溜地離開了。

李翠娥看他這唯唯諾諾的性子，更是氣不打一處來。當初怎麼就覺得這小伙子人不錯？現在看來，他的性格也太軟弱了些，一點主見都沒有。

經過這一遭，李翠娥可不敢胡亂幫喬秀蘭相看人家了，只想著等過完年，再好好琢磨、琢磨。

可李翠娥萬萬沒想到，潘大娘居然在潘學禮回部隊之後，在他們村子裡大肆宣揚喬秀蘭的種種不是，說喬秀蘭雖然生得好模樣，卻不會幹活，還眼巴巴地倒貼她兒子……

等這些閒話從鄰村傳到喬家的時候，喬秀蘭的名聲已經徹底臭掉了。

李翠娥知道後，氣得差點仰倒。

于衛紅自然不肯善罷甘休，直接帶著家人上潘家去討說法。

潘大娘自覺理虧，還不等他們質問，就往地上一躺，扯著嗓子說他們欺負人。

要不是鄰村的二隊長和喬建軍有些交情，出來打圓場，這件事還不知要鬧到什麼地步。

自此以後，說喬秀蘭不好的閒話越來越多。後來這些流言蜚語傳得厲害，還有人說喬秀蘭是想嫁人想瘋了，才會對潘家逼婚。可憐潘大娘孤兒寡母的，被喬家人逼得沒辦法，才會撕破臉皮，把一切都鬧開來……

輿論總是偏向弱者的，這些流言傳得頭頭是道，喬秀蘭覺得如果自己是局外人，怕是也要相信了。

李翠娥和鄉親們解釋了幾回，卻都無濟於事。

喬秀蘭倒是看得很開，畢竟「名聲」對這輩子的她來說，根本不算什麼大事。反正別人也不敢當著她的面說閒話，背地裡人家愛怎麼說，根本不關她的事。

她還勸著家人，沒必要去和別人解釋什麼，這種事情本就解釋不清，等時間長了，大家找到新的話題，自然就不會再關注她。

家人看喬秀蘭並沒有受流言影響，又被她安慰了幾次，他們心裡總算也好受一些。

開春以後，農村的活計也多了起來，家裡人又恢復早出晚歸的狀態。

黑市也跟著開張，喬秀蘭便開始忙碌起來。

過去幾個月喬秀蘭積攢了不少熟客，吃食自然是格外好賣，而且因為過年自己歇了一個多月，熟客們許久沒吃到喬秀蘭做的東西，都格外想念，買起吃食來可謂是毫不手軟。

就在這年入夏之前，牛新梅和周愛民的婚期提上了日程。

牛新梅的嫂子在過年之前，還想著要跟周愛民討一百斤的票據，牛新梅只當作耳邊風，天天還是在家裡吃、在家裡住，得了好東西就往周愛民那邊搬。

她嫂子為了這個和她吵架、打架，就這麼鬧了幾個月，最後牛新梅索性說自己不談對象了，嫁不出去就在家待一輩子。從那之後，她還真有一個月沒去找周愛民，周愛民幾次上門來找她，她也是避而不見。

她嫂子終於耐不住地鬆了口，從一百斤票據降到五十斤，後來又降到三十斤。三十斤票據，差不多是普通人家嫁女兒要收的聘禮，很公道了，不過對周愛民這個窮知青來說，還是困難了些。

牛新梅算了算自己攢的票據，還差一小半，只能去向喬秀蘭求助。喬秀蘭手頭上的票據不多，但黑市可以用錢換票，所以就去收來二十斤票據。票據剛到手，喬秀蘭當天就給牛新梅送過去。

牛新梅看到那麼一大疊票據，推辭道：「不用這麼多的，我自己能湊出十六、七斤。」喬秀蘭把票都塞到她手裡，說：「票據都給妳家人了，你倆婚後不用過日子啊？」別人家嫁閨女，收到聘禮會還一些給閨女當嫁妝，讓小倆口好過日子，但牛家大嫂顯然不會。喬秀蘭不想牛新梅和周愛民結婚後，反而過得比在娘家還不如。

自家人都如此狠心，反倒是喬秀蘭這個外人，卻處處為她考慮。牛新梅紅著眼眶和喬秀蘭道謝，說只要等日子好過一些，肯定會歸還這些票據的。

喬秀蘭讓她不要急，又問她屋子準備好沒有？牛新梅不可能帶周愛民回去和她嫂子一起住，但和其他知青擠在一個院子裡，肯定也是不行的，畢竟現在知青們所住的屋子是生產隊統一安排，都是好幾人同住一間呢。

這個問題還真把牛新梅給問倒了。這段日子她光想著和她嫂子鬥，想著怎麼湊糧票，婚後的事竟然一點都沒考慮到。

周愛民倒是有想到這一點，但是他一個從外鄉來的知青，也是一點辦法都沒有。好在這時候農村的物資都是由公家安排，喬秀蘭和自家大哥說了一聲，喬建軍就在村裡找到一間荒廢的屋子，當作牛新梅他們婚後的住所。

那荒廢的屋子就在趙長青家旁邊，離黑瞎子山極近，平常也沒什麼人往那裡去，算是一個僻靜清幽的好地方。

喬秀蘭抽出一天時間，和吳亞萍、牛新梅一起把屋子裡外都打掃一遍。

屋裡的家具不多，而且都有些破破爛爛，於是喬秀蘭提議要找人再打一套全新的家具，當成隨禮送給牛新梅。反正這年頭大山裡的木材管夠，不做得過於精細，只是請人做粗工，光出工費的話，也不需要多少錢。

牛新梅卻不肯再讓喬秀蘭出錢了，只說有得用就行，她不講究。

後來喬秀蘭不過和趙長青提了一嘴，趙長青便去借來斧頭，到山裡砍了幾棵樹拖回家，又喊黑豹來幫忙。

黑豹在進黑市做生意之前，做過一段時間的木工，雖然一陣子沒做了，但本事還在。

他們倆陸陸續續地忙活快一個月，有模有樣地做出一張八仙桌、幾條長凳和一個大立櫃。雖然都是最簡單的款式，也沒包漿上色，但都拋了光、打了蠟，活兒也做得細緻，總比屋裡那些已經看不出顏色的舊家具好。

黑豹剛開始聽趙長青說是結婚用的東西，還以為是他好事近了，每天一收市，就摸黑騎著自行車，趕到他家來幹活，可起勁了。等到東西都已經做得差不多，黑豹才知道自己誤會了，那些家具居然是趙長青要送給喬秀蘭的手帕交結婚用的，差點沒把黑豹氣暈。

這麼點活兒，請人來做也就給個幾十塊錢的工費，至於他們兩個當老闆的這麼拚命不？

趙長青聽完黑豹的抱怨，特地讓喬秀蘭趁著下午閒暇時，來自家做上兩道好菜，晚上他和黑豹一起配著菜吃了一頓酒，才算把黑豹給哄好。

票據有了，新房也安排妥當，牛新梅和周愛民終於要結婚了。

這年頭的婚禮不用特別準備什麼，就是雙方家人和朋友湊在一起，吃一頓喜酒，對著主席像完成一個儀式就行。

第三十六章

本來是個開開心心的日子，卻沒想到高義居然不要臉地帶著林美香來喝喜酒，席間還說了不少喬秀蘭的壞話。

喬秀蘭倒是沒怎麼理會他們，可他們居然變本加厲，趁著醉意跑到喬秀蘭面前鬧騰。

趙長青不好在人家的婚宴上動手，只是起身護在喬秀蘭前面。

最後還是牛新梅實在受不了，把他們趕出自己的婚宴現場。

高義和林美香走後，牛新梅忍不住埋怨起周愛民。「本來讓你只請幾個好朋友的，怎麼把他們兩個都請過來了？真晦氣！」

周愛民其實很無辜，畢竟他下鄉這幾年來，關係最好的就是同住在一個院子裡的幾個知青。知青們同吃、同住，白天也在一起勞動，他很難一個個單獨通知，只好趁大家都在的時候，說出自己即將結婚的消息。

方才看到高義和林美香來喝喜酒，他還特地把他們安排到另外一桌，沒想到還是鬧出事了。

「算啦，愛民和高義同住了好幾年，結婚這種大事，他不通知高義一聲也說不過去。」喬秀蘭小聲地勸著牛新梅。

牛新梅冷哼一聲，看著周愛民說：「反正你以後不許和高義來往了！」

周愛民連連點頭，拍著胸脯保證道：「那是、那是，我才不和那種人來往。」

牛新梅一如既往地強勢，但周愛民卻樂於當弱勢的那個，兩人你一言、我一語的，感覺得出來他們之間很甜蜜。

喬秀蘭在旁邊看得摀嘴直笑，心中有預感，這輩子牛新梅的日子肯定會過得不差。

鬧劇結束後，婚禮繼續，兩個新人端著酒杯，一桌桌地過來敬酒。

周愛民不大會喝酒，喜宴上的酒雖然都是濃度不高的米酒，但後勁大，所以他也不敢多喝。

牛新梅豪爽地替周愛民擋酒，來者不拒，這一桌桌喝下來，她的臉頰都喝紅了，說話也不索利了，嗓門變得越來越大，隱隱有要發酒瘋的態勢。

後來喜宴結束，喬秀蘭擔心牛新梅難受，便打開一罐自己送來的蜂蜜，可還不等喬秀蘭開始泡蜂蜜水，周愛民已經走過來，搶著要泡蜂蜜水，又道：「秀蘭，妳幫咱們的已經夠多了，這裡交給我就行。」

周愛民動作迅速地泡好蜂蜜水，接著便端進屋裡。

喬秀蘭跟在他後頭進去，看著他輕聲細語地把醉酒的牛新梅叫起來，然後又把蜂蜜水吹涼，再用湯匙一點一點地餵給她喝。

牛新梅喝完蜂蜜水後，腦子還是有些迷糊，抱著他的胳膊就哭起來，嘴裡喊著「爸、媽」。

喬秀蘭在旁邊看得直嘆氣，這姑娘平時大大咧咧的，卻仍有心思敏感細膩的一面。哥哥和嫂嫂對她的親事不盡心，她又不是石頭心腸，心裡終歸是難受的，不然今天也不會喝得這麼醉。

周愛民抱著牛新梅，像哄小孩兒似地哄著，總算把她哄安穩。

眼看牛新梅已經睡著，喬秀蘭也沒有多待，跟周愛民說一聲後，就回去了。

喬秀蘭今天感觸良多，看著不被家人理解的牛新梅，喬秀蘭彷彿看到了上輩子的自己，所以更想幫助她，讓她能過得幸福。

不過慶幸的是，牛新梅比自己堅強多了，周愛民也比高義那個人渣好很多，他們未來的日子是可以期待的。

喬秀蘭懷揣著心事，走出他們的新房，隨即看見等在一旁的趙長青。

下午的日頭毒辣，趙長青站在樹蔭下，身上穿著一件半新不舊的褂子。

喬秀蘭一陣恍惚，彷彿回到去年秋天，自己剛重生的時候。

不過去年的趙長青可沒有不打補丁的褂子，身材也沒有這麼壯實，臉上更不會帶著寵溺的笑看向她。

心頭的烏雲立刻消散，喬秀蘭笑著上前道：「長青哥，你還沒回去哪？」

趙長青也跟著笑了，他摸摸她的髮頂，說：「小糊塗蛋，我家就在旁邊。」

「就算在旁邊，走回去也得幾分鐘的路程，難不成你搬到他們的新房門口啦？」喬秀蘭打趣道。

「好啦，不鬧了，我是特地來等著送妳回家的。」趙長青說出自己的真正目的。

兩人一邊說話，一邊往喬家的方向走去，喬秀蘭的心情頓時輕快不少。

「不過幾步路的工夫，我自己走回家就是了。你之前幫著新梅做家具，忙了好多天，中午又吃了酒，現在應該早點回去歇著嘛。」喬秀蘭關心道。

趙長青輕輕地「嗯」了一聲。

喬家距離周愛民和牛新梅的新房也不遠，他今天確實沒必要等在外頭。只是今天高義在婚宴上那麼一鬧，他生怕喬秀蘭心裡不好受，所以特地等她出來，想和她說說話。

趙長青說話吞吞吐吐的，喬秀蘭和他聊沒兩句，就猜到他的意思，笑道：「那高義只敢嘴上說說而已。你沒看到後來新梅出聲教訓他，他馬上慫得連屁都不敢放一個嗎？就這種慫貨，我當成笑話看罷了，又怎麼會把他的話放在心上？」

「我知道妳不會為了高義這個人難受，可他說的那些話……」趙長青仍是一臉擔憂。

「那些話不是早就在傳了嗎？但人家都只敢在我的背後說，就他腦子有病，居然直接到我跟前說。名聲什麼的，我根本沒放在心上，嫁不出去就拉倒唄，我還圖個清靜呢，反正有人稀罕我。」她偏過臉笑咪咪地看著他，眼神瀲灩，宛如陽光下波光粼粼的湖面。

趙長青不禁彎了彎唇角。

是啊，別人說他的小姑娘不好沒關係，他知道她的好就夠了，就算所有人都不喜歡她，他也會把她放在心尖上疼著。

兩人說著話，很快就到了喬家附近。

喬秀蘭忽然想起一樁事，壓低聲音和他商量道：「今年開春後，你一直是田裡和黑市兩邊跑，短時間內還好，可時間一長，你的身子怎麼受得了？」

這件事說到趙長青的心坎上。他去年是因為打了錢奮鬥，被喬建軍罰不許勞動，所以才有大把時間可以泡在黑市裡。今年喬建軍已經允許他回田裡勞動，雖然他偶爾可以請假，但也不能終日不見人。

喬建國身邊倒是有個猴子可以幫忙，他本來也想找個幫手，但像猴子這樣沒什麼壞心又機靈的幫手，實在是可遇不可求。

一時之間，趙長青還真想不到什麼好辦法。

「我聽朋友說了一個消息……」喬秀蘭琢磨一下措辭，才繼續說：「我好朋友吳亞萍的哥哥，不是省城裡的嗎？聽他說今年的下半年或明年，可能會遇上嚴打。咱們現在也賺了一些錢，是不是為求穩妥，可以早些從黑市裡撤出來？」

讓她二哥和趙長青在今年撤出黑市，是喬秀蘭過年時就打算好的。

只是二哥有自己的想法，再加上他們兄妹倆雖然一起做生意這麼久，喬建國還是不想讓她牽涉太多，很多事情都不和她說，把她當孩子一般地保護著。

倒是趙長青，對她沒什麼隱瞞，一有事情還會先同她商量後再決定，所以喬秀蘭才先和他開口提起這件事。

「嚴打？」趙長青的神情認真起來。「消息來源可靠嗎？」

「應該可靠吧……」如果事情還是像上輩子那樣發展的話，那這個消息來源自然是可靠無比的。

趙長青皺著眉頭，想了想，說：「好，我回頭和妳二哥商量、商量。他和周瑞的關係不錯，不知道能不能從周瑞那裡打探出什麼消息來。」

喬秀蘭聽到他說要讓二哥去和周瑞套消息，提起的心瞬間放下去一大半。

這位黑市老大，人孝順，也確實有本事。她過去換著花樣替周瑞的母親做吃食，老人家對她很喜歡，幾次都說想認她做乾女兒。憑藉著老人家和她之間的情分，她相信周瑞要是真聽到什麼風聲，肯定會拉拔自家一把。

他們說完話後，喬秀蘭便放心地回了家，趙長青則心事重重地往自己家裡走去。

黑市來錢快，他前後做了不過半年多，就攢下幾千塊錢的家底。要是旁人或許會被這富貴迷了眼，不聽喬秀蘭的話，畢竟黑市從六幾年開到現在，雖然換過幾次地方，但有周瑞看顧著，一直穩穩當當的，若說會被嚴打取締，又有誰願意相信呢？

可他頭腦冷靜，也知道喬秀蘭不是那種信口開河的人，所以就把這件事牢記在心裡了。

第二天和喬建國在黑市碰頭的時候，趙長青就把下半年國家可能會進行嚴打的事情告訴喬建國。

喬建國聽完，立馬沈下臉，問趙長青消息來源是否可靠。

趙長青沒說是喬秀蘭告訴自己的，只說：「我是聽朋友說的。我朋友為人可靠，但這個消息是她從省城那裡聽來的，可不可信，她也拿不準。」

這種事情要是真遇上了，就是幾年的牢獄之災，雖然喬建國在進黑市前早就做好心理準備，但也不可能不規避風險，真的心甘情願往牢裡蹲。

「我找機會問問周瑞吧，他知道的應該比咱們多。」喬建國是個謹慎的人，決定先想辦法從周瑞那裡求證再說。

於是這天收市之後，喬建國和趙長青沒有直接回家，而是去了黑市附近的一座筒子樓。

這座筒子樓是周瑞平時會待著的地方，黑市的人要找他說事情，都會到這裡來。

可他們來到筒子樓之後，才從周瑞手下那裡得知，周瑞前一天就帶著他媽出門去了，說是去省城探望他大哥，順便帶他媽去省城的醫院看一看身體。

兩人撲了空，只得懷著心事，就此離開。

周瑞這一去，就去了兩個月，九月之前，他才從省城回到縣城。

他回來之後，直接風塵僕僕地來到黑市。他聽手下說喬建國和趙長青這段時間已經來找過他許多回，便讓人立刻去喊他們過來。

這兩個月裡，黑市依舊生意興隆，有條不紊，可不知怎的，喬建國和趙長青就是覺得心裡不踏實。所以兩人一知道周瑞回來，立刻把手頭的生意一放，匆匆忙忙地趕到周瑞所在的筒子樓。

還不等喬建國和趙長青開口，周瑞便先說道：「咱們這生意做不得了，國家馬上就要出大事。你們快收拾一下，立刻結束生意，離開這裡。」

聽他說出這些話，喬建國和趙長青並沒有太過吃驚，他們心頭的一塊大石瞬間落地，兩人不約而同地鬆了口氣。

周瑞帶著疑惑問他們。「你們早就知道了？」

喬建國據實以告。「我們聽到一些風聲，但不知道真假，所以才想著要來問問周哥。」

周瑞認真地說：「之前我大哥讓人來把我和我媽接到省城，說是省城裡有個醫生能治我媽的病，我完全沒有懷疑，就過去了，可去了以後才知道省城裡早已變天……」說到這裡，他頓了頓，顯然不能再多說的樣子。「我大哥本想把我和我媽直接留在省城，不過我媽隱隱猜到一些，私下和我說她是吃了你妹子做的吃食，身體才好了不少。既然承了你們家的情，如今遇上事，我們可不能獨善其身。」

這半年來，蔣玉芬的身體以肉眼可見的速度恢復元氣，她身體一好，也就有更多時間去關心周瑞，所以已經大概知道他所從事的行當。

這回周瑞的大哥把他們留在省城，蔣玉芬就猜到可能有大事要發生，她便想辦法支開大兒子安排的保鏢，讓周瑞趕緊抽空回縣城一趟。

「那是只有咱們撤走，還是要通知大夥兒一起？」喬建國試探地問。

喬建國進黑市的時間不短，跟很多人都有交情，遇上事情也不想只有自己上岸，卻把兄弟、朋友們都留在泥沼裡。

「既然我回來了，自然得做一番安排。」周瑞說：「不過我大哥那邊的消息不能對外散播，所以我只能說是有聽到風聲，至於他們要不要撤走，就不是我能管的了。」

喬建國和趙長青都點點頭，保證不會洩露他大哥那邊的事情。

當天晚上，周瑞立即召開一場黑市的緊急會議。

黑市裡所有的攤主都到齊了。

周瑞也不兜圈子，開門見山地和眾人說：「我媽身體不好，你們或多或少也知道一些。現在她老人家年紀大了，我準備帶她去省城定居，往後就無法繼續看顧這裡了。」

此話一出，眾人立刻議論紛紛。

周瑞這一走，黑市就沒了領頭人，可不是大事嘛！

「另外，我還聽到一些風聲，咱們這生意……你們都明白的，一個不小心，就得去吃牢飯。趁這個機會，我要給你們提個醒，如果能收手，就趁早收了吧。」周瑞神情嚴肅地道。

「周哥，你說這話可不地道！」人群裡一個不高的男人冷笑道：「你自己賺得盆滿缽滿的，要帶著老娘去省城享福，如今撇下咱們一班兄弟不說，還不讓我們繼續掙錢了？」

周瑞認出這是最早來黑市的趙全，算是在場眾人裡資格最老的。當初一眾黑市元老推選領頭人，趙全輸給他，這些年來對他一直都不服氣。

趙全的話一出口，一些跟趙全關係好的攤主也跟著說：「就是啊，周哥自己賺夠了，怎麼還不讓咱們賺錢了？」

「這公安年年都在嚴打，也沒看咱們這裡出事，我才不信什麼風聲呢……」

「就是，我的生意這兩年才有起色，如果說不幹就不幹，那我過去那些年挨的苦算什麼？難道要我回鄉下去種田嗎？」

眾人吵得沸沸揚揚，對周瑞的抱怨聲漸漸多了起來。

周瑞倒不在意，他只是出於好心，給眾人提個醒，至於他們聽不聽、能聽進去多少，就不在他能干預的範圍內了。

他大哥知道他在做黑市買賣之後，已經打算等有空就要好好地收拾他一番，他操心自己的事情都忙不過來了，哪裡還有心思管別人。

周瑞一言不發，等議論聲消下去後，才開口說：「我只是來給你們提個醒，至於你們是留、是走，全看你們自己。」說完這話，周瑞收拾好自己的東西，帶著兩個手下就離開了筒子樓。

趙全一看到周瑞離開，馬上開始發表起自己的「競選宣言」，表示想要做黑市下一任的領頭人。

喬建國和趙長青對視一眼，兩人很有默契地拉著身邊的人一起退出去。

喬建國拉上跟自己關係不錯的朋友，趙長青只拉了黑豹一個人。

「幹啥呀？長青。」黑豹不大樂意地想抽回自己的胳膊。「我感覺趙全那人除了資格老一些，本事還不如我呢。他都能競選，我也想……」

趙長青冷冷地看了黑豹一眼。「你要是嫌家裡的飯不好吃，想去嚐嚐牢飯，你就儘管留下來吧。」

黑豹被他冷峻的臉色嚇到了，愣了半晌才吶吶地問：「真、真要出事了？」

趙長青點點頭，又看了看喬建國，言簡意賅地說：「這是為你好。」

黑豹這才反應過來，趙長青和喬建國走得近，喬建國和周瑞的關係又好，他們兩人知道的肯定比他們這些人多。

周瑞是個黑面神，對誰都冷冷清清的，不算熱絡，自然不可能跟他們這些攤主透底；但喬建國和趙長青如此反常，顯然知道一些不能對外披露的內幕……

再一細想，周瑞的母親身體不好，也不是一日、兩日了，要是去省城看病的話，那應該需要更多錢才對。以周瑞的精明勁，怎麼也不可能放掉黑市這塊大肥肉，周瑞完全可以請人照顧自家母親，自己留在黑市賺取更多醫藥費。

方才自己聽了趙全的煽動，只想著周瑞不在後，就不用再交租子，還能賺更多錢，差點腦子一熱，什麼都沒想就決定留下來……想到這裡，黑豹不禁冷汗直流。

喬建國和趙長青已經下定決心要徹走，因此就在周瑞離開的第二天，他們馬上把手頭的東西都便宜賣了，從此歇業。

喬秀蘭知道他們已經決定撤出來，心情大好。

她又提醒他們黑市或許得休市很長一段時間，他們手上的錢雖然多，但往後買東西還得靠票據，應該早做準備，多存一些票據。

於是，喬建國和趙長青很快就去把手邊的錢，換成各種票據。

就在這一年的十月，四人幫被逮捕，十年風波終於結束了。

第三十七章

十年風波結束，大城市裡發生巨變，而黑瞎溝屯這種鄉下地方卻沒怎麼受到影響。喬秀蘭知道從明年開始，國家將發生更大的變化，首先是要恢復高考。

她一直對知識分子很有好感，所以上輩子才會對高義那麼上心。她被高義拋棄後，自己一個人在城市討生活，每天晚上一個人覺得孤獨的時候，就是靠看書來排遣寂寞。讀的書多了，人也變得豁達許多，只是當時她沒錢，沒辦法去上學；後來她靠著善水，生意越來越好，卻又沒有時間了。

上輩子一直到生重病之前，她還在想著等自己年紀大了，就要去報個老年大學，一償自己讀大學的夙願。可惜造化弄人，最終她還是沒能讀成。

這輩子她有機會重生，現在全家人的日子越過越好，她二哥和趙長青也已經從黑市全身而退。她有錢又有閒，就想早做準備，開始復習，好參加高考。

明年是恢復高考的第一年，喬秀蘭知道就憑她這一點知識水準，考上大學的希望十分渺茫，但她還是想竭盡全力去試一試，就算不成功，那也沒有遺憾了。再說明年考不上，還有後年、大後年，她相信只要自己努力，總有機會去讀大學的。

不過要準備開始復習時，喬秀蘭馬上遇到難題……這年頭要去哪裡找參考書呢？

整個黑瞎溝屯也沒有幾個高中生，而且人家的書都是當寶貝一樣藏在家裡，非親非故的，就算她上門去借，人家也不願意啊。書店裡就更別說了，只有賣一些紅寶書和宣揚共產主義的書……這可把喬秀蘭愁壞了。

之後喬秀蘭和牛新梅、吳亞萍在一起玩的時候，她們見她最近總是心事重重的模樣，便關心地問起來。

對於她們，喬秀蘭也沒什麼好隱瞞的，便如實告訴她們。

牛新梅只上過小學，聽得一頭霧水，不禁問她。「妳好端端的怎麼想要看書了？我一看到書就頭疼，尤其是算數……妳這不是沒事找罪受嘛！」說著，似乎是回憶起上學時的「慘痛經歷」，馬上抱著頭作痛苦狀。

喬秀蘭笑著捶了牛新梅一下，說：「學習知識是好事，怎麼到妳這裡就成了找罪受？」

牛新梅攤攤手。「沒辦法，我天生就不是那塊料子。」

吳亞萍也跟著笑，問喬秀蘭道：「妳是不是已經知道國家可能要恢復高考的消息？」

喬秀蘭驚訝道：「妳也知道？」她記得國家恢復高考是在一九七七年的九月之後，眼下才一九七六年的冬天，照道理應該誰都不知道這件事才對。

吳亞萍回道：「也不算知道吧。我哥哥朋友多，他有些朋友的家世也算顯赫，便透露一些風聲給他，但他們也說不準，只說有可能。我哥哥是一心想上大學的，所以已經在家裡開始看書了。之前他給我寫信時提起，說要是我也想考大學，可以寄一些學習資料給我。」

喬秀蘭眼中跳躍著希望的小火苗，但她知道學習資料寶貴，所以沒有貿然開口。不過不用她主動提起，吳亞萍又接著說：「正好我還沒給我哥回信，回頭我就寫信讓他寄過來，這下妳不用發愁了吧？妳看妳這眉頭天天皺在一起，皺紋都要出來了。」

喬秀蘭沒理會吳亞萍的調笑，她上前抱著吳亞萍，狠狠地在吳亞萍臉上親了一口。「亞萍，我愛死妳了！」

她笑靨如花，眼角眉梢都是笑意，吳亞萍差點沒看呆了。

「我呢？我呢？」牛新梅趕緊把自己的臉湊過去。

喬秀蘭毫不吝嗇地抱著牛新梅的臉也親了一口，三個人笑鬧成一團。

吳亞萍是真心把喬秀蘭當成閨密的，因此回去後就立刻給她哥哥回信。不到三天，她哥哥的回信和一大疊書就已經寄到。

吳亞萍提著書，第一時間給喬秀蘭送過去。

喬秀蘭正在灶房煲湯，一聽到吳亞萍的聲音，立刻迎出去。

「怎麼這麼快就把書送過來了？妳先看吧，妳看完後再給我看就成。」喬秀蘭不好意思地說。

吳亞萍笑著擺手。「我不大愛讀書，不然當年也不會連高中都沒考上。妳就別和我客氣了，要是明年真能恢復高考，妳考出個好成績，就是對我最大的回報啦。」

喬秀蘭感激地點點頭。她先去把手洗乾淨，才珍而重之地將那疊半新不舊的參考書接過來，立刻放進屋裡。

放完書以後，喬秀蘭留吳亞萍吃晚飯。

吳亞萍也沒和她客氣，直接跟她一起來到灶房，幫忙準備晚飯。

喬秀蘭這天煮的是魚湯，湯色已經被熬成奶白色，再放上一些豆腐和白菜慢慢地燉著，出鍋前撒上一把切碎的小蔥，光是看著就讓人垂涎三尺。

一大鍋魚湯隨即被端上桌，另外還有醋溜白菜、肉末豆腐等，每道菜都是色、香、味俱全。

吳亞萍笑著對喬秀蘭說：「老來妳這裡蹭吃、蹭喝的，妳還不肯收我的糧票，我都要不好意思了。」

喬秀蘭遞了個熱的玉米麵饃饃給吳亞萍。「之前妳說這種話，我就不說什麼了，但妳今天才給我送來那些參考書呢，要是再和我客氣，我可要不高興了。」

她們說著話的時候，喬家其他人也陸續上了飯桌。

喬秀蘭每天都在家裡的飯菜中加入善水，算起來已經一年多。這一年多來，喬家幾乎沒人生病，而且精神都越來越好。

喬建國已經從黑市退出來兩個多月，正好趕上秋收的末班車，一直忙到剛剛入冬，才總算閒下來。

他也不覺得累，就是覺得太閒了，畢竟田裡的活兒不需要動腦子，每天只需要重複著同樣的勞動，這讓他感到渾身不對勁。所以這段時間以來，他一直沒什麼精神，整個人看起來懨懨的。

這天喬秀蘭做的魚湯鮮香到了骨子裡，酥爛的魚肉更是一點腥味都沒有，一喝就知道是用新鮮的魚下去煮的。喬建國不禁多喝了兩碗，隨口一問：「小妹，這天是越來越冷了，妳從哪裡抓來的活魚啊？」

喬秀蘭朝他使眼色。「不是我抓的，是今天小石頭送過來的，應該是長青哥抓的吧。」

喬建國立刻會意，這條魚應該是趙長青從別的管道弄來的。

趙長青離開黑市後，也回到生產大隊勞動，說起來，他們哥兒倆已經有些時候沒好好地聚一聚了。

這魚倒是提醒了喬建國，他心想，難道趙長青找到別的賺錢路子了？

吃完晚飯，吳亞萍告辭離開，喬秀蘭則收拾好碗筷，洗碗去了，其他人就圍在堂屋裡烤火說話。

喬建國心事重重，攏著雙手便出門去找趙長青了。

趙長青家裡還是像從前一般，看起來有些破舊，但喬建國進了屋，才發現屋裡的情況早已大不相同。

八仙桌和條凳都被換成新的，另外還添了長桌和小板凳，炭盆裡的炭也是放得足足的。趙長青和小石頭正在吃晚飯，飯桌上也擺著一大鍋魚湯。只是他的手藝實在欠佳，這魚湯不論是香味或色澤，都跟喬秀蘭做的差上一大截。

「二哥咋過來了？吃過晚飯沒有？」趙長青見喬建國來了，馬上笑著迎上前去。

「吃過了。你先吃吧，別忙著招呼我。」喬建國不想打擾他們吃飯，連忙說道。

雖然喬建國這麼說，趙長青還是起身幫喬建國倒了一杯熱水。

不一會兒，小石頭吃飽了，他乖乖地把飯碗放到灶房，又回來跟趙長青說：「爹，我想去喬奶奶家睡。」

現在天冷了，小石頭都跟趙長青睡一個被窩，可趙長青白天要幹活，身上汗味重，他嗅覺靈敏，總覺得難受。不像李翠娥和喬秀蘭，她們身上都香香的，還會摟著他，講睡前故事給他聽。

「你咋事兒這麼多？大晚上跑人家家裡睡覺做什麼？」趙長青不同意地說。

小石頭不大高興地嘟了嘟嘴，轉而眼巴巴地看著喬建國。

喬建國被他看得心頭一軟，伸手拉了拉趙長青。「沒事，我家裡才剛吃完晚飯，我媽正閒得發慌呢，她這兩天還一直念叨著小石頭，你就讓他去吧。」

「是啊，爸爸，讓我去吧，我保證乖乖的。」小石頭蹭到趙長青腿邊撒嬌。

「走、走、走，你這養不熟的小白眼狼，光想著去別人家。」趙長青無奈地同意了。

小石頭嘿嘿笑了兩聲，腳步輕快地跑出家門。

喬建國忍不住笑著說：「小石頭真是大了，現在看起來聰明又機靈，一點也不比別人家的孩子差。」

說到這個，趙長青臉上不禁露出由衷的笑意。「是啊，多虧大娘和秀蘭的照顧，這孩子現在不僅說話清楚，還越來越鬼靈精了。」

聊上幾句養兒經後，喬建國隨即正了臉色，問趙長青道：「長青，今天你送到我家的魚是從哪裡來的？」現在河裡的水是刺骨的涼，可沒什麼人敢這個天氣下河抓魚。

「喬二哥今天要是不來，我也正想找機會和喬二哥說這件事。」趙長青起身，謹慎地把大門關上。「這魚是黑豹送來的。他和我說，現在黑市剛剛經過嚴打，攤販撤走了一大半，很不景氣，他也不敢再去擺攤。只是咱們總不能回去過種田的日子，所以他另外找了一條賺錢的路子……」

喬建國很感興趣，追問道：「什麼路子？」

「養魚！」

喬建國眉毛一挑，說：「養魚得買魚苗，還要有一大片池塘，而且每天又離不開人……這風險，可不比在黑市小。」這風險只大不小，而且所需的成本十分可觀。

趙長青點頭。「所以我沒有一口應承下來，只說要再考慮、考慮。」

喬建國心裡有些癢癢的。在黑市擺攤，也就是賺個中間差價，還得交租子，賺得再多也是有限的；可若是自己搞養殖，那賺的肯定就不止那些了。

「黑豹怎麼突然想起要養魚了？」喬建國好奇地問。

「他和我說，他之前攤子上經常賣的鮮魚，就是他家親戚養出來的，據說那養魚的規模還不小。只是前不久黑市一出事，他親戚膽子小，不敢做了，就想找人把生意盤出去。」趙長青解釋道。

黑豹雖然是個大老粗，但他在黑市盤桓多年，辦事特別小心，他會提出這個建議，顯然已經事前考察過了。

「這件事確實還得想想，畢竟和咱們從前賣東西不同，而且咱們也沒那個技術。黑豹他親戚不幹的話，咱們是能向他親戚請教一些，可更多的還是得自己琢磨，一個弄不好，那就是賠本買賣。」喬建國分析著。

「是啊，他親戚說只能偶爾來指點一下。」趙長青也附和道。

兩人商量了一會兒，都有些心動，卻不敢貿然冒那麼大的風險。

第三十八章

喬建國回到家的時候，喬家人都已經睡下，只有喬秀蘭和李翠娥的屋裡還點著油燈。他敲了門進去。「媽、小妹，咋還沒睡呢？」

喬秀蘭坐在書桌前看書；李翠娥則在燈火下做針線活；小石頭也沒睡，正坐在喬秀蘭的膝蓋上，好奇地看著書上的文字。

李翠娥笑著回道：「你小妹突然想看書了，我就陪她一會兒。」

喬建國上前看了看喬秀蘭的書，笑著說：「小妹怎麼想起要看書了？」

喬秀蘭正在背英語單字，隨口回答道：「亞萍的哥哥說不久後國家可能要恢復高考，我就想早點做準備。」

自從知道吳亞萍是未來省委書記的妹妹，喬秀蘭那些未卜先知的消息來源，就都安排到了她哥哥的頭上。

喬家人也都知道吳亞萍的哥哥人在省城，本事特別大，消息十分靈通。

「哇！」喬建國誇張地驚叫一聲。「那咱們家豈不是要出一個大學生？」

喬秀蘭沒好氣地用手捶了他一下。「二哥！」

喬建國哈哈一笑。「好、好，妳看書吧，二哥不笑話妳了。」

喬秀蘭「哼」了一聲，不再理他，繼續專心致志地默寫單字。

書是吳亞萍的哥哥託關係弄來的，自己肯定不能弄髒，所以便跟姪子們借來鉛筆、橡皮擦和他們用過的作業本，在作業本空白的地方默寫後再擦掉。

喬建國在旁邊看了一會兒，忍不住問：「小妹，妳咋不用新本子啊？這擦來擦去的不累嗎？」

「還好啊。作業本貴，我用舊的就行。」喬秀蘭回答的同時，立馬寫錯一個單字，她用橡皮擦邊擦邊說：「好啦，二哥你別和我說話了，我會分心的。」

「行、行，我不妨礙妳。」喬建國笑著往旁邊站了站。

搖曳的一豆燈火下，喬秀蘭全神貫注，神情是前所未有的認真。

喬建國看著、看著，不自覺地皺了眉頭。

家裡沒有電燈，光靠兩盞油燈真的太昏暗了。這一天、兩天還好，時間長了，自家小妹的眼睛還要不要了？

縣城裡倒是早就通電了，但農村的電力設施並不普及，也就公社和生產大隊那邊有電而已。

小妹好學是好事，但不能這麼寒磣。

喬建國心裡忽然就有了主意，風險大就大吧，他得為小妹提供好的學習環境！而且往遠了說，要是國家真的恢復高考，自家小妹和四個小子們，那都得去考一考的，這學費、路費和生活費，都得用到錢，先不管他們能不能考上，自己總得先替他們準備著。

光靠掙來的工分，頂多只夠自家人吃飽，閒錢是沒有的。儘管喬建國身邊還有幾千塊錢，但這段時間沒有進項，還是讓他生出一股坐吃山空的危機感來。

小石頭並不明白他們在說什麼，只是看喬秀蘭那麼認真，便很乖覺地沒有多嘴發問，只是把不懂的字詞都默默地記在心裡。

第二天小石頭回到自己家，就拉著趙長青問：「爹，考大學是什麼意思？」

趙長青正在算自己手頭上的錢，也沒認真聽，就隨口回答：「大學就是最厲害的學校，上完以後會變得很厲害、很有出息。」

小石頭似懂非懂地點點頭，拍著小胸脯說：「那我也要考大學！」

趙長青「噗哧」一聲笑出來，伸手戳向自家兒子的額頭。「你才多大？這就想考大學了？」

小石頭用小手摀住額頭，說：「姨姨能考，我也能考啊，我要和姨姨一起考。」

趙長青止住笑，正了臉色問：「你喬姨要考大學？你是從哪裡聽來的？」

「就昨天晚上啊，姨姨和二伯伯說的。」小石頭說完，就邁著小短腿跑去外頭玩了。

喬秀蘭要考大學？

趙長青對國家政策並不清楚，卻知道喬秀蘭有個朋友的哥哥在省城，消息很靈通，之前黑市遭到嚴打的消息還是從那邊先傳出來的，這回的消息多半也不會錯。

喬秀蘭在趙長青心裡一直是個聰慧的可人兒，她若想考大學，他相信她一定能考上。

兩人的關係才確定不久，而且還沒過明路，他日喬秀蘭搖身一變成了大學生，他就更配不上她了……

趙長青的腦海裡警鐘狂響，呆坐半晌之後，趙長青把數完的所有鈔票都捏在手裡。

他得拚一拚了！

就在這天晚上，喬建國又來了趙長青家一趟。

對於養魚一事，兩人一拍即合，當場就把事情確定下來。

隔天，兩人一起去找黑豹，立刻籌備起來。

喬秀蘭並不知道自己一個考大學的決定，給她二哥和趙長青帶來多大的影響。

她一心都在書本上，每天除了做家務，就是拿著書惡補知識。

吳冠禮真的是個很有本事的人，不僅搞來這麼多的復習資料，上頭還有一些他做的筆記和標注，並勾選出一些他覺得可能會考的地方。

喬秀蘭覺得受益匪淺，為了不辜負這些參考書，她更加廢寢忘食了。

李翠娥剛開始還沒怎麼管她，覺得國家恢復高考的事還沒個影兒，自家閨女又好幾年沒碰書，估計只是三分鐘熱度。

可李翠娥沒想到，她這熱度一直從冬天燒到初春，連中間過年的時候，她都是泡在屋裡看書，沒怎麼玩樂。而且她還越來越刻苦學習，遇到不會的就去問她的姪子們，姪子們要是也不會，她就把問題抄寫下來，讓他們帶到學校去請教老師。

李翠娥後來和閨女提過幾次相親的事，閨女都以看書為由給打發，說萬事等她明年考完再說，這可把李翠娥給愁得睡不好覺。

一九七七年的春天，喬秀蘭終於把吳冠禮寄過來的那疊學習資料都看完了，不說倒背如流吧，但書中所有的知識她都已經牢牢地掌握了。

然後她又用了幾頓好吃的，「賄賂」姪子們和她一起抄書，把她覺得比較難的部分都抄寫下來。

做完這些，她趕緊把那些學習資料給吳亞萍送過去。

畢竟吳冠禮把這麼珍貴的學習資料寄過來，是為了自家妹妹，她可不能一直霸占著，還得讓吳亞萍好好學習才是。

吳亞萍聽說她在幾個月裡就把那些書都看完，而且記下了，頓時驚訝不已。「我哥哥說我要是能在半年內把這些看完一遍，就很難得了。這才幾個月啊，妳居然都記住了？」

喬秀蘭有些不好意思地笑了笑。「我還沒有融會貫通，就是死記而已。像是數學，我就有很多不會的，幸虧我姪子們聰明，還有他們學校老師的幫忙，我才學了個七七八八。」

吳亞萍佩服地說：「妳還是很厲害了，這麼多書，我要是沒看個一、兩年可看不完，更別說記住。不過既然妳學得快，那我一會兒就寫信給我哥哥，讓他再弄一些書過來。」

喬秀蘭先道了謝，又邀請吳亞萍等等來家裡吃飯，這才告辭離開。

李翠娥這一天笑得格外開懷，閨女總算把書都看完了，不用再像書呆子似地成天捧著書本。

於是李翠娥又說起相親的事，喬秀蘭只是裝傻，拍了下腦袋說：「哎呀，今天的單字還沒背。」說完就鑽進屋裡，看起自己的筆記了。

新的學習資料還沒寄過來，喬秀蘭每天只要復習筆記，突然就閒下來。這一閒，她就發現自家二哥不大對勁……

二哥又開始隔三差五地請假了！

她並沒有貿然去問二哥，而是在二哥再次請假的時候，她偷偷在半夜爬起來，守在堂屋裡。

天還沒亮，喬建國就輕手輕腳地出了屋，摸黑出門。

喬秀蘭一聽到響動，馬上跟出去。

喬建國是個警醒的，但眼下天色尚黑，再加上喬建國又剛睡醒，也沒想到家裡會有人跟蹤自己，所以一路上並沒發現跟在自己後頭的喬秀蘭。

喬秀蘭跟在她二哥後頭，越走越覺得奇怪，二哥居然沒有往村外去，而是去趙長青家。

難道這件事，趙長青也有份？

喬秀蘭有點不高興了。

二哥把她當小孩子，不肯和她說也就罷了，但趙長青可是時不時會來看她的。前一天他們還偷偷在後院聊了好大一會兒，他只讓她注意身體，別看書看壞了眼睛，絲毫沒提起他最近在做的事。

趙長青家附近比較偏僻，喬秀蘭也不敢跟得太近，她在一棵大樹後站了好一會兒，才往他家走去。

說來也巧，她進院子的時候，趙長青和喬建國正好一起從屋裡出來。

三人撞了個正著，喬建國立刻尷尬地說：「小妹，妳大半夜的不睡覺，跑到這裡來做什麼？」

喬秀蘭抱著手，哼笑說：「二哥自己不也是大半夜跑出來？我倒要問問二哥和長青哥這又是在做什麼呢？」

喬建國乾笑著，搔了搔頭，轉頭看向趙長青。

趙長青同樣一臉尷尬。他並非故意要瞞著喬秀蘭，只是知道她這段時間看書看得廢寢忘食，不想讓她操心，打算晚一點再告訴她。沒想到還沒等他說出口，就先被喬秀蘭發現了。

一時間，他們兩人你看我、我看你的，都不說話。

喬秀蘭努了努嘴說：「你們到現在還不肯告訴我，是信不過我嗎？」

「怎麼會呢？」喬建國嘆口氣，無奈地道：「行、行，妳跟我來。」喬建國說完，就率先往前走。

喬秀蘭和趙長青跟在喬建國後頭，兩人肩並肩地走在一起。

趙長青感覺到喬秀蘭有些不高興，討好地去拉她的手。

喬秀蘭只是輕「哼」一聲，「啪」一聲就打掉他的手。

走在前頭的喬建國聽到聲響，奇怪地回頭看了一眼。

喬秀蘭趕緊抓著脖子說：「唉，這春天怎麼會有這麼多蚊子呀？」

喬建國回過身，繼續走自己的路，還不忘叮囑她說：「可能是咱們離那黑瞎子山越來越近，蚊蟲變多了。小妹，妳一會兒千萬要跟緊我。」

喬秀蘭應了一聲，又瞪了趙長青一眼，這才快步跟上。

走沒多久，他們三人就來到黑瞎子山下。

這座山早幾年前還有熊瞎子出沒，一直到喬建軍當上生產隊長，才發動村民上山驅趕野獸，儘管如此，這座山還是鮮少有人過來。

此時黑瞎子山隱在夜色中，茂盛的植被影影綽綽，看起來就像一頭蟄伏的巨獸，讓喬秀蘭心裡忍不住發怵。

喬建國和趙長青在山下的樹叢裡，扒拉出兩只手電筒。

手電筒一亮，前路立刻明朗起來，喬秀蘭能看清楚了，心裡的害怕也消去不少。

喬建國拉住她的手，帶著她熟門熟路地往山上走去。

山上樹叢茂盛，只有一條狹窄的小路，旁邊還時不時有鋒利的野草割腳，並不好走。

喬建國特地放慢腳步，生怕喬秀蘭摔了。

就這麼磕磕絆絆地走上半小時，天色漸漸亮了，他們終於抵達目的地。

在地勢相較平緩的半山腰，一個比足球場還要大的池塘映入喬秀蘭的眼簾，池塘旁邊還有一間簡易的小木屋，看起來像是剛搭好沒多久的樣子。

喬秀蘭愣了好半晌才反應過來。「二哥，你們這是幹什麼？搞養殖？」

喬建國先是讚她一聲「聰明」，接著說：「沒錯，除了我和長青、黑豹，我們還請來幾個人，花上好大的工夫把池塘下面該挖的挖開、該堵的堵上，還引了山泉水過來，一直忙到昨天才把魚苗放進去。」

喬秀蘭不懂養殖，她吶吶地說：「成本挺高的吧？」

喬建國「嗯」了一聲，笑著說：「是我們三個湊錢弄的。等日後魚苗長大了，二哥讓妳頓頓有魚吃。」

「你們都沒有養殖的經驗，就這麼搞，不怕虧本啊？」喬秀蘭一臉不敢置信。

喬建國摸了摸鼻子，說：「這本來是黑豹家親戚的買賣，他家親戚指點我們混養、密養和輪捕、輪放這些技術，魚苗也是從他那裡買的，包管健康。但我們尚未實做過，回頭還得自己摸索著來。」

喬秀蘭驚訝於他們的大膽，而且居然沒和她商量，就在挖池塘上頭投入一大筆錢，這要是養壞了，得虧多少錢啊！她懷疑自家二哥多年積攢的身家，可能有一半都投進去了……

不過既然他們已經搞起來，喬秀蘭也不好再說什麼，只是道：「正好亞萍要再幫我和她哥哥借書，我回頭麻煩她哥哥順便捎兩本養魚的書來看看吧。」

看過池塘以後，喬秀蘭又進去小木屋裡瞧一瞧，趙長青也跟進去。

裡頭除了一些養魚的工具和餌料之外，就只有一張木頭單人床和一床半新不舊的被褥，那被褥喬秀蘭看著有些眼熟。

趙長青解釋道：「放養魚苗以後，就得有人輪班守著。二哥和黑豹都不方便，所以就由我住在這裡看顧魚苗。」

喬秀蘭心疼地說：「你白天在田裡幹活，晚上睡在山上守魚苗，身子怎麼受得了？」

趙長青毫不介意地笑道：「我還年輕，少睡一會兒也不礙事。白天我會找一些輕鬆的活兒幹，不會太累的。」

喬秀蘭還是不放心，心裡暗暗想著回頭得在趙家多放一些善水，讓趙長青補補身體。

想到善水，喬秀蘭突然靈光一閃！

養魚講究水質，這黑瞎子山上的水已經是出名的好，但怎麼也不如善水啊。要是用善水來養魚，那魚長大以後不知會是怎樣的好滋味呢。

這麼一想，她懸著的心放下不少，立刻走出木屋，來到池塘邊。

此時喬建國正在池塘邊，忙著檢查魚苗。
趁喬建國不注意，她從空間裡取出一個熱水瓶，把滿滿一大瓶的水倒入池塘裡。
等喬建國抬頭的時候，她手裡的熱水瓶已經被倒空，轉眼間就把熱水瓶收進空間裡。
喬建國只覺得眼前一花，小妹的手裡已空空如也。
「小妹，妳拿的什麼啊？」喬建國驚訝地問。
喬秀蘭笑著伸出空空的雙手，在喬建國面前晃了晃。「二哥你眼花了吧？我什麼也沒拿啊。」
喬建國上前把她的手仔細看一遍，又見她今天穿了一件沒有口袋的淺色襯衫，確實沒有能藏東西的地方，不禁揉著眼睛，喃喃地道：「難道是我最近睡太少了嗎？怎麼會眼花成這樣子。」
然而就在他們兄妹身後的小木屋旁邊，趙長青正一臉震驚地愣在原地。
他是跟著喬秀蘭一起出來的。
喬秀蘭和他說完話後，就面上一喜，快步走出小木屋。他以為她是想到什麼有趣的事，便跟在她後頭，卻沒有出聲喊她。
可讓他驚奇的是，喬秀蘭變魔術似地變出一個熱水瓶，然後把熱水瓶裡的水全往池塘裡倒，緊接著她手裡的熱水瓶又騰空消失了……
別說喬建國不相信自己的眼睛，就連他這個全程盯著看的人都覺得是自己晚上沒睡好，這才出現幻覺了！

喬秀蘭和喬建國說完話後，轉頭就看見趙長青站在小木屋的門口發呆。

「長青哥，想什麼呢？」喬秀蘭疑惑地問。

「沒、沒事。我只是在想，往後我如果都住在山上，小石頭一個人在家不知道會不會害怕？」趙長青眼神閃爍地回答。

「這個簡單呀，讓小石頭來我家住就是了，我媽喜歡他喜歡得不行呢。」喬秀蘭笑道。

「嗯，好。」趙長青心不在焉地點點頭。

他雖然不知道喬秀蘭在隱瞞什麼，卻無條件地信任她，既然她連她二哥都瞞著，他就當自己今天什麼也沒看見。

他的小姑娘人美心善，肯定不會做出傷害他們的事情。

而喬秀蘭沒在山上多待，天大亮以後，她就一個人下山去了。

喬建國和趙長青放心不下她，最後還是送了她半程。

第三十九章

喬秀蘭回到家的時候，李翠娥已經起來做早飯，瞧見她回來，馬上問道：「妳一大早就跑得沒影兒，這是去哪裡了？」

喬秀蘭笑著上前幫忙，說：「之前習慣早起看書，所以早早就醒了。我瞧著今天天氣好，便在附近轉了轉。」

李翠娥點頭道：「妳之前天天悶在屋裡，現在要多活動、活動才好。」

一邊說著話，母女二人很快就把早飯做好。

一家子用完早飯，該上工的上工，李翠娥則在屋裡抱孫女。

喬秀蘭洗好碗，立刻去找吳亞萍，說她要買些關於養魚的書，想請吳亞萍的哥哥幫忙找一找。

吳亞萍聽她這麼說，少不得問她是要用來幹什麼的。

喬秀蘭就說：「我家大哥想給生產大隊搞搞副業，但一時間也沒什麼頭緒，咱們這黑瞎山上的水好，我就尋思著不知道能不能養魚。妳先別對外人說，省得大家有了希望，回頭我們沒搞成，又讓他們平白失望。」

吳亞萍點頭。「我知道的。我記得我哥哥好像有個朋友家裡就是農業局的，我讓他去問問看，應該沒什麼問題。」

喬秀蘭在旁邊聽了直咋舌，不愧是未來的省委書記啊，即使如今還在微末之時，就已經是相交滿天下了。

這還真是條金大腿啊！

一週之後，吳冠禮寄來一疊新的參考書，吳亞萍馬上給喬秀蘭送過去。

喬秀蘭往下一翻，下面果然塞著三本關於養魚的書。

喬建國和趙長青的文化水平都不高，尤其是趙長青，他孤苦伶仃地靠吃百家飯長大，從沒唸過一天書，若要讓他們自己看書，是行不通的。所以喬秀蘭立刻自己研讀起來，把書裡的重點全整理成淺顯易懂的內容，謄抄在本子上。

連續幾天時間，她除了吃飯、睡覺，幾乎沒有離開書桌前。最後她寫滿兩本作業本，才總算告一段落。

她把作業本送到喬建國和趙長青面前，一字一句地解釋給他們聽。

喬建國和趙長青完全沒想到，黑豹親戚說隨便養養就能賺錢的活兒，裡頭居然有這麼多門道。

到底是投入不少成本的買賣，他們也不敢掉以輕心，於是每天都抽出半天時間，聽喬秀蘭講解。而喬秀蘭在小木屋跟他們講解完後，都會乘機往魚塘裡倒上一壺善水。

黑豹這天趁家人都睡下後，半夜騎著自行車往黑瞎溝屯趕。一路上，他懊惱得想要騰出手來，抽自己兩個大耳刮子。

他真是被豬油蒙了心！看親戚拍胸脯保證說養魚的買賣只賺不虧，又想著親戚這麼些年提供的鮮魚一直很好，賣得供不應求，就拉趙長青和喬建國入夥，把生意盤下來。要不是前一天晚飯的時候，母親把親戚家的老人喊來家裡吃飯，那老太太喝了一碗酒，糊裡糊塗地將秘密說出口，他或許到現在還被蒙在鼓裡。

原來他親戚所謂穩賺不賠的買賣，早期根本不是由他親戚本人操持，而是靠著幾個經驗豐富的幫工。後來黑市被嚴打，幫工們就不願意幹了，畢竟他們又不是老闆，賺得不多，風險還大，根本吃力不討好。

幫工們不幹之後，他那個親戚也沒上心，只是另外招了一批人來做。可過沒多久，他親戚就發現不對勁了，那些魚苗開始出現大大小小的問題……養到後來，他親戚粗略一算，居然賺不到什麼錢。

不過幸好，他親戚之前投入的成本，早在這些年收回來了。他親戚又嘗試了個把月都沒有起色之後，便在虧本之前，趕緊把這養魚的買賣盤給他們，甚至連最後賣給他們的魚苗，都是帶病的，所以價格才那麼優惠。至於他親戚說的那些技術，根本就是道聽途說、紙上談兵，他親戚絲毫沒有實際經驗，後續根本不可能再給他們提供任何幫助。

黑豹這段時間一直在幫忙找售貨管道，好把從他親戚那邊收來已養成的魚都賣出去，魚塘裡的事情則交由喬建國和趙長青盯著。他這一路上的心情可謂忐忑到了極致，就害怕自己過去一看，魚塘裡的魚苗已經死了大半。

就這麼懷著不安的心情，黑豹到了趙長青家，把自行車往趙家院子裡的草垛裡一塞，他便揣著手電筒上山去了。

夜間的山路並不好走，黑豹摔了好幾跤，卻不敢慢下腳步，就這麼連滾帶爬地上山去。他到的時候，趙長青剛起身不久，正端著一個大搪瓷盆子，在屋外打水洗臉。

「你咋突然過來了？」見黑豹灰頭土臉的，趙長青笑道：「這大晚上的山路不好走，你可以等天亮一點再過來啊，反正我們這座山僻靜，根本沒人會來，也不怕被人盯上。」

黑豹一心想著魚苗，根本沒空理會趙長青說些什麼，他頭也不回地就往池塘邊走去。這一看，他頓時驚得說不出話來。

池塘裡不僅有魚，還放了各種水植，在各色水植的映襯下，小魚們聽到響動，居然不怕人地靠近水面游來游去，看起來生機勃勃。

黑豹拿起放在一旁的漁網，撈起一些小魚來查看，發現小魚們極為有力地擺動尾巴，個個都長得十分肥壯。

「怎麼樣？養得還可以吧？」趙長青笑著和他說：「我也是看過書才知道，原來你親戚給的鰱魚、草魚、鯽魚這些魚苗，要混養可是有講究的。魚塘裡頭我們放了隱藻、矽藻和其他鞭毛藻類，而且後頭還要進行什麼增氧，這些都是有門道的，等這些都弄好了，咱們這魚塘的生態系統才算完整。日後等魚塘系統穩定了，我們還能在旁邊開闢菜地、圈養雞鴨，來個綜合經營。」

這些專業術語讓黑豹聽得一愣、一愣的，這些東西他親戚可從沒說過，但聽趙長青說起來一副胸有成竹的樣子，他不禁震住了。

「你別這麼看我。」趙長青不好意思地摸了摸鼻子。「這些都是從書上看來的，我就是照著做而已。至於後續的養殖工作，喬二哥已經想辦法要找幾個有經驗的幫工過來。」

黑豹聽趙長青說了許多他們從書本上學習到的知識，他不敢置信地說：「這書上的技術也太神奇了，連生病的魚都能養得這麼好……」

「你說什麼？生病？」趙長青收起笑容。

黑豹愧疚又懊惱地說：「我也是剛剛知道的。我那親戚真是個人面獸心的東西，他底下有經驗的人走了，他自己打理不來，才把生意盤給我，他賣給咱們的魚苗都不大好。」越說，黑豹的聲音越低，恨不得找個地洞把自己埋了。

趙長青蹙著眉頭沒說話。

魚苗剛放進這個池塘的時候，確實是沒什麼生氣，趙長青和喬建國還十分擔心。可幾天之後，魚苗就恢復了活力，後來放了水植和藻類進去，小魚們就游得更歡了。於是他們就以為剛開始是魚苗猛然換了環境，一時不習慣才會那樣。

這段時間算下來，魚苗的存活率在百分之九十以上，這已經算是非常好的成績了！

不過書上提到的技術再怎麼厲害，也不可能把本來帶病的魚給養好啊……

不知怎的，他忽然想到喬秀蘭往池塘裡倒水的畫面。

後來喬秀蘭每天上山給他們講解書本知識，時不時都會在魚塘邊逗留，趙長青特別留心她的一舉一動，竟不止一次看她往魚塘裡頭倒水。

難道說……全靠小姑娘倒進去的水？

趙長青並不信怪力亂神，此時卻是不得不相信了，若不是有神奇的力量幫忙，他們的魚苗怎麼會在短時間內情況大好？

「長青，是我對不住你們。」見趙長青不說話，黑豹以為趙長青是在氣他糊塗莽撞，立馬保證道：「這買賣要是虧了，我就是砸鍋賣鐵，也一定會把本金還給你們，不會讓你們有任何損失的。」

「未必會到那一步，你先別這麼擔心。」趙長青安撫黑豹兩句。

把黑豹送下山後，趙長青在山下轉了兩圈，最後還是往喬家走去。

這一回，他必須好好問一問喬秀蘭，那神奇的水到底是怎麼一回事！

趙長青熟門熟路地來到喬家附近。

喬家大門敞開著，喬秀蘭正在院子裡餵雞。

她穿著家常的淺色碎花襯衫，長袖子被挽到手肘處，露出一截瑩潤如玉的手臂。即使她只是做著普通的農家活兒，卻依舊美得像一幅畫。

趙長青走到門邊，突然不想上前破壞這美好的畫面。

看到趙長青突然過來，喬秀蘭立刻放下雞食，擦擦手就迎了出去。「你咋突然過來了？我媽還在屋裡呢。」

趙長青壓低聲音說：「我有點事情想和妳說。」

「嗯，你去後門等我，我洗把手就過來。」喬秀蘭小聲地回道。

喬秀蘭快步回到院子裡，她餵完雞、洗了手，又去堂屋逛了一圈，見李翠娥正抱著小安安在逗弄，沒怎麼注意到她，便趕緊進了灶房，從後門溜出去。

「你嚐嚐這個。」喬秀蘭笑咪咪地遞了塊油餅給趙長青。

油餅這東西不費什麼工夫，就是用精白麵做的餅子，但是炸起來費油是真的，炸出來之後再撒上一層白糖，成本可不算低，也算是稀罕東西了。

油餅是早上喬秀蘭剛炸的，現在還溫熱著，一塊只有巴掌大小，趙長青兩口就吃完了。

「怎麼樣？滋味還行吧？」喬秀蘭雙眼亮晶晶地看著他。「小石頭喜歡得不行，早飯就吃了三塊。這孩子最近也不知道怎麼了，早上起來老是沒什麼胃口，可把我愁壞了。」

趙長青現在都住在山上，而小石頭還是個孩子，讓小石頭一個人在家裡住著，喬秀蘭實在不放心，乾脆把小石頭接過來長住。

「妳為了小石頭特地做的？」趙長青心中感動，拉了拉喬秀蘭的手。

小姑娘的手還是那麼柔軟白嫩，但是手背上居然有幾個紅點，看著格外刺眼。

趙長青的眉頭又皺了起來，她忙說：「沒事，就是早上炸油餅的時候沒注意，讓熱油濺了兩下。」

趙長青心疼地把她的手背拉到嘴邊，輕輕吹氣。「那孩子是被妳養得嘴太刁，餓他兩頓就老實了。」

喬秀蘭搗嘴直笑。「你還是不是他親爹了？」

趙長青也跟著笑。他自然把小石頭當成親生兒子看待，不然當初情況那麼艱難的時候，他也不會分出自己的口糧，把小石頭養到這麼大。最讓他感動的是，喬秀蘭也是真心喜歡和關心小石頭的，簡直要把他這個當爹的比下去。

「對了，你要和我說啥？咱們得快點說一說，不然我媽一會兒不見我，得來找我了。」喬秀蘭連忙道。

趙長青抿了抿唇，到嘴邊的話卻問不出口了。

其實有什麼好問的呢？她是一心一意為他們父子倆好的喬秀蘭，就算她身上有什麼秘密，那也是她不想說或者不方便說的，他貿然問了，豈不是強人所難？

「沒事，我只是想和妳說今天黑豹來看過了，說我們養的魚都很好，肯定很快就能把本金都賺回來。」趙長青緩緩地道。

黑豹雖然沒參與養魚的過程，但賣了這麼多年的魚，鑑別魚苗好壞的本事肯定是有的。

喬秀蘭鬆了口氣。「那就好。不瞞你說，你們剛開始說要養魚，我還挺擔心的呢。」

他們正說著話，李翠娥的聲音忽然從屋裡傳來。

「蘭花兒！人呢？怎麼一眨眼工夫就不見了。」

「媽，我在後院摘野菜呢，這就來！」喬秀蘭忙應了一聲，然後伸手推了推趙長青。「我得空再去山上找你。」

趙長青點點頭，做賊似地快步離開，走之前還大膽地拉起她的手，放到嘴邊輕啄一口。

喬秀蘭臉頰泛紅，輕輕地啐他一口，隨手從菜田裡拔了把野菜，就快步走回去了。

喬建國在縣城裡託了各種關係，去找有經驗的幫工。

喬秀蘭給喬建國出了個主意，說這種身懷一技之長的人才十分難得，所以酬勞千萬不要吝嗇，甚至可以讓對方以技術參與盈利分成，這樣對方也會上心，更加用心地把魚養好。

喬建國不是小氣的人，像這回養魚，他和黑豹出了大頭，而趙長青出的本金少，便出力來彌補，住到山上看顧魚塘。因此他和黑豹也沒吝嗇，說好往後的盈利會分三成給趙長青。

在他們三人商量過後，都同意了喬秀蘭的建議，決定讓一分利給幫工。不過就算喬建國這般不惜成本，短時間內還是沒人上門應徵。

會養魚這種技術活的人，憑的都是長時間在崗位上積累下來的經驗，本就是風險不小的行當，人家既然有工作了，做生不如做熟，很少會有人願意跳槽，也很少有老闆願意放人。

喬建國忙活了快十天，還是一無所獲，心裡不禁焦急起來。

不過他們的運氣不算太差，黑豹親戚家走掉的那幾個幫工，現在正好閒著，又恰好是專業的養魚人才！

黑豹想起這一點，馬上去他親戚那裡打聽，喬建國也發動黑市的人脈去尋找那些離職的幫工。

過沒幾天，還真讓他們找到其中兩個幫工的家。

這兩個幫工是一對師徒，老師傅快五十歲了，沒成過家，膝下無兒、無女，只收了個小徒弟，帶在身邊教了好幾年的養魚技術。雖然辭了工，但他們也沒分開，就像尋常父子一樣住在一塊兒。

喬建國和黑豹一得到消息，就馬不停蹄地捧著禮物上門去了。

老師傅聽完他們的來意，馬上拒絕道：「我們就是不想幹了，才會從陳老闆那裡辭工。前些時候黑市的風波，你們也不是不知道，我們一個老的，半隻腳邁進棺材裡了；一個小的，眼瞅著馬上該說親事了，就想過些安生日子。你們還是去找其他人吧。」

老師傅懶懶地坐在搖椅上，表現出來拒絕的態度卻很堅決。

喬建國並沒氣餒，陪著笑臉說：「您和小師傅從前在陳老闆那裡做得是真的好，咱們兄弟倆才會慕名而來。不瞞您說，咱們要不是沒辦法了，也不會求到您眼前……」一邊說著，一邊用手肘撞了撞黑豹。

黑豹耷拉著眉毛說：「老師傅，您口中的陳老闆是我堂叔，我就是從他那裡盤過來生意，還拉了我的兩個兄弟入夥。那上千尾魚苗都已經放進魚塘，我那堂叔才告訴我，他往年養魚靠的都是您們幾位，他一點本事都沒有。更可惡的是，您離開之後，他養的那些魚馬上出現各種毛病，所以才便宜賣給我們……」

老師傅在陳老闆手下幹了好幾年的活兒，這位吝嗇老闆的為人他是知道的，可萬萬沒想到他離開不過數月，陳老闆就把生意盤出去，還把病魚苗賣給自己的本家親戚。

「這陳老闆真是……真是……」老師傅倏地從搖椅上坐起身，一時之間想不到合適的詞來罵陳老闆。

發現老師傅的情緒激動起來，喬建國覺得有戲，繼續說道：「老師傅，那些魚苗都是您過去的心血，總不能讓牠們就這麼沒了……您要是願意，就帶著小師傅來教教我們技術，短則半年、長則一年，我們一定好好學，到時候你們要是不想做了，隨時都能撤走。我們也不是白白讓你們幫忙，不僅會給你們工錢，還分你們一成的利潤。當然了，我們還是盼著你們能入股，讓咱們一起長長久久地把這生意做大！」

「這……」老師傅動搖了。

陳老闆可能只把魚塘裡的幾千條生命當成生意，但他照顧魚塘那麼多年，對那些魚卻是有感情的，這一批魚苗要是死了，他養的魚也就等於死絕了。再說他們打算讓一成利，要是魚養得好，那一年就能有幾千塊錢的進項！

老師傅是對陳老闆寒心，才會趁著黑市的風波帶徒弟退出來，可喬建國和黑豹的態度謙恭、進退有度，開出來的條件也十分誘人，實在不像陳老闆那種刻薄寡恩的人……

「師父，您還想啥啊？」小徒弟拉了拉他的袖子，壓低聲音在他耳邊說：「您日後要頤養天年以及為我說親，那都是費錢的事，可咱們過去跟著陳老闆那麼多年，也就攢了幾百塊錢而已，怎麼夠用呢？您要是不願意，就讓我和他們去吧，我要是掙了錢，回來一定好好孝敬您！」

老師傅有一下、沒一下地抽著旱煙袋，久久沒說話。

喬建國和黑豹都十分有耐心地候在一邊，沒有催促半句。

第四十章

過了好大一會兒，老師傅才放下旱煙袋說：「那我和你們走一趟吧。不過能不能把這批魚養好，我也不敢跟你們打包票。」

老師傅再有本事，到底不是獸醫，只能做好平時的養殖工作，降低魚苗生病的概率，卻不可能把病魚給醫好，所以他沒敢把話說滿。

「行！」喬建國和黑豹相視一笑，兩人緊繃的身體頓時放鬆下來。

老師傅既然點頭，喬建國和黑豹也沒耽擱，隔天兩人就各騎一輛自行車，載著老師傅和他的小徒弟來到黑瞎子山。

因為要避人耳目，所以他們選了傍晚時分，等鄉親們都下工回家後才出發。等他們抵達半山腰的時候，天已經完全黑了。

趙長青今天依舊守在山上，沒跟喬建國他們一起去接那師徒倆，心裡卻七上八下的。直到瞧見他們一行四人來了，趙長青提著的心才放下來。

老師傅是個務實的人，到了地方之後，就說要去魚塘看魚。

魚塘裡的小魚還是那般生機勃勃、結結實實的，老師傅撈了好幾網的魚上來看，結果都一樣。他懷疑地看向黑豹：「這些就是陳老闆賣給你的病魚苗？」

黑豹點頭，看了看喬建國，又看了看趙長青。「我這兩位兄弟可以作證，這些魚苗剛送來的時候，那可都是病懨懨的，連擺尾巴都沒力氣，只差沒直接翻肚了。」

喬建國跟著附和道：「是啊，老師傅，我們再怎麼心急也不可能騙你啊。這魚剛來的時候和現在可不一樣，都多虧了我們這山上的泉水，那可是出名的好，這才給養活了。」

趙長青從沒提過喬秀蘭倒水的事，所以喬建國便以為是山泉水起了作用。

多年來，老師傅一直幫著陳老闆養魚，陳老闆也持續且固定地為黑市供貨，因此早前喬秀蘭做的吃食聲名大噪，打的就是黑瞎子山的山泉水這塊神奇招牌，這件事老師傅也聽說過，所以並沒懷疑喬建國的話，只是讚嘆道：「這山泉水也太神奇了，不僅能做吃食，連病魚都能養好。」

看過魚苗都還算健康，老師傅自然決定留下來。這年頭也不興寫合同，他們就立下字據，幾人簽了名，每人留下一份藏好，就算是敲定了。

老師傅和小徒弟在山上的小木屋住下來，趙長青往後只要每隔幾天上去住一夜，讓那師徒倆可以休息一下就成。

果然不負喬建國所望，老師傅十分有經驗，每個時段該在魚塘裡做些什麼、注意什麼，他都一清二楚、有條不紊。再加上趙長青和喬建國利用書本上學到的知識與他交流，做起事來自然更加事半功倍。

幾個月的時間一晃而過，魚塘馬上來到收穫的時候。

第一批魚長得格外肥美，喬建國和趙長青看在眼裡，都喜在心裡，知道這些魚說不定能讓他們在第一年就把本金全掙回來。

這一年九月，教育部在北京召開全國高等學校招生工作會議，恢復了停止十年的全國高考。

城市裡所有讀過書的青年，內心都為這個消息而沸騰了！

不過黑瞎溝屯到底是鄉下地方，整個屯子裡正經上過學的人不多，所以這個消息倒是沒有對他們產生多大影響。

喬秀蘭已經復習很久了，聽到消息後，心情十分平靜。

吳亞萍一開始還說自己不是讀書的料，不過這些日子以來，卻被喬秀蘭的認真積極所影響，在空閒時間也經常捧著學習資料，還經常借閱喬秀蘭的筆記，她打算在今年冬天也下考場去嘗試一番。

心裡最不平靜的，就是高義和林美香了。

這兩個人，前者心比天高，而後頭那個，則等著前頭那個發達後，帶著自己一起過好日子。

之前吳亞萍時不時捧著書看，林美香還嘲笑她是吃飽閒著沒事幹，不過吳亞萍倒是沒有同林美香一般見識。

等到恢復高考的消息一出來，高義和林美香立刻坐不住了。

高義寫信回北京，讓家人給自己寄學習資料；林美香則一臉討好地找上吳亞萍，想跟她借書來看。

可事情的結果卻讓他們兩人很失望，高義的家人遲遲不回信，而吳亞萍雖然脾氣好，卻也不是那種爛好人，自然不肯把她哥哥弄來的寶貴資料分享給林美香。

他們兩頭都落空，急得跟熱鍋上的螞蟻似地。

眼看著再過幾個月就是高考的日子，他們想了一圈，最後只能求到喬秀蘭頭上。

他們知道吳亞萍不肯借書，說到底還是幫著喬秀蘭，只要喬秀蘭點頭，吳亞萍那樣好脾氣的人，肯定不會不同意的。

喬秀蘭不知道他們兩人的如意盤算，這天早上，她照常早起背單字，背到天色發亮，就去把全家人的早飯都準備好。

當喬家人聚在餐桌上吃早飯的時候，高義和林美香提著肉和富強粉上門了。

之前吳亞萍已經把他們想借書的事情和喬秀蘭說了，所以對於他們來找自己，喬秀蘭並不吃驚。

上輩子高義復習的時候，是喬秀蘭向娘家借了糧票，讓他寄回北京，他家人才把他過去的課本都翻了出來，然後寄過來給他。

喬秀蘭沒想到的是，這輩子的高義沒有多餘的糧票能寄回去，他家人居然就不把課本寄過來了。

喬家其他人可沒有喬秀蘭那般冷靜，看到他們居然敢上門，個個都沈了臉。

「大隊長，早上好。」高義笑著和喬建軍打招呼。

喬建軍礙著身分，面無表情地點頭，問高義說：「你們一大早來幹什麼？」

高義彷彿沒看見喬家人的黑臉似地，笑著說：「大隊長，您是我們生產大隊的領頭人，我們有困難還不得找您嗎？」高義算是學聰明了，知道一開口就問喬秀蘭，喬秀蘭絕對不肯幫他的，所以打算從喬建軍這邊下手。

喬建軍雖然平時對生產大隊的隊員極好，卻獨獨對高義沒有一絲好感，於是擺擺手說：「你有話就直接說，別跟我兜圈子。」

林美香立刻搶著開口道：「大隊長，我們高義是正經高中生，現在國家恢復高考了，他自然想要參加，但是他身邊卻沒有學習資料，在外頭也尋不著。我們聽說您家妹子已經復習一段時間，所以就想來借閱一下……當然我們也不是白借，這是我們的一點心意。」說著就把手裡半袋子的富強粉和一斤豬肉遞上前去。

高義也在一旁陪笑道：「大隊長，咱們屯子裡的高中畢業生也就兩個，他們都有許多年沒碰書本了，未必能考得比我好。您把書借給我，我要是有幸考上，肯定不會忘記您的恩情，更不會忘了黑瞎溝屯。」

這年頭大學生可是眾人心中的寶貝，別說黑瞎溝屯，就算是整個縣城，都未必能有一個人考上大學。

高義身上有著普通農民沒有的書卷氣，又說得信誓旦旦，換成從前，喬建軍說不定還真的願意培養他。可經過這麼多事，喬建軍早就看透高義的品性，這種人還沒發達的時候已經這般無恥，要是讓他發達了，還能記得自己這個大隊長、記得黑瞎溝屯嗎？

喬建軍的神情沒有一點波動，只是說：「書是別人借給我妹子的，並不是我的，我作不了主，你們求我也沒用。」

此番拒絕是在高義意料之中，他馬上用手肘撞了撞林美香。

林美香走到喬秀蘭跟前，倏地給喬秀蘭跪下。

喬秀蘭嚇一大跳，連忙後退兩步，驚訝道：「妳這是做什麼？」

林美香咬著嘴唇，整張臉彆扭得皺起來，過了半晌才閉著眼睛，下定決心般地道：「喬姊姊，往日是我不懂事，是我對不起妳，請妳原諒我。」許是因為覺得屈辱或委屈，她的臉色慘白，眼眶中緩緩地流下兩行淚水，看起來可憐極了。

喬秀蘭雖然不喜歡林美香，卻絕對說不上恨她。此時看到往常那麼高傲的她放下自尊、跪在自己面前的行為，只覺得有種兔死狐悲的淒涼感。

上輩子的自己何嘗不是這樣呢？為了一個高義，把自尊都拋到腦後，一心一意只想跟他在一起。

不用說，林美香會這麼做，一定是高義的意思。

高義確實狡猾，知道如果是他自己來求，喬秀蘭連眼尾都懶得抬一下，所以就讓林美香當眾下跪。

不過，如果是林美香自己要復習，那根本不用下跪，只要她跟自己道個歉，喬秀蘭是樂意同她分享學習資料的。可她這麼做卻是為了人渣高義，喬秀蘭心底是真的不願意，難道這輩子還要看高義藉著高考來個鯉魚登龍門？自己又不是傻子！

喬秀蘭心一狠，將她從地上拉起來。「妳不用這樣。」

林美香被喬秀蘭從地上拽起來後，她的雙手緊緊地握住喬秀蘭的手不放，苦苦哀求道：「喬姊姊，我求求妳了，妳就把書借給我們吧，我們肯定不會忘記妳的大恩大德。」

喬秀蘭撇開眼不去看她，只說：「那些書都是我跟亞萍借來的，不方便借給你們。我要復習，亞萍也要復習，我們看完之後還要寄還給亞萍的哥哥看，所以不會再外借的。」

林美香沒想到喬秀蘭如此狠心，她長這麼大，連她爸、媽都沒跪過，這回為了高義，她真的是豁出去了。

于衛紅知道喬秀蘭心軟，怕喬秀蘭會耐不住林美香的軟磨硬泡，趕緊站出來說：「高知青、林知青，我們小妹已經把話說得很清楚了，那些資料原本就不是她的東西，主人家不同意，她怎麼好再借給別人？你們也別再磨人，我們吃完早飯還要上工的，若是耽擱了，整隊人都得空等！」說完就把兩人帶來的東西往他們手裡一塞，將他們趕出門去。

于衛紅作為大隊長的媳婦，為人精明幹練，素來極具威信，因此高義和林美香自然不敢跟于衛紅正面起衝突，他們就這麼被轟了出去。

林美香眼眶通紅，臉色慘白，出了喬家的門以後，卻還不忘安慰高義說：「沒關係，我們再想想辦法。實在不行，咱們再去求求那兩個準備高考的高中生……」

高義卸下笑容，不耐煩地打斷她說：「人家不要復習嗎？這個冬天就要考試了，誰會把資料借給咱們？要不是妳上個月生病，把糧票都花完，我只要把那些糧票寄回家裡，我那些個叔伯兄弟也不會把我的課本都霸占了去！」

林美香沒想到自己為了他忙前忙後的，反倒遭他埋怨，她慘白著一張臉說：「你這是在怪我？我生病時確實用掉不少糧票，可那些糧票都是我自己攢的啊！衛生所的醫生不是說了嗎？我這段時間營養不良，要稍微吃些好一點的東西，才能把身體養好……」林美香越說越難受，眼淚如同斷了線的珍珠般直往下落。

她的家庭條件雖然一般，但有爸爸、媽媽和哥哥寵著，根本不愁吃喝。如今要不是為了接濟高義和他家裡，她又怎麼會熬出一個「營養不良」的下場？

第四十一章

林美香越想越委屈，最後再也說不出話，摀著臉哭起來。

高義被林美香哭得心煩，他看了看身後的喬家，又看了看她。

林美香不論是家境、能力或長相，樣樣都不如喬秀蘭。要不是喬秀蘭不和他在一起，他犯得著跟她在一起嗎？回想起當初和喬秀蘭在一起的時候，喬秀蘭每個月都會拿錢和糧票給他，他不用怎麼幹活不說，手頭還一直很寬裕……

兩相對比下來，高義看林美香是越發不順眼了。

「現在才知道要哭，早幹麼去了？」高義黑著臉責怪她。「走啊，還站在別人家大門口幹什麼？是嫌今天不夠丟臉嗎？」

「我都為了你跟她下跪了，你還要我怎麼樣？」

他們兩個就這樣站在喬家大門口吵起來，喬家人在堂屋裡聽得一清二楚。

大夥兒聽到高義說的那些混帳話，都恨不得出去痛打他一頓。

最後喬秀蘭實在坐不住了，便站起身來，走了出去。

林美香哭得滿臉是淚，高義卻一點也不心疼她，還在一聲又一聲地斥責她。

「你別罵她，我改變主意了！」喬秀蘭冷冷地說。

高義一愣，頓時喜出望外地道：「真的？」

喬秀蘭點點頭。「不過我是有條件的。」

高義心中一陣狂喜，讓喬秀蘭有什麼條件儘管說。

喬秀蘭清了清嗓子，說：「我還是那句話，書是人家借給我的，我不好再外借。所以，要看書可以，不過得在我家看。」

「這沒問題！」高義搶著答應下來。本來他就覺得知青們一起住的那個小院子十分嘈雜擁擠，若能到喬家看書，他自然求之不得。

喬秀蘭懶得看高義，只是看向林美香說：「我只把書借給妳看，妳可以做筆記、可以抄錄，這個我不管，妳願意嗎？」

「借給我看？」林美香愣住了，喃喃地說：「是高義要高考……」

「那可不關我的事。」喬秀蘭聳聳肩，說：「妳要是願意，就來看，當然也不能白看。我不要妳的東西，也不要妳的錢和票據，只要妳每天在我家幫忙做做家務。我最近都在看書，我媽又要帶外孫女，又得做家務，我是心疼我媽，才肯答應妳的。反正條件就這樣，妳要是能接受，妳就來，不能接受就拉倒。」說完，喬秀蘭抱著雙臂，不再說話。

林美香糾結地皺起眉頭，雖然她剛才還在和高義吵嘴，心底卻仍是為高義著想的。

不過，讓她去做筆記，這效率得多低啊……她雖然也上過初中，但在學校所學的那些知識，她早就忘得差不多了，怎麼會知道哪裡重要、哪裡不重要啊？

高義凝眉苦思，知道喬秀蘭已經讓步，所以他推了推林美香說：「就這樣吧，妳先聽喬同志的。」

「好！」林美香生怕喬秀蘭反悔，急急地說：「那我今天就在妳家……」

「不行，妳明天再來。」喬秀蘭說：「我得先和家人說一聲才行。妳明天一大早再過來，和我一起做早飯。」說完，喬秀蘭就把大門帶上，進屋去了。

高義這下子對林美香已不是那副橫眉豎目的表情，而是換上一副溫和的笑臉。「方才沒嚇著妳吧？我就是知道喬秀蘭心軟，才故意說給她聽的。」

「真的嗎？」林美香將信將疑。

「當然是真的！妳都為了我和她下跪了，我還能不知道妳對我有多好嗎？」高義摟著林美香的肩膀，柔聲說：「妳今天晚上好好地歇著，可得養足精神，明天好看書去。」

林美香嘴角一彎，漾出一個甜蜜的笑容，嗔怪道：「你也真是的，不先和我商量一下，我還以為你真的在怪我呢。」

高義臉上掛著無懈可擊的溫柔笑容，點了點她的鼻子，說：「若先和妳商量，妳怎麼會有那麼真實的反應呢？」這時候他一點也不覺得林美香煩人了，只想著要把她哄好，讓她每天多抄些筆記回來，然後他就能好好復習，最後考上大學，走上人生巔峰！

兩人邊說話，邊往村口的屋子走。

林美香突然想到什麼，說：「哎，之後我去喬家幹活，還得看書，興許一待就是一整天，那我不就不能掙工分了……咱倆以後哪來的糧票吃飯？」

這的確是個大問題。儘管高義現在做的活兒已經比以前重很多，但他底子差，能做的活兒實在有限，全靠著林美香咬牙苦撐，兩人才能勉強溫飽。

「為了將來的好日子，咱們只能勒緊褲腰帶，苦上幾個月就好了。」高義一邊哄著她，一邊在心裡算著手邊的票據，想著往後他可以一天只吃兩頓。

至於林美香麼，她既然不能再去掙工分，一天吃一頓就行了。

高義和林美香走後，喬秀蘭就把她決定讓林美香來家裡看書的事情，和家人說了。于衛紅第一個不同意，站起來說：「小妹妳糊塗啊！那個高義是什麼人，妳難道不清楚嗎？幹啥對他那麼好！」

喬秀蘭忙解釋道：「大嫂，我不是為了他，我只是覺得林美香可憐，想拉她一把。」

「他倆正在談對象呢，妳幫她不就等於幫了高義？」于衛紅提醒道。

「那也未必。」喬秀蘭笑說：「林美香現在是被高義的假情假意給蒙蔽了雙眼，興許往後她想清楚了呢？再說了，那書我也不是讓她白看，她還得幫咱家做家務呢。我最近都在忙著看書，難為了咱媽，不但要帶安安，還要做家務，這幾個月下來人都瘦了。」

李翠娥現在確實比之前忙碌，但天天好吃、好睡的，家裡也沒什麼不舒心的事，根本一點都不覺得辛苦。不過眼看喬秀蘭對自己狂使眼色，所以也幫著說道：「是啊，衛紅，林知青如今不就是從前的蘭花兒嗎？看著怪可憐的。咱們能幫的話，就幫上一把吧。」

于衛紅心中還是千百個不贊同。不過喬秀蘭已經和人家說好，又有李翠娥幫腔，所以最後于衛紅也沒再多說什麼。

當天下午，趁著空檔，喬秀蘭特地上黑瞎子山找趙長青一趟。

趙長青正在魚塘邊聽老師傅說養魚經，老師傅說得沒什麼章法，想到什麼就說什麼，他卻聽得極其認真，手裡還拿著一枝鉛筆和一本小本子。

喬秀蘭人已經來到他身後了，他都沒發現。

老師傅之前見過喬秀蘭，也知道她是喬建國的妹子。自己雖然打了一輩子光棍，但經歷過的事情不算少，所以早就看出她和趙長青的關係。

「好了，先說到這裡吧。」老師傅笑著走進小木屋，把空間留給他們兩個。

趙長青這會兒還低著頭在小本子上寫東西，依舊沒發現喬秀蘭已經站在他背後。

喬秀蘭抿嘴偷笑，低下頭去看他的本子。

他的本子上寫滿了東西，字卻很少，大都是一些喬秀蘭看不懂的符號。

她的影子覆蓋在本子上，趙長青立刻反應過來，「啪」的一聲把自己的本子合上，有些不自在地問她說：「妳怎麼來啦？」

喬秀蘭笑著說：「我早就來了呀，只是有些人記東西記得入迷，沒發現我。你咋還不讓人看哪，這麼寶貝？」

趙長青也跟著笑。「我就是瞎寫的。」

喬秀蘭在他身邊的小凳子上坐下，想了想說：「你要是想學寫字，我可以教你。」

趙長青的眼睛一亮，說：「好啊，不過先不急，妳不是今年冬天就要高考嗎？等妳考完再說吧。」他又問道：「妳怎麼忽然來了？最近魚塘的魚已經養得夠肥，在準備出貨了，動靜會比平時大上許多，妳最好少過來。」

喬秀蘭點點頭，說：「我知道，但我來是有事要和你說，等跟你說完，往後這幾個月我就要全心全意看書了。」

趙長青問她什麼事，喬秀蘭就把今天早上的事情，原原本本說給他聽。

趙長青聽完，久久沒有言語。

喬秀蘭怕他生氣，討好地拉了拉他的手，說：「長青哥，我跟高義之間真的沒什麼了，我就是覺得林美香怪可憐的，想藉著這次機會開導、開導她。」

趙長青彎了彎唇。「妳之前都把人打成那樣了，我還會覺得妳對他有什麼感情嗎？我只是心疼妳。」他伸手摸了摸她柔軟的髮頂。「我的傻姑娘怎麼會有這樣一副軟心腸呢？」

喬秀蘭蹭著他的大手，輕聲說：「其實我沒有那麼好。」她不過是透過林美香，看到了過去的自己，說是心疼林美香，何嘗不是在心疼上輩子的自己呢？

兩人靠在一起說了會兒話，喬秀蘭才依依不捨地準備下山。

趙長青知道未來會有幾個月見不到她，而且往後因為林美香在，他也不好隨便去喬家找她，因此他心中格外捨不得，一直把她送到山腳下，才轉身回去。

第二天一大早，喬秀蘭剛醒，還在穿衣服，就聽到外頭傳來敲門聲。她套上襯衫，便走去院子開門。

林美香站在門外，一進門就問她說：「我要先做點什麼？」

喬秀蘭也沒客氣，直言道：「我們早上喝小米粥，妳先去把水燒開。」

林美香應了一聲，問清水缸和柴火的位置後，就捋起袖子幹活。

喬秀蘭回屋梳頭，李翠娥聽到響動也醒了，準備起身。

喬秀蘭把母親按住，說：「媽，您再睡一會兒。林美香來幫忙了，等早飯做好後，我再來喊您起床。」

李翠娥詫異地說：「還真讓人家林知青幹活啊？」

「那還有假的啊？您別操心了，我有分寸的。」喬秀蘭一邊說著，一邊梳好頭，接著也去灶上忙活了。

一大鍋小米粥很快就煮好，喬秀蘭讓林美香去把小米粥盛出來。

聞著小米粥香甜的味道，林美香只覺得肚子裡的饞蟲都被勾出來了，不過礙於喬秀蘭在場，她只是默不作聲地瘋狂吞口水。

喬家真是比她想像中要富裕得多，居然一大早就喝小米粥，而且還熬得這麼稠，這得用上多少小米啊？讓她更沒想到的是，粥被盛出來之後，喬秀蘭開始往鍋裡倒油，一直到大鐵鍋的中間已經被滿滿一層油所覆蓋，喬秀蘭才把油壺放到一旁。

鍋裡正熱著油的時候，喬秀蘭從櫥櫃裡拿出一個大盆子，裡頭都是些拇指粗細的小魚，已經提前刮好鱗片並去了內臟，收拾得乾乾淨淨。將小魚裹上蛋液和麵粉後，便下鍋炸得噼啪作響，一眨眼間的工夫，香味就從油鍋裡竄出來。

林美香這下子真的忍不住了，口水不斷分泌，一嚥下去就是響亮的「咕嚕」一聲。

小魚被炸至金黃色後，喬秀蘭用笊籬撈上來，放在大盆子裡，堆成一座小山。

喬家人也都先後起床了，聞到炸魚的味道，紛紛自覺地拿好自己的碗筷，守在餐桌前。

飯菜都上桌之後，喬秀蘭把圍裙一解，又去喊李翠娥出來，這才手一揮。「開飯！」

甜軟的小米粥，配著鹹香的醬菜，再來一條撒上白芝麻的爽脆小魚，那自然是美味非常。誰都顧不上說話，飯桌上一時間安靜極了，只聽得到大夥兒咀嚼的聲音。

喬秀蘭喝了兩口熱熱的小米粥，覺得晨起的睏倦立刻被消滅，整個人都精神了。

喬秀蘭身邊的位置仍然空著，林美香一直沒從灶房出來。直到喬秀蘭的粥都快喝了半碗，還是遲遲沒看到她出來，喬秀蘭便起身去找她。

灶房裡，林美香正坐在小板凳上，捧著一個高粱麵饃饃，用手一點一點地撕著吃。

「妳怎麼還自己帶乾糧來啊？」喬秀蘭困惑地看了看她。

林美香窘迫地把饃饃往身後藏，說：「我就是想省下一點時間，不用再跑回去吃飯。」

要不是喬秀蘭炸的小魚實在太香，讓她饞得不行，她早上本來不打算吃東西的。身邊帶的這個高粱麵饃饃，就是她一天的口糧了。

喬秀蘭疑惑地說：「我本來就沒要讓妳回去吃飯啊，跟我吃飯去吧。」

林美香再次愣住，她怎麼也沒想到喬秀蘭會喊她一起吃飯，而且吃的還是那麼精細的東西。

喬秀蘭見她沒反應，便拉著她出去。

飯桌上的空位被填滿了，喬秀蘭給她盛了一碗小米粥，說：「妳自己挾菜吃，吃完後去把碗洗一洗，妳就能看書了。」

林美香還是有些怯生生的，見喬家其他人也沒說什麼，她才捧著碗，小口地喝起粥來。

小米粥順滑的口感，當然不是高粱麵饃饃能比的，而且說來奇怪，這粥是她熬的，明明一點糖也沒放，喝起來卻帶著淡淡甜味。

她喝了半碗粥以後，喬家人都已經吃得差不多，紛紛打著飽嗝上工去了。

喬秀蘭和李翠娥也吃飽了，李翠娥才要收拾碗筷，就被喬秀蘭攔住，讓她去看著安安就行，其他的別管。

等他們都離開以後，林美香才拿起筷子，挾了幾塊剩下的醬菜吃。醬菜是醃過的大白菜和黃瓜，裡頭放了辣椒，吃起來又鹹又辣，特別下飯。就著醬菜，剩下的那半碗小米粥也很快就被她喝完。

喬秀蘭在院子裡走了兩圈，才進到堂屋，看她吃得額頭冒汗，臉蛋紅撲撲的，整個人看起來精神許多。

桌上還剩下幾條炸小魚，胃口大開的林美香本來想全部吃完的，但一看到喬秀蘭進來，她立刻就把筷子放下來。

「吃啊，看我幹麼？快點吃，吃完好幹活。」喬秀蘭催促道。

林美香覺得自己也不是貪吃的人，可那炸小魚的香味卻不斷引誘著她，最終她還是沒能克制住，挾起一條小魚，吃了起來。

小魚還是溫熱的，咬下去滿口酥脆，更難得的是，這小魚一點腥味也沒有，而且肉質緊實，格外鮮美。她一口接一口，把剩下的小魚都吃完了，還覺得意猶未盡。

「這魚真好吃，是外頭買的嗎？」林美香舔舔嘴唇問。

「不是，是我二哥他朋友給的。」喬秀蘭隨口編道。

這小魚當然是自魚塘裡產出的。要不是大魚太過引人注目，現在他們家就算餐餐吃大魚都沒問題。

第四十二章

林美香吃過飯，很自覺地收拾好桌子，洗碗去了。

她雖然一大早就過來，但全是為了高義，所以才願意向喬秀蘭低頭；可這會兒她吃了人家那麼精細的東西，幹起活來倒是有幾分心甘情願。

喬秀蘭回屋去把自己十分寶貝的學習資料都拿出來，等林美香洗完碗進來，喬秀蘭已經背了十幾個單字。

桌上攤著一本英語書和兩本作業簿。

一本作業簿是喬秀蘭的，另一本空白的是替林美香準備的。

「我們早上先復習英語吧。現在也不考口語，咱們背單字就行。」喬秀蘭說道。

林美香在喬秀蘭身邊坐下，拿起鉛筆就開始抄。

喬秀蘭也不管她，只背自己的，只是和她說：「妳隨便抄，午飯之前我抽背。早上就先背三十個吧，背不完中午就沒飯吃。」

林美香聽了，不禁咋舌道：「三十個單字？我一天也背不了那麼多啊！而且又不是我要高考……」

「話我就擺在這兒，妳要是願意吃黑饃饃，那只管抄書吧。」喬秀蘭說完不再管她，繼續看自己的書。

林美香咂吧了一下嘴，回味起剛才的早飯……這早飯就已經這麼多好吃的了，午飯要讓她吃黑饃饃，怎麼可能吃得下啊！

說起來，她的胃口不算大，沒和高義在一起的時候，家裡時不時寄錢和票據給她，加上她掙的工分，完全是夠吃的，時不時還能去縣城的國營飯店打打牙祭。

可和高義在一起之後，高義做的活兒少，吃得卻不少，家裡還需要接濟，她手頭頓時拮据起來。

不知道是不是因為太久沒吃過好東西了，林美香真心覺得今天這頓早飯，比她過去十幾年吃過的東西都還要美味。

看著生澀的單字，林美香先花去半個上午，俐落地抄寫一百幾十個單字，然後就開始嘗試背誦。

她有好些年沒看書了，只能憑著記憶和音標來死記硬背，就這麼磕磕巴巴地背到接近正午時分。

中午之前，喬秀蘭放下筆，讓林美香一起去灶房做午飯。

這天的午飯是泥鰍湯、青椒炒小魚和玉米麵饃饃，以及醬菜。

小魚還是早上那種拇指粗細的小魚，又是一大盆，喬秀蘭不惜工本地下了大量的油和香料，爆炒過後整間灶房都瀰漫著香味。

炒完小魚後，林美香感覺自己的魂兒都快被香氣勾走了。

正當她出神的時候，喬秀蘭喊她一起揉麵，突然就開口抽查起早上說的三十個單字。

林美香趕緊定了定神，努力搜尋著記憶，緩緩地背起來。

喬秀蘭抽查得十分刁鑽，一會兒說中文，讓她說英文，還得拼寫；一會兒則說起英文，讓她說出中文意思，然後再拼寫。

三十個單字，被喬秀蘭翻來覆去地問，林美香背得艱難極了。有些前頭明明還記得，但被喬秀蘭顛來倒去地問個幾次，居然答不上來……

不一會兒工夫，林美香就出了一頭的汗，感覺跟小學上課時被老師叫起來回答問題一樣緊張。

最後，喬秀蘭的玉米饃饃都上鍋了，抽問也終於結束。

「還行吧，算妳有認真背，不過還不夠熟練，下午再多看看，加強一下。下回就是五十個起跳了。」喬秀蘭連眉毛也不挑一下地說。

林美香聽完瞬間愣住了……半天工夫要背五十個單字，那她別說是幫高義抄筆記，怕是連一分鐘都不能分心！

當然，這就是喬秀蘭想要的效果。

林美香的表現，可以說是在喬秀蘭的意料之外。自己剛開始背單字的時候，因為太久沒接觸書本，一天也背不完五十個。

本以為三十個單字的數量，就能讓林美香專心默背，顧不上抄寫，沒想到這姑娘的記憶力居然這麼好。

中午喬家人下了工，大家一起吃午飯。

林美香的座位還是在喬秀蘭身邊，她吃了一個巴掌大的玉米麵饃饃，加上幾條鹹辣的小魚和醬菜，不一會兒就吃得飽飽的。

「妳胃口真小啊。」喬秀蘭又拿了一個饃饃，放到她碗裡。「下午妳還要幹活的，再吃一個。」

林美香摸著鬆軟的玉米麵饃饃，試探地問喬秀蘭說：「這個我吃不下了，可以帶回去當晚餐嗎？」

喬秀蘭想也不想地就回答說：「當然不行！」用腳後跟想也知道這饃饃若讓她帶回去，最後肯定會進到高義的肚子裡。

林美香剛才還有些感動，沒想到喬秀蘭說變臉就變臉，她不大高興地癟了癟嘴。

喬秀蘭可不慣著她，馬上伸手把饃饃拿回來，說：「既然吃不下就算了。妳一會兒把碗洗一洗，然後再把堂屋和灶房都打掃一遍，尤其是地板，掃完還得拖上兩遍。」

林美香悶悶地「噢」一聲，便捋起衣袖幹活去了。

喬家人都去午睡了，只有喬秀蘭不覺得睏，就抓了把瓜子，坐在旁邊看著林美香幹活。

林美香收拾好飯桌、洗完碗，便準備掃地，不料一抬頭就瞧見正在嗑瓜子的喬秀蘭。

「妳沒事幹就睡覺去，別礙著我幹活。」她沒好氣地說。

喬秀蘭哼笑道：「我在自己家嗑瓜子，又沒把瓜子皮往地上吐，怎麼就礙著妳了？」

林美香咬著嘴唇，不知道該說什麼好了。

真是不同人、不同命啊，她要是有喬秀蘭這麼好的命，哪裡還需要為了一點復習資料，跑到人家家裡幹活呢？

喬秀蘭蹺著腳，慢吞吞地說：「是不是心裡不平衡啦？」

林美香「哼」了一聲，繼續埋頭幹活。

「其實妳家境也不差吧？妳看看妳，一個好好的城裡姑娘，家裡不說多富裕，但好歹是被千嬌百寵長大的。我記得妳之前還穿過一條藍色的百褶裙？看那樣式挺時髦的，應該不便宜吧？」喬秀蘭裝作不經意地問起。

「當然，那是我姑姑在省城的百貨商店買的，你們這種小地方才買不到！」林美香得意地說。

「怎麼最近不見妳穿了？」喬秀蘭笑著問。

林美香瞬間說不出話了。

去年高義說他家裡急用錢，她沒辦法，只好把裙子拿去賣了……

喬秀蘭從她的表情裡猜出了什麼，緊接著煽風點火地說：「真可惜，那麼好看的裙子。

妳不想要就早說嘛，我跟妳買啊。」

林美香覺得屈辱極了，整張臉憋得通紅，要是放在平時，她早就和喬秀蘭吵起來了。

「唉，妳看看妳，現在皮膚不白了，也沒有以前細膩。妳以前多漂亮啊，現在看著……真教人心疼。」喬秀蘭繼續說。

喬秀蘭是真心覺得林美香竟為了高義那樣一個人渣，而捨棄自己本來優渥的條件，實在太傻了。

林美香本就特別介意自己容貌的變化，加上這話又是昔日情敵說出來的，她怎麼聽都覺得喬秀蘭在諷刺她。

「妳夠了啊，別在這兒陰陽怪氣的！」林美香怒氣沖沖地看向喬秀蘭。

喬秀蘭看她真的急了，就笑呵呵地說：「妳不樂意聽就算啦，我這不是看妳悶頭幹活挺無聊的，跟妳閒話幾句嗎？行吧，那我也去睡會兒，妳好好幹活。」

對上喬秀蘭渾不在意的笑臉，林美香覺得自己就像是一拳打在棉花上，滿腔怒火無處發洩，只能更加賣力地幹活。

半個多小時後，喬家人都起床去上工了。

喬秀蘭慢吞吞地最後一個走出房間，來到堂屋檢查林美香打掃得乾不乾淨。

沒想到林美香這個城裡姑娘，現在幹活還真是一把好手，不到一個小時的工夫，堂屋和灶房就被她打掃得煥然一新，牆角連一絲灰塵都沒有。

可喬秀蘭看著這一切，卻只想嘆氣。

林美香來自家幹活，都是為了高義，她做得越盡心，就證明她越喜歡高義啊！看來想磨掉這姑娘對高義的熱情，還真不是一、兩天工夫能辦得到的。

喬秀蘭又讓林美香做了些別的家務，才讓她和自己一起看書。

下午看的是語文，需要背誦的東西更多、更難。然而林美香做了半天的活兒，居然不覺得累似地，拿起筆就抄，一下午就抄了好幾篇文言文和其中的注釋，等她抄完，已經是黃昏時分。

喬秀蘭打算去熱晚飯，林美香很自覺地站起身，準備跟著喬秀蘭進灶房。

喬秀蘭把她拉住，說：「晚飯就是熱一熱中午的菜，不需要妳幫忙。天色不早了，妳趕緊回去，明天早上再過來吧。」

林美香點點頭，也沒糾纏，拿著自己抄了一天的本子就回去了。

路上，她回想了一下白天發生的事，發現喬秀蘭好像也沒她想像中那般面目可憎。雖然一直讓她幹這幹那的，可是也給她吃了兩頓精細的飯菜，並沒有苛待她，反而還算得上大方。

想到吃的，林美香摸了摸身邊硬邦邦的高粱麵饃饃，這就是她今天的晚飯了。

唉，要是餐餐都能吃喬家的飯，那該有多好啊！

林美香回到住處，發現高義已經一臉焦急地等在門口。

看到林美香回來，他立即上前一把拽住她。「怎麼樣？喬同志有沒有把書給妳看？妳抄了多少？」

「你抓疼我了！」林美香急忙抽回自己的手。

高義這才鬆開手，仍舊急著問她抄寫的內容。

林美香把本子拿給他看，說：「上午是復習英文單字，下午復習文言文，我都抄了好幾頁呢……」

高義不等林美香把話說完，拿著本子就鑽進屋裡。

林美香被扔在外頭，有些不高興，但轉念想到高義一心都在學習上是好事，就把心頭的不愉快給壓下去。

想到高義應該還沒吃晚飯，林美香鑽進灶房，熱了兩個饃饃，送到他屋裡。

高義已經聚精會神地看起筆記，連頭也沒抬，只是讓她先放著。

「你先吃唄，一會兒冷了就更乾啦。」林美香替他倒了碗冷水，放在他手邊。

她本是好意，沒想到高義卻不耐煩地嚷道：「都說我不吃了，妳在這裡囉嗦什麼啊？」

他隨手一揮，差點把林美香放在一旁的那碗水打翻。

林美香這下子再也忍不住了，她大聲說：「我也是為你好，你這什麼態度？我是為了誰才一大早去人家家裡幹活，忙到天快黑才能回來歇著？」

高義雖然煩她煩得不行，但轉念一想，往後還得靠林美香去幫自己抄書，於是連忙扯出笑容說：「我這不是讀書讀得太認真了嗎？不是故意要發妳脾氣的。」說完他放下筆，討好地拉了拉她的手。「吃，我這就吃，咱倆一起吃。」

林美香心裡好過一些，放低聲音說：「你吃吧，我還不大餓。」最主要是喬秀蘭做的東西太好吃了，回頭再讓她來吃這噎人的黑饃饃，她實在下不了嘴。

高義奇怪地看了她一眼，雖然林美香不去上工，他手頭更緊了，情願她吃得越少越好，但她這一天下來連一頓飯也不吃，要是過幾天餓壞了，誰去給他抄書啊？所以他柔聲勸道：「我知道讓妳吃高粱麵是委屈妳了，可咱們不是手頭緊嗎？妳就委屈一段時間，好歹吃個兩口。等我日後考上大學，肯定頓頓讓妳吃好的。」

林美香心裡甜絲絲的，彎了彎唇說：「我真不餓，白天在喬家吃了兩餐呢，早上吃的是小米粥，中午吃玉米麵饃饃。」她回想起那好滋味，不自覺地咂吧了兩下嘴。「喬秀蘭的廚藝還真不錯，連醬菜和小魚都做得特別好吃。你知道嗎？她一頓飯就做那麼大一盆小魚，早上是油炸的，中午是爆炒的，都好吃極了。」她越說越饞，肚子還跟著叫了兩聲。

高義聽完，臉立刻拉下來，把黑饃饃又放回碗裡。「所以妳就一個人吃了兩頓的精細糧，回來卻讓我吃這種東西？」

「我也說過想帶回來的，可喬秀蘭不准啊。而且她家人口多，一頓飯吃完，也沒剩下什麼，就算帶回來，也不夠你吃……」林美香解釋道。

高義把裝饃饃的碗往旁邊一推，冷冷地「哼」一聲，就不再理她了。

林美香只好坐在炕上，委屈地生起悶氣。又不是她沒想到高義，確實是喬秀蘭不肯讓她帶回來嘛！人家肯分她一份口糧，已經算很大方了，總不能強迫人家連高義的口糧也得一起負責吧？

高義沒去管林美香，只是聚精會神地看著她抄回來的筆記。

林美香給他抄了一百多個單字和幾篇文言文，一共占了五頁紙，但內容都還算淺顯，如果是沒什麼基礎的人，可能要看上兩天。可高義不同，他是高中生，而且在學校的時候成績一直都名列前茅，腦子裡還是有些東西的，所以他一目十行地看過去，只花上半個小時的工夫，就已經把那本筆記粗略地看過一遍。

本子又被翻了一頁，後頭卻是空白的了。

「這就沒了？這就是妳抄了一天的東西？」高義火冒三丈地大力拍桌子。要是照著這個進度來復習，一個月也復習不到什麼東西！

他倏地站起身來，拿著本子走到林美香跟前，高聲質問她道：「妳到底有沒有用心在抄書？」

「有啊，可是我時間也不多嘛。早上要幫喬秀蘭一起做早飯，吃過早飯後才能開始看書的，然後她還讓我邊抄邊背，說要是我背不會，就不讓我吃午飯……」說著、說著，林美香有些心虛，她確實是貪戀喬家的午飯，所以上午沒怎麼盡心抄書。「不過我下午一幹完活，就立刻幫你抄了這些文言文。文言文晦澀，我還一個字、一個字地對照著抄，眼睛都快看花了呢……」

高義越聽越生氣，打斷她說：「為了一頓吃的，妳腦子都不清楚了？是我要考試，不是妳要考試，妳背什麼書啊？妳這個人怎麼如此不分輕重？妳看書能有什麼用？妳最多就算是個認識字的文盲！」

林美香聽他這樣說，不禁惱火。

雖然她去喬家幹的活兒不能和上工相比，但到底是去別人家裡，要小心翼翼地看人臉色行事，而且抄筆記的時候，她生怕抄漏或抄錯，便格外地謹慎仔細，寫完還要認真地比對上兩遍。一天下來，她又是幹家務、又是動腦子的，也沒比去上工輕鬆多少。

可到了高義嘴裡，她就像是個千古罪人！

他居然還說她是文盲？她好歹也是初中畢業的。

「行，我是文盲，我輕重不分，我配不上你！明天我不去了行嗎？是你要考試，你自己想辦法吧。」林美香說完，就甩門出去了。

這時候知青們都已經下工回來，聽到兩人吵上了，紛紛進來勸兩句。

「高義，這就是你的不對了，人家美香全心全意地為你，你不能這麼說人家。」

「是啊，你有話好好說，別動不動就和她吵，她怎麼說也是個女孩子家啊……」

高義本就火大，又被他們你一言、我一語地念叨著，心裡更加煩躁了。

換作平時，他可能會順著臺階下，向林美香道個歉，再說兩句服軟的話，也就沒事了。可這次的高考，他非常重視，那是他唯一能改變命運的渠道，不容馬虎。想不到林美香卻為了一頓吃食，把他的人生大事放在後頭，實在讓他氣不過。

再加上林美香說喬家的吃食要多好就有多好，更讓他覺得憋悶。若和他在一起的是喬秀蘭，他現在不就是吃著精細糧、看著第一手的學習資料，無比愜意地在復習呢！

林美香在高義的房門前站了一會兒，卻久久不見高義追出來道歉。她委屈地紅了眼眶，頭也不回地鑽進自己屋裡。

第四十三章

當天夜深人靜的時候，林美香一直沒能睡著。不知怎的，她耳邊不斷回響著喬秀蘭下午所說的話。

「其實妳家境也不差吧？妳看看妳，一個好好的城裡姑娘，家裡不說多富裕，但好歹是被千嬌百寵長大的……」

「唉，妳看看妳，現在皮膚不白了，也沒有以前細膩。妳以前多漂亮啊，現在看著……真教人心疼。」

委屈的淚水打濕了枕巾，她本以為自己是心甘情願為高義付出的，可當高義不領情的時候，她才發現自己會這般委屈難受。

回想起高義過去的種種作為，一次又一次的變臉，林美香不禁懷疑，這個男人真的值得嗎？值得她放棄優渥的條件，跟著他一起受苦嗎？值得她為了他連自尊都不要嗎？值得……託付一生嗎？

這一夜，林美香睜著眼睛直到天亮。

第二天天剛亮，林美香就起身了。

高義起得比她更早，正在院子裡背她昨天抄回來的單字。

看到林美香出來，高義像什麼都沒發生過一樣，笑著和她打招呼。「起來了啊？昨天是我說話重了些，妳別放在心上。不過考試確實比一頓吃食重要，妳今天一定要多抄一些回來啊。」

他這話說的，好像已經忘記她昨天才說過不想再去喬家為他抄書。

林美香一夜沒睡，心煩意亂地應一聲，便去打水洗臉了。

梳頭的時候，她對著鏡子一照，才發現自己頂著兩個碩大的黑眼圈，臉色難看極了。可高義就像看不見似地，一直在旁邊念叨著讓她今天抄一些數學題回來給他做……

林美香又累又倦，懶得同他爭吵，逕自去灶房拿了個黑饃饃，就往喬家而去。

喬秀蘭已經起床了，正在院子裡掃地。

林美香來到喬家，同喬秀蘭打了招呼後，便神情木然地去接喬秀蘭手裡的掃帚。

喬秀蘭抬頭看了她一眼，驚訝地問：「妳眼睛怎麼了？昨晚沒睡好？」

林美香僵硬地咧嘴，想要回答，可話還沒說出口，眼淚卻先滾了下來。

喬秀蘭嚇了一跳，連忙把她往屋裡拉。「好端端的怎麼哭起來了？」

林美香壓根兒沒想到自己會哭。她在同屋的知青面前沒哭、在高義面前沒哭，卻在喬秀蘭面前示弱。

她飛速地抹了把臉，強顏歡笑地說：「沒什麼，就是晚上沒睡好，眼睛疼。」

喬秀蘭並不傻，知道她這是要面子，便說：「那中午妳和我一起午睡吧。」

林美香悶悶地應了一聲，便悶著頭開始幹活。

有林美香在一旁幫忙，早飯沒多久就做好了。

飯桌上林美香依舊不說話，整個人看起來懨懨的，很沒精神。飯後，她默不作聲地收拾好碗筷，就拿去灶房洗了。

李翠娥看林美香一副疲倦的樣子，趕緊把喬秀蘭拉到屋裡說話。「林知青今天看起來情緒不大好，臉色又差，是不是妳昨天給她安排太多活計，讓她累著了？」

喬秀蘭彎了彎唇角，不見擔心，反而心情不錯的樣子，說：「媽，我心裡有數的，您放心吧。她之所以會這樣子，應該是和高義吵架了。我本來就打算製造她和高義之間的矛盾，畢竟她只有離開高義，才能過好日子。」

李翠娥想了想，確實是這樣沒錯，林美香現在已經被清苦的生活磨平稜角，沒有了往日的意氣風發。她過去到底也是家人寵著的寶貝閨女，同高義在一起真是糟蹋了。

她們母女倆又說了會兒話，後來林美香來敲門說已經洗好碗，喬秀蘭便跟她一起看書去了。

早上依舊是背單字，喬秀蘭還沒張口，林美香已經先說道：「我自己帶了饃饃，不在妳家吃午飯。」

這就是不願意背書，要全心全意為高義抄書的意思。

喬秀蘭也沒多勸，由她去了。

今天是喬建國和趙長青開始賣魚的日子，喬秀蘭心中記掛，也不知道他們賣得怎麼樣，所以看書的時候少不得要分心。

反倒是林美香，悶著頭只管抄書，好像不會累似地。

看到她，喬秀蘭忽然想起高義，那傢伙也正在復習呢，而且他文化底子比自己深厚，自己要是再不抓緊復習，豈不是會讓高義越到前頭去！

想到這裡，喬秀蘭摒棄雜念，開始認認真真地看書。

一個上午的工夫很快就過去，中午之前，她們倆一起準備午飯。

喬建國拿回來的小魚吃完了，所以這天喬秀蘭也沒做什麼好菜，就是炒上一大盤青菜，又切了點臘肉放到鍋裡蒸，再來一道泥鰍豆腐湯。

林美香心中暗叫「幸好」，要是今天喬秀蘭又做那噴香可口的炸小魚，她覺得自己可能會忍不住想吃。饒是如此，一盤盤菜出鍋的時候，那香味還是直往她的鼻子裡竄，惹得她狠狠地吞口水。

喬秀蘭卻偏要使壞，最後做豆腐湯的時候，故意讓林美香去嚐味道。

林美香嚐了一口，那豆腐湯真是鮮美無比。

這泥鰍雖然是平常東西，村人經常吃，但總帶著一點土腥味，很難處理。可喬秀蘭這湯竟做出了河鮮的美味，吃到嘴裡，只覺得鮮，一點兒也不帶腥。那豆腐白嫩嫩的，隨著熱湯滾得冒泡而簌簌抖動，像在邀人品嚐似地。

林美香以嚐味為名，又挾了一小塊豆腐。豆腐滑嫩，吸足了湯汁，比她平常吃的不知道要好吃多少倍。

林美香意猶未盡地咂了咂嘴，不過想起她早上和喬秀蘭說的話，還是放下了筷子，說：「味道很好，豆腐也嫩得很，可以出鍋了。」

喬秀蘭笑咪咪地應了聲「好」，便去把湯碗拿出來，將湯盛出來。

午飯的時候，林美香特地躲進灶房裡。

鍋裡雖然已經沒了菜，但飯菜的香味還在。林美香聞著香味，肚子叫了起來，卻只能拿出自己帶的黑饃饃，坐在小板凳上乾巴巴地吃起來。

喬家人一邊吃午飯，一邊話家常，飯桌上歡聲笑語不斷。

她一個人孤零零地吃著饃饃，不知怎的忽然鼻頭發酸。

往年她還在家的時候，家裡的活計都是由母親和嫂嫂操持，她只要負責吃就行了。家裡雖說不是特別富裕，但她是么女，爸、媽都寶貝著她，總是把好吃的都留給她。

就算在她下鄉之後，爸、媽手頭但凡鬆快些，都會巴巴地寄錢和票據給她，生怕她受到委屈、吃了苦頭……

她的日子，怎麼就一步、一步地過成現在這樣了？

和著淚水，林美香苦澀地吃完半個黑饃饃。

等喬家人吃完飯後，她就去收拾桌子，接著洗碗。

喬秀蘭這回不心軟了，方才並沒有喊她來吃午飯，只是問她要不要一起午睡。

林美香手裡不停，搖搖頭說：「妳睡吧，不用管我，我早些把活兒幹完，下午就可以繼續抄書。」

喬秀蘭點點頭，給她分配好打掃任務，就回屋午睡去了。

下午她們復習的是數學，喬秀蘭的數學一向不好，林美香也沒好到哪裡去，抄各種習題的時候她們都是眉頭深鎖。

天剛擦黑的時候，林美香收起本子，起身告辭。

一天下來，她又是幹活、又是抄題，雖然比不得上工時做的活兒多，但一天只吃了半個黑饃饃，加上前一夜幾乎沒合眼，她已經是又累又餓，眼前發黑。

喬秀蘭送她出了大門，看著怪不忍的，和她說明天可以晚些過來。

林美香疲憊地道了謝，才慢吞吞地往村口走去。

等林美香回到土房子的時候，高義已經在院子裡焦急地等著了。

昨天林美香抄回來的東西，他只花一個晚上就看熟了，再經過一個白天，可以說是爛熟於胸。所以今天他格外緊張，生怕她又為了一頓吃食，把他的大事拋到腦後。

這一天他難捱極了，也沒去上工，就是在屋裡一邊復習，一邊等著林美香。

知青們雖然嘴上沒說，但對高義的行為都很不贊同，加上前一天他和林美香吵架弄出不小的動靜，大夥兒更是看不起他。

今天一整天，知青們都沒和高義說過一句話。

「妳總算回來了。」一看到林美香，高義三步併作兩步上前，抽走她手裡的本子就開始看。

本子被一頁頁地往後翻，林美香今天足足抄了十五頁，而且還有他正需要的數學題。

「太好了！」高義喜不自勝，抱著本子就鑽回自己屋裡，連看都沒看林美香一眼。

林美香身上難受，心裡更難受，眼前一黑，就這麼倒在地上。

她知道自己是低血糖犯了，掙扎著要從地上爬起來，可手、腳卻一點力氣都沒有。

恰好吳亞萍下工回來，見她倒在大門口，忙快步上前，把她扶進屋裡。

「妳這是怎麼了？身上哪裡不舒服？要不要帶妳去衛生所？」吳亞萍焦急地問。雖說兩人的關係很一般，但到底同住了好幾年，吳亞萍又心腸軟，見她面色極差，不禁擔心起來。

林美香無力地搖搖頭。「我沒事，就是有些低血糖。麻煩妳幫我倒碗水，我吃點東西就好了。」

吳亞萍摸了摸放在桌上的茶壺，時值深秋，茶壺裡的水都冰涼涼的。於是吳亞萍先去自己炕頭拿了一顆糖給林美香，隨後便拿起茶壺去灶房燒水。

林美香拆開手中的糖，放到嘴裡，淡淡的橙子味瞬間瀰漫在口腔內。閉一閉眼之後，她覺得舒服不少，手裡不住地摩挲著糖紙。

不一會兒，吳亞萍燒好水回來，趕緊倒上一杯熱水，吹散熱氣後才遞給林美香。

林美香摸出懷裡硬邦邦的饃饃，掰成小疙瘩，一點一點地就著水吃下去。

吳亞萍在旁邊看著，心裡怪不忍的。

等林美香吃完東西，臉色稍微好了一些，但看著還是有些慘白。

她素來都是要強的，突然變得這般弱不禁風，倒是讓吳亞萍討厭不起來了，便問林美香說：「妳還餓嗎？我那兒還有吃的。」

林美香搖搖頭，躺進被窩裡。「我沒事，妳去忙妳的吧，我躺一會兒就好了。」

吳亞萍不大放心地又看她一眼，這才轉身去灶房煮晚飯。

吳亞萍想起自己還有半袋子麵粉，便蒸了幾個白麵饃饃，吃完兩個之後，剩下的兩個準備拿去給林美香。

吳亞萍剛端著碗進到屋裡，就發現高義也在，想著他是來看林美香的，吳亞萍正想退出去，卻聽見高義老大不高興地抱怨道：「這道題我算來算去都不對，妳是不是抄錯答案了？妳來看看，到底是妳抄這個答案對，還是我算的答案對？」

林美香這一天筆桿子就沒停過，哪裡還記得自己抄的題，加上她剛剛緩過來，眼前還有些發暈，哪裡能看得清那些數學公式。

她閉了閉眼，說：「我不知道哪個才對，但我抄的時候已經對過好幾遍，你要不相信，你自己去喬家問問。」

高義更生氣了，扯住林美香的一條胳膊，把她往外拉，邊拉還邊說：「我要是能去，還用得上妳？妳先別睡，趁著天色不晚，妳再跑一趟去問清楚。」

林美香心如刀絞，卻沒有再哭。這一刻，她的心終於完全冷下來。

吳亞萍實在看不下去了，上前擋住高義，說：「你這是幹什麼？她身體不舒服，你看不出來？不管是再要緊的題目，你非得今天弄明白嗎？」

高義不耐煩地看了吳亞萍一眼。他對吳亞萍是心懷怨恨的，畢竟要是吳亞萍肯借給他那些復習資料，他和林美香也犯不著去求喬秀蘭。

「我和美香說話，關妳什麼事？」高義惡聲惡氣地推開吳亞萍，繼續去拉扯林美香。

「只要我和美香還在一個屋子裡待著，你就不能在我的眼皮子底下做這種事。」吳亞萍不讓分毫，仍舊擋在林美香身前。

「妳太多事了吧？人家美香都沒說什麼……」高義伸手就要再去推吳亞萍。

「夠了！」林美香用盡全力大喊一聲。此時她的眼眶通紅，臉色和嘴唇都十分慘白，看起來可怕極了。

高義嚇一大跳，聲音頓時低了下來。「美、美香，妳別生氣……要不，妳明天再去問也是一樣的。」

「我不會再去幫你抄筆記了。」林美香疲憊地閉了閉眼，再睜眼的時候，她的眼神無比清明堅定。「高義，我想清楚了，我們……就這樣吧。」

高義大驚失色。「美香，妳這話是什麼意思？什麼叫就這樣？我們在一起這麼久，妳就因為一點小小的不愉快，要和我分開？是不是喬秀蘭和妳說了什麼？」

「你別扯別人！我和你的問題，也不是一天、兩天了……」林美香目光灼灼地看著他。「我受夠了。」

高義哄著她道：「我知道現在妳很辛苦，但是妳想想，還有幾個月我就可以參加高考，只要我考上大學……」

「那也跟我沒關係了。」林美香甩開他的手。「就算你往後飛黃騰達，都跟我沒關係了。」

高義的臉色變得很難看，似乎不能接受這個事實，愣了半晌才吶吶地說：「妳一定是病糊塗了……對，一定是病糊塗了。我不煩妳了，妳好好休息，我們以後再說……」

說完，高義就逃也似地跑開了。

第四十四章

吳亞萍沒想到林美香會突然清醒過來，不過到底是好事，便安慰道：「妳別太難過了，是高義配不上妳。」

林美香帶著鼻音地「嗯」了一聲。

女孩子到底心軟，高義再不濟，也是她放在心尖上喜歡了好幾年的人，現在決定分開，她心裡刺痛難忍，眼淚不受控地流了下來。

「我把饃饃放在桌上，一會兒妳餓了就自己吃。」吳亞萍十分體貼地把空間留給林美香，自己則去了屋外。

這時天色已經暗了，吳亞萍也沒什麼地方可以去，乾脆去找喬秀蘭。

喬家剛吃過晚飯，李翠娥沒讓喬秀蘭洗碗，把自家閨女趕去散步了。

兩人在喬家的大門口碰見，吳亞萍立刻把方才發生的事情跟喬秀蘭說。

喬秀蘭聽完，眉眼一彎，笑道：「林美香不容易啊，總算從泥潭裡面爬出來了，真是可喜可賀。」

吳亞萍猶豫地問：「他們的感情一直不錯，林美香為了高義，更是什麼都能忍，我也沒想到她今天會態度那麼堅決地說出那些話。可我就怕明天高義再跟林美香說說好話，她又要陷進去了……」

喬秀蘭點頭道：「我也不覺得她馬上就能和高義斷個乾淨。不急，反正她每天都得到我這兒來，時間越久，她會越清醒的。」

「她都說要和高義分開了，還會來妳家嗎？」吳亞萍不禁疑惑道。

喬秀蘭抿唇想了想。「妳且看著吧。」

她們又說了會兒話，便各自回去休息。

果然，如喬秀蘭所說，隔天林美香還是早早地來喬家報到了。

她前一晚吃了吳亞萍給的白麵饃饃，本以為心中難受，多半又要失眠；可沒承想，才躺下沒多久，她便沈沈睡去。經過一夜休整，她今天的臉色看起來已經好多了。

這天一大早，高義馬上陪著笑臉來糾纏她。

林美香沒有再次心軟，看著高義那反覆無常的面孔，只覺得陌生。

高義跟她說了好一會兒的話，句句不離他人生至關重要的高考，為的就是讓她繼續去喬家做筆記。

從頭到尾，他都沒去深究她為什麼會和他提分手……

兩人之間到底有著幾年感情，林美香不想撕破臉，因此沒多說什麼，只是收拾了一下，就往喬家而去。

喬秀蘭只裝作不知道她和高義的情況，還是和平時一樣帶著她幹活、復習。

林美香這時候就沒那麼拚命了，她早上答應喬秀蘭要背書，中午美美地吃上一頓可口的午餐；下午，她還和喬秀蘭一起睡午覺。

傍晚時分，林美香回到住處，把本子塞給高義後，她一句話都沒和他多說，便頭也不回地走回屋裡。

知青們吃、住都在一起，大夥兒也沒什麼秘密，都知道林美香和高義的關係鬧僵了。和林美香在同一間屋子裡住著的，還有一個新來的女知青，叫姜小藝。

這姜小藝一向瞧不起高義，因此十分支持林美香的醒悟，晚上等吳亞萍也回到屋裡，姜小藝就把房門鎖上。

後來高義再來找林美香，姜小藝和吳亞萍都不給他開門，只說林美香睡下了。

林美香則鑽進被窩裡，當作聽不見高義在喊她。

高義記掛著復習，在門口逗留沒兩分鐘就回去了。

很快地，大半個月的時光一晃而過。

林美香已經替高義抄完一整本作業簿，她沒讓喬秀蘭再給新的，而是自己掏錢去買了兩本。

高義復習得跟瘋魔了似地，成日裡捧著本子復習，有時候一天也顧不上吃一頓飯。

林美香現在則是天天往喬家跑，腦子越來越清醒，心裡一直羨慕著喬秀蘭所過的日子，只想著往後自己該怎麼過得和喬秀蘭一般，完全沒心思去關心高義。

於是這年入冬之前，眼看著高考的日子就在眼前，高義卻忽然病倒了。

他剛開始只是小感冒，後來卻開始發熱，因為沒錢，也沒法子去醫院看病，只能蒙著被子，捂出一身的汗來散熱。

最後他發起高燒，燒得人事不知，一直到晚上同屋的男知青們下了工，才發現他出事，趕緊湊錢把他送到縣城的醫院去。

喬秀蘭完全不關心高義是死是活，她開始全心全意地復習起來，除了吃飯，再也不邁出屋門一步。

喬家人看她那麼認真，便跟著上了心，他們在家都是輕聲細語地說話，連走路也要小心翼翼地不發出一點聲音。

這一年的高考是在十二月，天氣十分寒冷。

喬秀蘭已經把所有的學習資料都復習完，高考前一天，天還沒暗她就睡下了。

隔天，天未亮她就起身洗漱，然後隨便吃了一些東西，再燒一些善水放進鋁製水壺，又帶了幾個白麵饃饃，穿戴好手套、圍巾和帽子，準備出發去城裡考試。

她剛要出門，就看到趙長青已經在門口等著，身旁還有一輛自行車。

前一天晚上，李翠娥就說要早起幫喬秀蘭準備吃食，喬秀蘭卻拒絕了，只說讓家人按照平時的作息就行，千萬別太上心，不然會給她壓力的。

家人看她已經如臨大敵一般，當然不想再給她施壓，也就答應下來，讓她以平常心去考試。

但是喬秀蘭卻把趙長青給漏掉了，沒想到他居然會這麼早就過來等著。「長青哥，你來幹啥啊？今天村口有拖拉機要去縣城，我坐那個去就好了。」

趙長青笑了笑，說：「拖拉機也沒比我這自行車快多少，我直接帶妳過去就行。」

他既然有心，喬秀蘭也沒拒絕，直接坐上自行車的後座。

趙長青還特地帶了一件他自己的大棉襖，兜頭把喬秀蘭罩上，確保她不會吹到風，才開始騎車。

自行車穩穩當當地往前行，喬秀蘭靠在趙長青寬闊的背上，心中緊張不安的情緒突然就消了下去。

考不上又有什麼關係呢？反正她已經盡力，沒有任何遺憾。來日方長，總不急在這一次。

再說，她還有趙長青啊，不論她考沒考上，他都會把她放在心尖上疼愛的。

平靜下來之後，她開始有些睏倦，便靠在趙長青的背上，閉起眼睛休息。

自行車忽然顛簸一下，喬秀蘭用力攬住趙長青精瘦的腰身，不高興地嘟囔一聲。

眼看天色尚早，趙長青特地踩得慢一些，讓自行車儘量保持平穩。他又怕她真的睡著了會受風寒，便不斷地找話題和她說話。

喬秀蘭有一搭、沒一搭地和他聊天，知道了他們今年魚塘的收成極好，不僅數量多，養出來的魚，肉質還格外鮮美。

尤其馬上就要過年，縣城裡蕭條了快一年的黑市又再度活泛起來，客人們開始準備年貨，都爭相購買他們的鮮魚。

黑豹還搭了路子，找來貨車，把魚賣到省城去，價格更高，賺得更多。若不是運輸不大方便，他們甚至還想把魚賣到更遠的地方去。

總之，這是他們豐收的一年，幾乎已經把本錢都賺了回來。

趙長青越說越開心，臉上是止不住的笑意。

他想著，要是喬秀蘭這次沒考上，明年他也能賺個幾千塊了，到時候就拿著全部家當，上喬家提親去！

當然，若是她考上了，他就把錢全給她當學費和生活費，讓她當個衣食無憂的大學生！

天剛亮的時候，趙長青載著喬秀蘭抵達考場外。

雖然時間尚早，但大鐵門的外面已經聚集了一堆考生。

趙長青停好自行車，將喬秀蘭帶到門口等著。

好在考生們素質都很不錯，自發自覺地排著隊，倒是沒有人相互推搡。

人群安安靜靜的，不少人還打著手電筒看書。

喬秀蘭被這氣氛感染，也有些緊張起來。

趙長青看出了她的緊張，跟哄小孩似地輕輕拍著她的後背，說：「沒事、沒事，今年考不上，咱們明年再考也是一樣。」

這話讓旁邊的考生聽見了，都很詫異地看著趙長青。

高考，那可是足以改變人一生的大事！

現在條件艱難，備考一次就得少幹幾個月的活兒，不少人都因為備考，而欠了親朋好友不少的債。怎麼一到這個男人嘴裡，參加高考彷彿吃飯、喝水般容易？還說這次考不上就明年再考，當來玩的呢？

喬秀蘭笑著看向趙長青，說：「長青哥，你先回去吧。考場馬上就要開門了，我是憑報名表進去的，你也進不去，就早些回去吧。」

趙長青不置可否，只說：「我先看著妳進去以後再說。」

寒風瑟瑟，喬秀蘭裹著大棉襖，戴著帽子和圍巾，也沒怎麼覺得冷，只是瞧見他被凍紅的臉，覺得心疼。

既然他不肯走，她心中其實也有些依戀他，覺得有他在，自己著實安心不少，便由著他去了。

天光大亮的時候，考場裡有人出來開門。

喬秀蘭被人群推著往前走，她一回頭，見到趙長青還站在原地，笑著同她揮手。他穿著一件藏青色的棉襖，本是厚重的衣服，穿在身姿挺拔的他身上，卻格外好看。即便在一堆年輕又富有書卷氣息的考生當中，這樣的趙長青也是鶴立雞群，格外引人注目。

喬秀蘭笑咪咪地同他打了手勢，讓他快些回去。

「噯，同志，那位是妳對象吧？對妳可真好。」走在喬秀蘭旁邊的女考生，忍不住笑著打趣她。「我家那隻懶豬，這會子還在家裡睡得正香呢。」

喬秀蘭抿唇一笑，心裡一片柔軟。「是啊，他非要送我來。」

進入考場後，工作人員來收走報名表，又讓考生們一個個地簽了字，這才替他們安排好考場位置。

到了這個時候，喬秀蘭反而冷靜下來。

第一門考試很快就開始，喬秀蘭摒棄雜念，認真地答卷。

考試要考一整天，中午的時候，考生們可以回家，也可以在考場裡吃飯。當然了，這裡是不供應吃食的，但有一個燒鍋爐的地方可以熱飯。

喬秀蘭帶了白麵饃饃，她把水壺和飯盒放在鍋爐上熱一下，就這麼解決了午飯。

下午的考試還算順利，出考場的時候，有的人眉飛色舞、志得意滿；有的人一臉蒼白、形容落寞；還有那種不堪壓力，在考場外掩面而哭的。

喬秀蘭十分平靜，她收拾好文具，挎上書包，緩緩地步出考場。

她一出來，就看到推著自行車、等在門口的趙長青。

「長青哥，你什麼時候來的？等了多久啊？」喬秀蘭小跑步上前，杏眼裡滿是笑意。

趙長青根本沒回去，一直都在考場附近等著，但他也不說破，只道：「才剛來沒多久而已。我知道你們考試的時間，所以是掐著點過來的。」

喬秀蘭輕巧地跳上自行車後座，笑著說：「那你來得還挺準時。我好餓，我們快些回家吧。」

雖然知道喬秀蘭說的是各自回家，可「回家」這個詞，還是讓趙長青心頭一暖。

「坐穩啦！」趙長青叮囑一聲，便用力地踩起自行車的踏板。

喬秀蘭咯咯直笑，伸手環住他的腰。

回去的路上，趙長青有心讓她好好休息，就沒怎麼和她說話。

喬秀蘭心中奇怪，問他道：「你就不問問我考得好不好？」

趙長青迎著風說話，聲音聽起來有些忽遠忽近。「我問妳這些做什麼？只要妳開心就夠了。」

今天考了數學，喬秀蘭原本就不擅長數學，有些題目確實不知道做得對不對，心裡本來是有些忐忑的。但聽他這樣說，卻忍不住笑起來。「我很開心啊，雖然不知道結果會怎麼樣，但是我已經盡力了。」

「嗯，我知道。」趙長青寵溺地說。

天色轉暗的時候，喬秀蘭和趙長青回到了黑瞎溝屯。
趙長青本來打算讓喬秀蘭在村口就下車的，省得被人瞧見，又要說閒話。
喬秀蘭卻耍賴，一會兒說自己累得不想走路，一會兒又說自己戴著帽子和圍巾，沒人會認出她來。
趙長青沒辦法，便一直把她送到喬家門口。
等喬秀蘭下車後，趙長青說一句「我走了」，就又騎上車，飛快地離開了。
喬秀蘭無奈地站在原地，嘟囔道：「跑這麼快做什麼？當自己是賊啊！」

第四十五章

此時喬家人全都聚在堂屋裡，焦急地等著喬秀蘭的消息。

喬秀蘭一進家門，大夥兒就把她圍起來。

「冷不冷啊？快進屋裡烤火去。」

「餓不餓？晚飯馬上就能吃啦。」

喬秀蘭被眾星捧月地擁進屋裡，一邊摘著帽子和圍巾，一邊好笑地回答：「不冷，考場裡吹不到風，暖和著呢。也不大餓，中午帶了饃饃去的，考場裡的鍋爐房就能加熱。」

眾人看她精神極好，心裡的石頭總算落了地。

李翠娥馬上張羅著開飯。因為今天是喬秀蘭高考的大日子，所以晚飯格外豐盛，還特地殺了家裡的一隻老母雞，再加上香菇、枸杞一起燉，就是為了要給喬秀蘭補一補身體。

飯桌上還有一條紅燒魚，那魚體格外巨大，對半切開後，放在兩個大碗裡才盛得下。這個不用說，自然是喬建國特地想了由頭拿回來的。

喬秀蘭先喝了一碗熱滾滾的雞湯，身上隨即出了一些熱汗，手腳也跟著暖和起來。

吃飯的時候，家人紛紛替喬秀蘭挾菜，卻都小心翼翼地沒有去問她考得如何。

喬秀蘭吃飽喝足後，自己先提起，說：「今天考了語文和數學，語文沒什麼大問題，就是數學，我底子薄弱，有些題目也沒復習到，只能自己摸索著答題，也不知道答得對不對，不過我已經盡力了……」

李翠娥一聽，生怕她心裡難受，立刻就說：「盡力就好，明天還得考一天，咱們不想那麼多！來，再喝碗湯，一會兒媽去燒熱水，給妳擦擦身子，晚上睡個好覺。」

于衛紅也跟著說：「就是啊，小妹。考完就過去了，咱們不想那過去的事。今天早點睡，明天正常考，等考完以後，嫂子去買新布，給妳做衣裳。」

喬秀蘭復習的這段時間，幾乎一心全撲在書本上，尤其是考前，可以說是一刻也離不開書桌。

眼看著就要過年，她算起來也將近一年沒做新衣裳了。

一個漂漂亮亮的小姑娘，成日裡就穿著舊衣裳，于衛紅早就打算替她做一身嶄新的衣裳好過年。

喬建國也跟著道：「二哥最近剛好有空，等妳考完，我帶妳去省城玩兩天吧？」

喬秀蘭的眼睛瞬間亮了。年前吳亞萍的返城指示已經下來，馬上就要回家去了，喬秀蘭正打算要親自去和吳亞萍的大哥道謝，順道送一送這個真心相交的好朋友。

當然，她還有些私心，她知道吳亞萍大哥未來的身分貴重，想提前去刷刷好感度。

「好啊！亞萍馬上就要返城了，我正捨不得她呢。」喬秀蘭開心地回道。

李紅霞在旁邊一聽，心裡頗不是滋味。

聽說省城裡什麼都要錢，這進城去玩一趟，又得花多少錢啊！而且怎麼不見喬建國帶自己這個媳婦和兒子去？帶喬秀蘭去做什麼？白白糟蹋錢。

可惜李紅霞糾結得指甲都快掐斷了，大夥兒仍舊只關心著喬秀蘭。

第二天一早，趙長青一樣來接她。

喬秀蘭這回是一點也不心慌，心平氣和地去了考場。

一天考下來，今年的高考在夜色降臨前，圓滿地結束了。

喬秀蘭心頭一鬆，覺得不論成績如何，她都不會覺得有遺憾。出了考場，她卻沒在門口看到趙長青。

高考第一天和她搭過話的那個女考生，見她在門口張望，便好心提醒說：「同志，妳在找妳對象吧？剛才考場裡有個人暈過去後被抬出來，聽說好像是你們的老鄉，妳對象和幾個人一起把他送到醫院去了。」

老鄉？喬秀蘭蹙眉一想，今年他們屯子裡，加上她一共有四個人參加高考，另外兩個她不大熟，還有一個就是高義了。

趙長青是個熱心腸的人，又受過屯子裡老人們的恩惠，看到有人暈倒自然會搭把手。

也不知道是誰那麼倒楣。喬秀蘭一邊這麼想著，一邊快步往醫院而去。

快到醫院的時候，喬秀蘭才一拍腦子，後知後覺地想起一件重要的事……她又不知道暈倒的考生是誰，進了醫院該怎麼找人啊？她真是考試考糊塗了！

幸好，她遇上剛從醫院出來的趙長青。

趙長青一眼瞧見她，快步上前，歉然道：「等很久了吧？我正想回去接妳呢。」

喬秀蘭莞爾道：「沒等多久，我剛出考場就聽說你送人到醫院來了。怎麼樣，那個暈倒的考生沒事吧？」

趙長青回答說：「不算沒事，醫生說他身子挺虛的，而且一直咳嗽，可能是肺炎，詳細的還要等診斷結果才知道。」

喬秀蘭奇怪地看著他。趙長青為人正直，為什麼聽說人家病得挺重，臉色卻這般輕鬆？

「病倒的考生是……」喬秀蘭疑惑地問。

「是高義啊。」趙長青一臉的無所謂。

「啊，是他！」喬秀蘭總算明白為什麼趙長青一點也沒表示擔心。

她笑了笑，問他說：「你怎麼還親自送高義去醫院？」

「剛開始是考場裡的幾個監考老師把他抬出來的，我就跟過去看了一眼。」趙長青不好意思地摸了摸鼻子。他其實不是因為熱心才跟來醫院，而是來看高義笑話的。

高義這個人心術不正，落到現在這個地步，一點都不值得同情。

「不提他了，走吧，咱們回家去。」喬秀蘭笑咪咪地說。

趙長青推來自行車，兩人很快就回到黑瞎溝屯。他照例在喬家門口放下喬秀蘭，自己則飛速地離開了。

此時在喬家的堂屋裡，不僅有喬家人焦急地等待著，牛新梅、吳亞萍和林美香也都早早地到了，就為了得知喬秀蘭的第一手消息。

喬秀蘭一進屋，大夥兒馬上把她圍住，終於不用擔心影響她的情緒，可以直接問她考得如何了。

喬秀蘭笑道：「還不錯，至於考不考得上，那就不知道啦。」

她最擔心的還是自己的數學成績，其他科目都可以死記硬背，只有數學，需要一定基礎的功底和舉一反三的能力，實在不是短短半年、一年就能趕上的。

「好，考完就算了。今天妳們都留下來吃飯，我給妳們做好吃的。」李翠娥笑著招呼幾個姑娘，說完就和幾個媳婦去灶房忙碌了。

吳亞萍和牛新梅素來與喬秀蘭要好，但是之前因為她要全心復習高考，已經有幾個月沒來喬家找她。尤其是吳亞萍，她本來十二月的月初就可以返城，但為了等喬秀蘭高考的消息，特地多留了幾天。

這會兒她們聚在一起，自然有說不完的話。

幾個哥哥都十分識相地把空間留給她們，各自去找事情做了。

喬秀蘭拉著她們坐下，回屋裡去拿了一個攢盒，裝上花生、瓜子，分給她們一起吃。

吳亞萍笑著說：「其實今天大娘要是不留飯，我也要在你們家蹭這一頓飯的。這兩天我就要回城裡去，往後怕是吃不到妳家的飯了。」下鄉這幾年，日子雖然過得清苦，但有笑有淚，驟然要走，吳亞萍也有些捨不得喬秀蘭她們。

喬秀蘭笑著握一下吳亞萍的手，說：「回城還不好嗎？美香現在聽妳這樣說，又該不高興了。」

林美香在喬家做工做到高考前，和喬秀蘭已十分熟悉，加上之前吳亞萍在自己病著的時候幫了不少忙，所以林美香也算正式成為她們的小姊妹。

林美香現在整個人鮮活不少，她寫信和家裡說了自己和高義分開的事，家人都高興得不得了，給她寄來不少東西。

她不用再幫著高義，日子過得舒心許多，好吃、好喝地養了一個多月，人也豐盈了。現在她穿著一件嶄新的鵝黃色小棉襖，襯托出她的肌膚瑩潤嬌嫩，之前的蒼白病容一掃而空。

她努努嘴，輕哼一聲說：「我的心眼哪有那麼小！我爸媽已經來信和我說了，現在情況好，國家政策變得寬鬆很多，我明年應該也有機會可以返城。」其實她的家境在城裡雖然還算普通，但親戚朋友裡頭也有不少厲害的，要不是為了高義，她早就想辦法回城了。

牛新梅眼巴巴地看著她們。「以後妳們都走了，秀蘭也要去城裡上大學，村裡就只剩下我了，妳們可千萬別忘了我。」

喬秀蘭咯咯直笑。「我自己都沒底的事，怎麼一到妳嘴裡，我就成了板上釘釘的大學生啦？再說，就算我們都走了，妳不是還有周愛民嗎？」

牛新梅和周愛民剛開始的日子雖然艱難，但兩個人互相扶持，風雨同舟，又都是腳踏實地幹活的人，他們現在的小日子已經過得很不錯了。

牛新梅本來是想厚著臉皮求哥哥給周愛民弄個工農兵大學生的名額，但周愛民不肯。一來是他不想讓牛新梅再回娘家受嫂子的氣，二來是現在國家恢復高考，往後可以預見，這工農兵大學生肯定沒有憑自己實力考上大學的大學生值錢，所以他打算認真復習一下，參加明年的高考。

換作別人，聽姊妹們提起自己的丈夫，肯定要害羞，但牛新梅是個直爽的性子，她嘿嘿直笑，說：「是啊，有他在，我肯定是不用擔心的。希望他明年好好考試，到時候只要他考上大學，那我也能去城裡了，咱們還在一處！」

喬秀蘭點點頭說：「那我一會兒去把復習資料都整理一下，妳拿回去，讓他先看起來。要是我今年沒考上，明年還要繼續看的，到時候可得還我啊。」

正好這時候李翠娥從灶房出來，一字不落地把喬秀蘭的話聽進耳朵裡，立刻說：「妳這孩子，成績還沒出來，怎麼說這種喪氣話？」

喬秀蘭無奈地笑道：「媽，這不是喪氣話，今年高考確實是千軍萬馬過獨木橋，錄取率也就百分之五，這一百個人裡頭才錄取五個人呢。人家都是高中生來考的，我還能一口氣超過九十五個人去？」

李翠娥還是說：「我就是覺得妳能行。」

喬秀蘭很自然地接口。「不行也沒事，明年再考，這一回生、二回熟，我總能考上。」

有其他人在，李翠娥也沒多說什麼，轉身又進灶房去了。

「媽，咋了這是？」于衛紅看李翠娥出去一趟，回來眉頭就皺在一起，立刻關切道。

對著兒媳婦們，李翠娥就沒什麼好隱瞞的了，直言道：「妳小妹說今年考不上，明年還要繼續考呢。」

劉巧娟笑著說：「媽，咱家小妹是個穩妥人，成績沒出來，她肯定不會把話說滿。我看她是下足苦工的，未必會考不上。」

于衛紅也說：「是啊，而且就算真的考不上，明年再努力也一樣。咱家小妹聰明又刻苦耐勞，肯定能成為大學生的。」

李翠娥的眉頭皺得更緊了。「我倒不是非要她今年就考上，但這一年多來，她復習時的狠勁妳們也瞧見了，對別的事情那是完全不上心。如今眼看著要過年，過完年就是她的生日，都二十歲的大姑娘了啊，明年要是再耽擱一年，這親事……」

喬秀蘭復習的這一年多來，李翠娥心裡雖然著急她的親事，但也分得出輕重緩急，知道考大學至關重要，又見喬秀蘭很執著，所以就沒怎麼干涉她。

可是閨女一年大過一年，前兩年還能讓她再挑挑揀揀的，現在就已經很難說親事了。

村裡像她這個年紀的姑娘，普遍都結婚了，不少人還當媽了！先不提喬秀蘭過往的名聲，只說她一心要考大學這件事，別人知道多少會覺得這姑娘心氣高，不是能好好過日子的媳婦人選……

要是喬秀蘭今年考上，成為正經大學生，不用侷限在這鄉下地方還好；要是沒考上，那就得接著考，到時候光是街坊鄰里的唾沫星子，就能把她閨女給淹沒。

李翠娥的擇婿標準已經無限放低了，只要對方人品好，窮點、醜點、矮點都沒事。總之只要對她閨女好，她閨女也看得上，李翠娥立馬就能掏出一份嫁妝，讓他們小倆口好好地過日子去。

喬家裡，就數李紅霞最看不慣喬秀蘭這般看書的。在她看來，女孩子麼，就該早早結婚生子，這成日裡就知道發大學生的夢，一點也不像話。而且她家福東一天天大了，往後肯定也是要考大學的，家裡的資源有限，自然得先緊著男孩兒的。

「媽，我倒是有個人選。」李紅霞笑著說。

李翠娥幾人都沒好氣地看了李紅霞一眼，之前她想把自家不學無術的大姪子介紹給喬秀蘭的事，大夥兒可都還沒忘。

李紅霞一看她們的眼神，就知道她們會錯意了，立刻說：「媽、大嫂、弟媳，妳們可別這麼看我。天地良心，我這回絕對不存私心……我是想說，妳們覺得趙長青咋樣？」

近兩年趙長青和喬建國走得極近，喬建國回來後總是三不五時就提到這個人。因此李紅霞一聽到李翠娥說起喬秀蘭的親事，就想到把他們倆湊到一塊兒。

他們一個是老男人、一個是老姑娘，真是再合適不過了。至於其他的，李紅霞可不管，她只想要儘快把小姑子嫁出去，省得留在家裡浪費錢財。

李翠娥聽了，久久沒有言語。

喬秀蘭對趙長青的那點心思，自己是清楚得不能再清楚了。本以為閨女是一時腦熱，可過了這麼多年，閨女一直拖著不肯說親事，因此李翠娥心裡有數，閨女多半是為了趙長青，不肯將就呢。

儘管十年風波已經過去，現在的情勢好了很多，聽說北京那邊還有不少冤案得到平反，現在已經沒什麼人拿陳年舊事作文章了。

可到底事關閨女一輩子的幸福，李翠娥不敢輕易下決定。

于衛紅瞪了李紅霞一眼，然後笑道：「媽，您先別操心。等小妹的高考成績出來後，咱們再商量也不遲。」

李翠娥點點頭，不再說這個，專心做著手裡的活計。

李紅霞自討沒趣，摸了摸鼻子，也不再吭聲了。

第四十六章

堂屋裡，喬秀蘭還在和姊妹們說著話。

說了半晌，喬秀蘭忽然想起一件事。「對了，今天高義在考場裡昏過去了，還被人抬進醫院。」

牛新梅和吳亞萍瞬間都安靜下來，兩人小心翼翼地看著林美香的臉色。

林美香扯起一個冷笑，哼道：「都看我做什麼？這關我什麼事？」她幫高義抄了快兩個月的復習資料，已經算是對他們之間的感情有了最後交代。

本來她還想著，高義要高考也是大事，要是他再來糾纏，她就耐著性子等等，等他高考後，再把關係撇清楚。沒想到，事情根本沒她想的麻煩，在她抄完復習資料後，高義連個笑臉都懶得奉承，成日裡只躲在房間看書，完全把她當空氣。要不是她早已清醒，恐怕會被他氣出病來。

喬秀蘭抿唇一笑，說：「我就當一件新鮮事和妳說說，妳擺什麼臉？」

林美香傲嬌地說：「他那種人，自命不凡得很，高考前就一副未來大學生的嘴臉了。這下子讓他受點教訓也好，省得整日裡鼻孔朝天的。」

喬秀蘭當然也是這個想法，高義吃癟，喬秀蘭才是最高興的那個人。而且喬秀蘭想得比林美香更長遠，高義家庭條件差，加上明年林美香可能就要返城，到時候沒有人可以幫高義，他也很難再去參加高考。

不一會兒，李翠娥和兒媳婦們做好晚飯，大夥兒熱熱鬧鬧地吃個精光。

喬秀蘭送吳亞萍她們出門，轉頭就看見喬建國也來到堂屋外頭，對她擠眉弄眼的。

她覺得好笑，拉起二哥就走到角落裡說話。

喬建國搔了搔頭，有些抱歉地說：「小妹，二哥之前不是說帶妳去省城玩嗎？我本來是打算順便在省城談一些魚塘的生意，可妳二嫂硬是不同意，說去省城玩得花好多錢……往常她吵吵也就算了，我都習慣了，懶得理她。但妳姪子不是快期中考了嗎？我怎麼也得顧忌一下孩子的心情，所以妳看……」

喬秀蘭理解地點點頭，說：「我知道的。沒事啊，二哥，我以後再去省城也行。」

「不，我不是這個意思。」喬建國壓低聲音說：「二哥的意思是，省城妳照樣去，二哥會幫妳報銷一切費用，但我自己是去不了了。至於魚塘的生意，我們商量了一下，打算讓長青過去……妳和他一起去，行不？」

這還用問？當然是行得不能再行了！喬秀蘭想也不想就答應下來。

後頭喬建國便和家裡說了，小子們馬上都要期中考，他一時走不開，決定讓喬秀蘭一個人去省城。

喬秀蘭是個快二十歲的大姑娘，但還沒出過遠門，李翠娥有些不放心。

喬秀蘭哄著母親道：「媽，到時候二哥會把我送到火車站，我和亞萍一起坐車，那火車上還有乘警，而且不用幾個小時就到了，肯定沒問題的。」

李翠娥一想也是，閨女還自己去參加高考呢。這往後要是成了大學生，可不得經常搭車兩頭跑，讓她提前去熟悉、熟悉情況也好。再說吳亞萍同她感情要好，又是土生土長的省城人，肯定什麼都會替她安排得妥妥當當的。於是，李翠娥就沒再多說什麼。

高考後的第三天，喬秀蘭拎了個手提小包和一個大包，她在大包裡裝上幾件換洗衣服和洗漱用品，便離開家門。

黑豹待在省城有好一陣子了，魚塘的事情最近都是由喬建國和趙長青兩個人操持。現在趙長青也要過去省城，魚塘不能沒有主事者，所以喬建國只是把喬秀蘭和吳亞萍帶到縣城的火車站與趙長青會合，又叮囑趙長青幾句，就去忙自己的事了。

趙長青很有自覺，先是伸手接過喬秀蘭的大包，又問吳亞萍。「吳知青，需要我幫妳拿行李嗎？」

吳亞萍這回是返城，帶的東西比喬秀蘭多上許多，現在自己拎著倒是還好，可等到上了火車，人擠人的，自己估計就遭不住了，所以便笑著說：「那就麻煩你了。等到了省城，我請你們吃飯。」

趙長青彎了彎唇角，應一聲「好」，單手就把吳亞萍手中的兩個大包揹在身上。

他們提前一個小時來到火車站，此時年關將近，火車站裡人山人海，好不熱鬧。

趙長青幫兩個姑娘找了位子坐下，又把大大小小的行李都擺在一起，然後才快步走了出去。

不一會兒，他拿了兩瓶水回來，說：「火車還得過一陣子才來，妳們先喝水。」

等喬秀蘭和吳亞萍接過水，他又走到行李旁邊，謹慎地看守著行李。

吳亞萍笑著同喬秀蘭咬耳朵。「這個趙同志看起來有些凶，沒想到居然會這般溫柔妥貼呢。」

喬秀蘭莞爾，點頭道：「是啊，他這個人很好的。」

吳亞萍雖然從沒聽她主動提起過趙長青，但這麼長時間的相處下來，早已經看出一些苗頭。「你們要是想好了，就趕快把事情給辦了。明年我哥哥說什麼都要讓我參加高考，你們早些成婚，我也能抽空溜出來喝你們一杯喜酒。」

喬秀蘭並未隱瞞，點頭說：「我有分寸的，應該明年年初就能定下來。」

上輩子就是在今年的過年後，姪子們被同學喊到山上去玩。當時前頭已經連下了十多天的大雪，雪才剛停，姪子們就是在那時候遇到雪崩和山體滑坡，全被埋在下頭。

後來鄉親們上山救人，四個姪子只被救出來一個……

家裡失去了三個孩子，那是他們過得最愁雲慘霧的一個新年。

後頭還發生好多事，只是都跟喬家無關了。

這輩子，喬秀蘭肯定不會再讓姪子們出去渾玩。

不過那次的山崩，反倒可以成為她和趙長青的一個契機。

她已經想好計劃，這次去省城回來後，再好好地安排一番，應該就能確定下來。

沒多久，火車進站了，趙長青揹著行李，護送喬秀蘭和吳亞萍上車。

綠皮火車的環境不大好，裡頭滿滿的人潮，還有不少人沒買到坐票，就買了站票回鄉，所以格外擁擠。

不過幸好有趙長青在，他聲量高、手也長，一路上輕鬆地撥開人群，讓兩個姑娘坐到自己的位子上。

趙長青替她們放好行李後，也跟著坐下來。

這時候上車的人越來越多，陸陸續續地她們身邊的位子也坐滿了人。

喬秀蘭和吳亞萍坐在一邊，趙長青單獨坐在她們對面，後來又上來兩個姑娘，一上車就擠到趙長青邊上。

兩個姑娘的年紀都不大，穿著卻很時髦，一上車就興奮地嘰嘰喳喳說著話。她們說話的聲音格外響亮，一邊嬉笑打鬧，一邊還不時偷瞄趙長青。

趙長青這天起得早，此時覺得有些睏，正雙手抱胸，閉著眼休息，絲毫沒注意到身邊的異常。

喬秀蘭和吳亞萍對視一眼，哪裡還有不明白的，這兩個小姑娘，是想要乘機吸引趙長青的注意呢！

不過也難怪她們會這樣，趙長青這回是要去省城談生意的，所以格外打扮了一下，穿了一件嶄新的黑色皮衣。裁剪得當的皮衣包裹著他精壯的身材，讓他看起來格外清俊，帶著一絲凌厲的帥氣。

兩個小姑娘嬉笑了好一會兒，一點也不見消停。

吳亞萍湊到喬秀蘭耳邊，小聲說：「妳就不管管？」

喬秀蘭好笑地問：「我管啥？」然後她覷了對面的趙長青一眼。

吳亞萍也循著她的視線看過去，趙長青還是維持著雙手抱胸的姿勢，正靠在座位另一邊睡覺，自始至終都沒睜眼，更別說去看那兩個小姑娘一眼。

也是，他這麼規矩，確實很讓人放心。

彷佛感受到喬秀蘭的目光，趙長青忽然睜開眼，問喬秀蘭道：「怎麼了？」

喬秀蘭笑著搖搖頭。

趙長青解開隨身包，拿出一個小編織袋，裡頭裝著一堆小橘子。

他把橘子遞到喬秀蘭眼前，說：「是不是坐車不舒服啊？妳先吃點橘子，要是還想吐再喊我，我也帶了袋子跟暈車藥。」

這輩子確實是喬秀蘭第一次出遠門，也難怪趙長青擔心她會暈車。

他這話一出口，身邊兩個小姑娘的說話聲頓時低下來，也不再偷看趙長青，而是轉而打量起喬秀蘭來了。

喬秀蘭身上穿的是前兩年做的鵝黃色小棉襖，毛領收腰的樣式，穿在她身上襯得膚色瑩潤、身形窈窕。不過到底是家人手工做的，平常看著倒是還好，跟那兩個時髦女孩身上的棉襖相比，卻顯得有些寒磣。

兩個女孩看了喬秀蘭一眼，馬上笑嘻嘻地咬起耳朵。

吳亞萍厭煩地皺起眉，兩個女孩的心思大家都清楚，不用說，她們肯定在對喬秀蘭評頭論足。

喬秀蘭倒不覺得怎麼樣，重生一回，雖然她的心態一天比一天年輕，但也沒幼稚到和小女孩計較這些。

她拉了拉吳亞萍，說：「妳不是才說早上起太早，睏得很嗎？快靠著我睡一會兒吧。」

被她這麼一說，吳亞萍還真覺得眼皮子直往下墜，於是打了個呵欠，小睡之前還不忘和她說：「妳有事記得喊我，別不聲不響地讓人欺負了。」

喬秀蘭無奈地笑了笑，她哪裡是那種會任人欺負的性格，眼下只是懶得和陌生人計較罷了。

況且，那兩個女孩之所以敵視她，是因為對趙長青的青睞。自家男人這麼有吸引力，她心裡還挺高興的。

看到吳亞萍閉上眼，趙長青怕喬秀蘭一個人無聊，就不睡了。

他打開自己的包，拿出花生、瓜子之類的零食，遞到喬秀蘭面前。「我不知道妳想吃什麼，就隨便都帶了點，妳先吃一些，墊墊肚子。」

喬秀蘭搖搖頭，說：「這些東西家裡都有，我不大想吃。」

「那妳想吃什麼？我去幫妳買。」趙長青隨即問道。

火車上有賣各種吃食，不過和後世一樣，火車上賣的吃食價格比外頭貴好幾倍，很不划算。

喬秀蘭把他按住，笑著說：「我早上在家裡吃過東西的，而且我們才上車沒多久，我真不餓，你別忙活了。」

他們倆又說了一會兒話，趙長青身旁那兩個姑娘說話的聲音也越來越低，最後連看都不看他們一眼了。

本來她們以為趙長青不看她們，是因為性格冷漠；又看他和喬秀蘭說話，見喬秀蘭雖然長得不錯，穿著卻很土，於是想著兩人可能只是同鄉……

可後來趙長青不斷對喬秀蘭獻殷勤，她們就沒法裝作看不見了，心裡已經明白他們是一對，便打起退堂鼓。

吳亞萍睡了一個多小時，等她醒來的時候，火車已經走了一半路程。

歸家在即，吳亞萍整個人顯得很興奮，拉著喬秀蘭說起省城有哪些好吃的、好玩的。

喬秀蘭上輩子去過省城，不過那已經是很多年後的事了，對現在的省城，她確實很陌生。她耐心地聽著，聽到好玩的地方，還會適時地提出幾個問題，因此吳亞萍說起來更是滔滔不絕。

就這麼熱鬧一路，火車緩緩地靠站了。

火車停留在站臺的時間有限，人們爭先恐後地下車，一時間車廂裡擁擠無比。

趙長青讓她們先拿著隨身的手提包下車，然後他自己才擠過去拿大件的行李。

喬秀蘭和吳亞萍一下車，立刻有好幾個婦女迎上來，用不大標準的普通話，七嘴八舌地招攬她們。

「小姑娘去哪兒啊？要不要車啊？」

「小姑娘吃不吃飯？口味包妳滿意！」

吳亞萍用地道的本地話說：「都不用，我們要回家。」

婦女們一聽是本地人，立刻就散開來，尋找下一個目標去了。

吳亞萍對著喬秀蘭咬耳朵。「當心妳的手提包，這些攬客的，有一些手腳不大乾淨。」

喬秀蘭點點頭，立刻把自己的手提包緊緊兜在懷裡。

不一會兒，趙長青提著行李出來了。

吳亞萍去外頭招了人力車，等三人都上車後，吳亞萍就報了個地址，然後和喬秀蘭說：

「秀蘭，妳要不要和我回家住？咱倆一個屋。」

喬秀蘭如果是一個人來的，那肯定要去吳亞萍家住，不過同行的還有趙長青，她不想把他撇在一邊，就拒絕了。「我二哥託人開了證明，我和長青哥要住在招待所。」

吳亞萍笑著捏了捏她的手，說：「行，那妳住我家附近的招待所吧，離省城中心近，去哪兒都方便。」

吳亞萍是本地人，喬秀蘭和趙長青人生地不熟的，自然都說「好」。

第四十七章

吳亞萍把趙長青和喬秀蘭送到招待所，看著他們進去，才讓車夫往自己家去。

省城的招待所建得格外好，在縣城裡也只有縣城醫院能和這種招待所相提並論。

櫃檯是個十分親切的婦女，喬秀蘭和趙長青拿出兩張證明，要求開了兩間房。

喬秀蘭剛準備從口袋掏錢，趙長青已經先她一步，拿出兩張紙鈔。

婦女看過證明，拿了鑰匙，便領著他們上了二樓。

兩人的房間挨在一起，裡面各有一張單人床和一個小小的淋浴間，然後就是一張桌子和兩張沙發椅。

趙長青幫她把行李拿進去，問她說：「妳是想先歇會兒，還是先出去吃東西？」

馬上就到中午了，喬秀蘭確實有些餓。不過她和吳亞萍約好晚上要去他們家吃晚飯，她下午得出去買些禮物，實在沒什麼工夫睡覺，只能現在先歇一會兒。

「我想先休息一下，你要是餓了，就先去吃點東西。我下午還要出門買東西，到時候再吃就行。」喬秀蘭回道。

趙長青點點頭，說：「沒事，我等妳。妳先歇著，要出門的時候再喊我一聲。」

兩人難得單獨出來，喬秀蘭還想跟他膩歪一會兒，但偏偏趙長青守禮得過分，一聽喬秀蘭打算休息，說完話就立馬帶上門出去了。

喬秀蘭無奈地直嘆氣。

這榆木疙瘩，都這麼久了，還是沒開竅。

不過她也不急，只要這次籌劃得當，兩人的親事在年後就可以順利定下來。她倒是想看看結婚之後的趙長青，還會不會這般木頭！

淋浴間裡的熱水是長年供應的，沖澡比在農村時方便很多。

喬秀蘭舒舒服服地沖了個澡，全身舒暢地鑽進被窩。

起了個大早，又坐了一上午的車，她才躺下沒多久就睡著了。

招待所的隔音效果很好，也可能是這年頭省城的汽車還不多的緣故，所以這一覺她睡得十分香甜，等再睜眼的時候，日頭已西斜。

喬秀蘭看了一眼牆上的時鐘，已經快四點了，她心頭一驚，立刻坐起身，攏好頭髮、套了棉襖，去敲隔壁的房門。

她剛敲第一下，門就立刻被打開來，趙長青露出一張笑臉，看著她說：「妳歇這一會兒可夠長的。」

喬秀蘭埋怨說：「你怎麼也不叫醒我呀？都這個點了，五點就要和亞萍碰頭呢。」

趙長青直笑。「妳自己睡得香，還怪我不喊妳哪？以前倒不知道妳這麼能睡。」

喬秀蘭臉頰微紅。「我平常不這樣的，就是前段時間睡太少了，加上今天坐車有點累。

唉，快別說了，也不知道百貨商店關門沒有，我得趕緊去買東西。」

趙長青把她拉住，說：「不急，妳先進屋。」

喬秀蘭進到他的房間，才看到他桌上放著一個大果籃，還有幾盒包裝精良的點心和茶葉。

「你怎麼知道我要買這些？」喬秀蘭喜出望外。

趙長青不疾不徐地說：「妳肯定得準備給吳家的禮物。我下午去敲了妳房門兩次，妳多半是睡得太香，沒聽見，我就先出去買了。」

他這麼妥貼地都替她安排好了，自己卻還埋怨他，真是不應該。喬秀蘭討好地拉了拉他的手。「長青哥，你真好。」

「別在這兒賣乖了。」趙長青推著她往外走。「快回去妳房間收拾一下，一會兒就該出門了。」

喬秀蘭應了一聲，又轉過頭笑著對他說：「那你也準備一下，別回頭我收拾好了，反而還要等你呢。」

「我也要去？」趙長青有些驚訝。

「是啊。」喬秀蘭點頭，也不好同他細說，只是道：「你就跟我一起去吧，對你有好處的。」

吳家大哥可是未來的省委書記，將來想見吳家大哥一面，都不知道得費多少工夫，得趁現在抓緊機會，好好表現一番！

冬日裡，傍晚快五點的時候，天色已經發暗。

吳亞萍搭了人力車過來接喬秀蘭和趙長青，只見他們兩人提著大包、小包地上車。

吳亞萍嗔怪道：「妳要到我家吃飯怎麼還帶東西啊？這麼多東西，不便宜吧？」

喬秀蘭抿唇笑了笑，說：「又不是買給妳的。妳大哥之前寄了那麼多回書過來，我是買過去感謝他的還不成嗎？」

吳亞萍心疼她花錢。「又不是多麻煩的事，哪裡就要這麼多謝禮啊！」

三個人說著話，不一會兒就來到吳家附近。

吳亞萍的父母在大學裡工作，不過不是教職人員，而是普通的職工，負責看守大門和打掃清潔的工作。他們的房子是學校分配的，就在學校附近的筒子樓裡。

這時候大夥兒都已經下班，筒子樓人進人出的，位於樓道裡的公共廚房，更是滿滿的都是人。

吳亞萍帶著他們一路進去，沿途遇上不少熟人，都用方言和吳亞萍打招呼。

吳亞萍一一喊了人，又寒暄幾句，才把他們帶進自己家。

吳家一共五口人，住在兩室一廳的小房子裡，稍嫌擁擠。

此時飯桌上已經備好飯菜，一家子都在等著他們。

了。

因為想到吳冠禮未來的身分，喬秀蘭有些緊張，站在門口打過招呼後，就不敢再多說話了。

趙長青雖然是頭一回來省城，不過他到底做了一段時間的生意，所以表現得十分鎮定。同時他心裡也有些納悶，喬秀蘭一直是那種遇事淡定、不慌張的性格，這回也不知道怎麼一回事，居然顯得格外拘謹。

吳媽媽是個圓臉、看起來十分和氣的婦女，一見到他們，立刻上前拉著喬秀蘭的手說：「這就是秀蘭啊，長得可真好。往常老聽亞萍說起妳，我還想著是什麼神仙般的人物呢，今天這一見，亞萍說的果真沒誇大。」

吳媽媽的手是做慣粗活的，溫暖又乾燥，還帶著一些繭子。

喬秀蘭很快地放鬆下來，她彎了彎唇角，說：「吳媽媽可別誇我，我都要害羞了。匆忙過來也沒準備什麼，就隨便在外面買了一些東西，希望你們不要嫌棄。」

「唉，妳這孩子還挺客氣。」吳媽媽看著喬秀蘭長得秀麗，說話也不小家子氣，加上過去幾年吳亞萍一直說在鄉下承蒙她照顧，吳媽媽真是越看她越喜歡。要不是喬秀蘭後頭還有一個提著禮物的趙長青，吳媽媽都想給自家兒子爭取、爭取了。

吳媽媽誇完了她，又看向趙長青，問道：「這位是……」

「是我對象。我第一次進城，他不放心，特地陪我來的。」喬秀蘭甜甜地笑道。

吳媽媽並不意外，又接著說：「真是郎才女貌啊，你倆站在一起，跟畫報上的人兒似地。快，別站著了，都屋裡坐。飯菜都是我親手燒的，也不知道合不合你們胃口。」

喬秀蘭被吳媽媽拉著坐下，這才敢正眼打量吳家人。

吳爸爸是個長相普通的中年男人，笑呵呵的，看起來也十分和善。

吳亞萍還有個弟弟，不過七、八歲的模樣，長得白淨可愛，一點也不怕生。

最後就是吳亞萍的大哥吳冠禮了。

吳冠禮現在也不過二十多歲左右的模樣，他的五官繼承了吳家父母的長處，膚色白淨，長相清秀，嘴角噙著一絲恰到好處的笑意，身形看著還有些瘦弱。

誰能想到若干年後，吳冠禮會成為那樣一個身居要位的大人物呢？

吳亞萍先讓弟弟去拿碗筷，又轉頭笑著對喬秀蘭說：「我媽不到逢年過節的，可不進廚房呢，成天都讓我們吃食堂，今天我們也算是沾了你們的光。」

吳媽媽笑著打了吳亞萍一下。「小丫頭說什麼呢！」隨即又熱情地招呼喬秀蘭和趙長青說：「你們別拘謹，就跟在自己家一樣。」

桌上一共四菜一湯，一道紅燒肉、一條清蒸魚，還有兩道素菜，另外還有一小鍋蘑菇湯。

吳家的家境在省城這種大環境裡，也就算普通人家，能準備這麼豐富的菜色，可見其父母對喬秀蘭的重視。

雖然喬秀蘭和吳亞萍挺要好的，但吳亞萍是個知禮數的人，從來不肯平白無故地收她好處，兩人總是禮尚往來。倒是她讓吳亞萍的大哥寄了好幾次復習資料和養魚的專業書籍，此時又受到吳家人熱情款待，頓時有些不好意思。

「快吃，我也不知道妳愛吃啥，就照著家人口味隨便做了一些菜，妳多吃點。」吳媽媽拿起公筷，替她挾了菜。

大家都開始動筷，氛圍也變得輕鬆不少。

吳媽媽的菜做得很不錯，雖然比不上喬秀蘭用善水做出來的那些吃食，但也別具風味，很有家的味道。

吳爸爸和吳冠禮都是話不多的人，吳媽媽卻是個熱情活潑的性子，一直替喬秀蘭和趙長青挾菜，還不時問一些生活上的問題，算是把他們照顧得十分周到。

飯後，吳媽媽拆了他們帶來的果籃，大家一起分著吃了。然後又體貼地拉著吳爸爸和小兒子出去散步，把空間留給他們年輕人說話。

趙長青伸手從口袋裡拿出一個小小的盒子，遞到吳冠禮面前。

盒子打開，是一枝派克鋼筆。

吳冠禮現在雖然年紀還不大，但一雙眼睛卻彷彿會看透人心似地。之前喬秀蘭託他買了養魚的書，吳亞萍可能沒多想，但他自然猜到一些。不過，他知道眼前的鄉下姑娘是妹妹的手帕交，妹妹在鄉下的時候承蒙她照顧，所以他什麼都沒說，也什麼都沒多問。

此時他看到價值不菲的鋼筆，並未顯現出驚訝的神色，只是彎了彎唇角，說：「你們太客氣了。」

「過去那些資料對我們來說，真的很難得。這是一點小小的心意，你不收的話，我們倒是不好意思了。」趙長青一臉真誠地說。

吳冠禮不說收，也不說不收，只是轉頭微笑著同吳亞萍說：「妳不是說要帶妳的小姊妹去看妳的房間嗎？妳床底下那些……」

「哎呀！」吳亞萍怪叫一聲。「你不許說！」說完，又轉頭對喬秀蘭說：「秀蘭，妳跟我來，我房間有好玩的。」

喬秀蘭知道這是吳冠禮想單獨和趙長青說話，就隨著吳亞萍過去了。

吳亞萍的房間是在整個屋子最裡頭的小房間，佈置得很簡單，擺著一張上、下兩層架子床，一個大衣櫃，然後就是兩張書桌。架子床下面的那一層，是她弟弟睡的，床頭還有一隻小兔子玩偶。

吳亞萍小心翼翼地拽出一個小箱子，裡頭是一疊花花綠綠的彩頁雜誌。

雜誌在這個年代，可是稀罕物。

吳亞萍獻寶似地，壓低聲音和喬秀蘭說：「這都是我哥託朋友給我帶的港、臺雜誌，咱們這兒可不好買。我爸、媽都不讓我看這些，咱倆偷偷看會兒唄。」

見吳亞萍這般熱情地邀約，儘管喬秀蘭滿腦子想的都是吳冠禮和趙長青的談話內容，卻不好掃吳亞萍的興致。

雜誌上談論的是港臺的明星和他們那裡繁華的盛況，在這個娛樂匱乏的年代，確實是會令人看得目眩神迷的內容。

不過喬秀蘭什麼都經歷過了，她對雜誌並不是特別有興趣。耐著性子看了半小時，喬秀蘭就坐不住了，她跟吳亞萍說了一聲要去透透氣，便站起身走出房間。

吳家的客廳裡安靜極了，還是只有吳冠禮和趙長青兩個人。

他們兩人沒在聊天，而是在下象棋。他們一人坐在棋盤一邊，此時兩人正聚精會神地下著棋，一句話都沒說。

喬秀蘭不知道趙長青居然還會下象棋！

她的象棋水準堪堪只在能看懂，她放輕呼吸站在旁邊，看了好一會兒，趙長青和吳冠禮你來我往地互相吃棋，一直到雙方都只剩下幾顆棋。

喬秀蘭等著看最後結果，誰知道吳冠禮把棋一放，笑著說：「今天就到這裡吧。」

趙長青也跟著笑起來。「好，多謝了，我明白了。」

喬秀蘭一頭霧水，明知道他們話裡有話，卻不知道他們在說些什麼，當下也不好發問，只能眼睜睜看著他們打啞謎。

吳冠禮收拾好棋盤，緊接著就去把在屋內沈迷於看雜誌的吳亞萍揪出來，四個人又坐在一起說話。

喬秀蘭終於有和吳冠禮說話的機會，立刻尋了由頭，試探地問道：「吳大哥，現在國家是新氣象，那上一輩的一些老問題……不知道能不能解決了？」

她說的老問題，指的就是趙長青的家庭背景問題。近兩年國家平反了好些冤案，她希望趙長青也能早日擺脫上一代的陰影。

趙長青也聽明白了，他知道喬秀蘭是關心他，便在桌子底下輕輕地捏了捏她的手背。

吳冠禮看了看她，又看了看趙長青，停頓一會兒才說：「這些事情我也不是很清楚。不過我有個朋友，家裡便是這種情況，前幾年他在部隊立了功，上一代的問題也就不是問題了。現在國家已經是新氣象，這種事情應該更容易解決。」

有吳冠禮這幾句話，喬秀蘭提著的心瞬間放下。

趙長青的「帽子」問題，可以穩穩地解決了！

第四十八章

他們四個人說了會兒話，吳媽媽和吳爸爸也散完步回來了。有長輩在，很多話題就不好繼續聊下去。

吳媽媽問了一些喬秀蘭家裡的事，兩人相談甚歡，彼此間也越發親熱。

眼看天色已晚，喬秀蘭和趙長青便起身告辭，吳亞萍親自把趙長青和喬秀蘭送出筒子樓。

一出來，只剩他們兩人後，喬秀蘭就忍不住了，立刻問趙長青道：「你們怎麼無緣無故地下起棋來了？還有你們說的那些話，到底是什麼意思？」

趙長青但笑不語，只說：「往常老聽妳說吳知青的大哥如何厲害、如何消息靈通，我還多少覺得有點誇張的成分。可今天這一見，我發現吳家大哥確實是個厲害的人物……」

趙長青和吳冠禮的年紀其實差不多，可他一口一個吳家大哥，可見對吳冠禮十分欣賞。於是接下來回賓館的路上，喬秀蘭就聽趙長青誇了吳冠禮一路。

至於他們打的啞謎，既然趙長青不願多說，喬秀蘭也沒再繼續追問，權當是他們男人間的秘密了。

回到招待所的時候，已經是晚上九點多。

這個年代沒什麼夜生活，大街上幾乎都沒人，而櫃檯的那個中年婦女，此時正趴在櫃檯睡覺。

喬秀蘭和趙長青輕手輕腳地上樓，兩人來到房門前，卻見趙長青直接掏出鑰匙，正在開自己的房門。

喬秀蘭很是無語。她和家人說自己只來省城玩兩天，後天早上就要坐火車回去，兩人單獨相處的時間可不多了呢！

「怎麼不進屋？」趙長青開好門，站在門口詢問她。

喬秀蘭瞪了他一眼。「我下午睡太久，進屋也睡不著。」

趙長青一想也是，說：「那不然我陪妳聽會兒廣播？」

房間裡沒有電視，倒是有收音機，也算是難得的娛樂活動了。

喬秀蘭倒無所謂要做些什麼，只是想跟他待在一處，便應了下來。

兩人進到喬秀蘭的房間，喬秀蘭很自然地脫起外套。當她轉過身，正想問趙長青要不要喝點熱水，就看到趙長青並沒有跟著她進屋，而是站在門口，一副進也不是、退也不是的為難神情。

喬秀蘭會意過來，想起她出門的時候太心急，換下來的衣服隨手就丟在床上，完全沒有收拾。此時凌亂的床上，大剌剌地擺著她換下來的內衣和秋衣……

喬秀蘭瞬間紅了臉，驚叫一聲，連忙撲過去把被子拉起來，蓋住衣物。

趙長青訕笑著，伸手撓了撓臉。

「你、你、你……喝不喝水？」喬秀蘭結巴了一下，才把自己要問的話問出口。

趙長青看著她滿臉窘迫的小模樣，心情大好。這丫頭，往常只有她逗他的分兒，沒想到這會兒居然輪到她吃癟了。

「剛剛在吳家喝過，我不渴。」趙長青壓住上揚的嘴角，若無其事地說：「不是說要聽廣播嗎？妳別忙活了。」

喬秀蘭含糊地答應一聲，就走過去擰開桌上的收音機。

房間裡有兩張沙發椅，雖然擦得很乾淨，但似乎用了許多年的樣子，皮子已經不大能看了。

兩人並排坐下，喬秀蘭隨手轉到的廣播電臺，正播放著舒緩的音樂。要不是方才的小插曲，氣氛算是很不錯了。

兩人安靜地待了一會兒，喬秀蘭臉上的熱度才慢慢地退下去。

「我搭後天早上的火車回去。你明天有什麼安排嗎？」喬秀蘭輕聲問道。

「沒有。我會在省城多待幾天，有些事情黑豹一個人忙不過來。明天妳想去哪裡？我陪妳去逛逛。」趙長青語氣輕緩地說。

喬秀蘭也沒什麼特別想去的地方，就說：「隨便逛逛吧。我挺想去省城大學看看的，不過不知道那裡能不能讓外人進去。」吳家爸媽就在省城大學上班，若是託他們的關係，自然能夠自由出入，只是亞萍已經先後幫了她那麼多忙，這麼點小事，喬秀蘭也不好意思再麻煩他們。

趙長青笑了笑，說：「我想著妳來省城，肯定會想去大學看看的，所以剛才已經先問過吳大哥。他說省城大學往常管理得很嚴格，不過最近快放寒假，不少家屬都會去學校接孩子回家，所以管得就沒那麼嚴了。除了宿舍大樓，其他地方都能進去。」

這傢伙看著挺木頭，倒是一天比一天更懂她的心了。

喬秀蘭抿嘴笑了笑，又聽趙長青忽然結結巴巴地說：「年後我……我就去妳家，同妳媽和大哥他們說咱倆的事，妳覺得怎麼樣？」

喬秀蘭幾乎立刻就明白過來，趙長青這是打算來談他們兩人的親事了。

多年的夙願終於要達成，她耳際發熱，不由得心跳加速。

「怎麼？妳不願意？」趙長青心裡比她更緊張，見她不回應，一顆心已經揪起來。

喬秀蘭無奈地看了他一眼。「我有什麼好不同意的？」

這傢伙到底懂不懂什麼叫「女孩兒家的嬌羞」啊！她之前主動了那麼久，就不能讓她在這會兒害羞一下嗎?!

趙長青握緊她的雙手。「我怕到時候……妳家人會不同意。」

喬秀蘭安撫地拍了拍他的後背。「不怕，我有辦法。」

她雖然沒明說，趙長青卻願意無條件地相信她確實有辦法。

這小姑娘身上有太多神奇的地方，先是之前養魚那時候，她隨手拿出、又能隨時收起來的水壺，再回想這兩年來，她格外大膽，卻又處處小心謹慎，就好像未來會發生的事，都盡在她的掌握似地。

「好，那你等著我。」喬秀蘭眉眼帶笑地說。

兩人相視一笑，接下來的事情不用多說，他們心中已然默契十足。

又說了一會兒話之後，牆上的掛鐘顯示已經快十一點。

趙長青讓喬秀蘭趕緊睡覺，不然明天可沒有精神出去逛街。

喬秀蘭拉著他的衣襬，既不說話，也不放手。

趙長青無奈地揉了揉她的手掌。「是不是在陌生的地方睡不著？這樣吧，我守著妳，等妳睡了我再走。」

喬秀蘭點點頭，便快速地去衛生間洗漱，然後鑽進被窩裡，這時她才把毛衣脫掉，從被窩裡拿出來。

趙長青看著她纖細白嫩的手腕和若隱若現的鎖骨，喉頭微動。不過他什麼也沒做、什麼也沒說，只是把大燈關了，留下床頭的小燈，又幫她把被角掖好，像哄孩子似地輕輕拍著被子。

趙長青身量高，手也格外大，放在被子上像一把大蒲扇。

喬秀蘭笑嘻嘻地從被窩裡伸手出來，捉住他的手指頭把玩。

他的手掌很溫暖，繭子厚重，手指頭纖細瘦長，不論是看起來或摸起來的感覺，都相當不錯。

這邊喬秀蘭還沒摸夠，趙長青已經不解風情地嘟囔著。「快蓋好被子，別著涼了。」一說完就不由分說地把她的手臂放進被窩裡，還怕她繼續不老實，連背角都塞得死死的。

喬秀蘭對他這一直以來的耿直，都快習以為常了。她覺得自己還不大睏，便有一搭、沒一搭地和他說起明天的行程，可就這麼被他拍著、拍著，她還真被他哄睡著了，連他什麼時候關燈走人的都不知道。

第二天，趙長青怕她又睡過頭，早早地就來敲門，把她給喊起來。兩人在招待所附近隨便吃了點東西，就往省城大學而去。

省城大學是全國數一數二的大學，建築宏偉，占地極廣。馬上就要放寒假，不少學生家屬都來接人，裡頭人來人往，很是熱鬧。而且和鄉下不同的是，這裡的人不論是打扮還是說話，都給人一種文質彬彬的感覺。

喬秀蘭若不是見識過後世的各種繁華，這會兒怕是也要看花了眼。兩人在校園裡溜達好一會兒，才總算把省城大學逛完一圈。

出了大學後，喬秀蘭和趙長青又去了百貨公司。

省城百貨公司所賣的商品琳琅滿目，什麼都有。

女人不論在哪個年紀，對於購物都有一種執著的天性。喬秀蘭一路這裡看看、那裡瞧瞧的，挑花了眼。可她並沒有什麼特別想買的，就是喜歡逛和看，這百貨公司上、下幾層都逛完了，她卻連一分錢也沒花出去。

同樣地，男人不論到了哪個年紀，似乎都不喜歡陪女人逛街。

趙長青陪她逛得腿都痠了，也沒看她買一樣東西，只好同她求饒道：「妳想買什麼？我什麼都幫妳買。咱們別這麼沒有目的地閒逛行不行？」

喬秀蘭笑著說：「我沒什麼想買的，就是隨便看看。」

趙長青舉手投降。「時間不早了，等我們吃完午飯後，我再陪妳逛成不？」

喬秀蘭抬頭看了一眼百貨公司裡的立鐘，才發現這時候已經快下午一點。知道時間以後，這會兒她才感覺到餓。

她抱歉地笑了兩聲，趕緊拉著他出去找地方吃飯。

飯後，喬秀蘭就不繼續瞎逛了。她買了點心和茶葉，又給四個姪子一人買一套成衣，就這麼幾樣東西，買完也沒花多少時間。

買完東西後，喬秀蘭走了大半天，也覺得累了，就和趙長青說要回招待所休息。

趙長青原本還打算帶她去省城的景點逛逛，沒想到喬秀蘭聽了卻直搖頭。

那些景點肯定都是人山人海，更別說眼下學生們都放寒假，附近的農民也沒什麼活計要忙，肯定都會往那些景點跑。

趙長青看她興趣不大，也就沒再多說，只是幫她提著東西，往招待所走去。

晚上他們還是要去吳亞萍家吃飯，因此回到房間後，喬秀蘭就趕緊休息一會兒。

趙長青也沒有吵她，只說自己有事情要做，安頓好她就出去了。

喬秀蘭睡了一個小時，醒來之後，她換了身衣裳，才去敲趙長青的房門。

過沒多久，吳亞萍就來接他們了。

這次再去吳家，喬秀蘭已經能以平常心對待。畢竟未來的省委書記又不是什麼妖魔鬼怪，跟她同樣是一個鼻子、一張嘴的，也沒多可怕。

晚餐依舊十分豐盛。

等吃過晚飯後，吳亞萍卻不像昨天那般活潑熱情，只是一臉不捨地拉著喬秀蘭的手不放。

過去幾年，她們每隔兩、三天就能見到面，兩人之間有著說不完的悄悄話。可往後她們一個在省城、一個在鄉下，路程雖然不算特別遙遠，但也不能經常見面了。

喬秀蘭也挺捨不得吳亞萍的，不過她畢竟比吳亞萍經歷得多，也看得開一些，所以能控制好自己的情緒，只挑了好話安撫道：「咱們離得又不遠。這次我過來，已經認得路了，也知道妳家在哪裡。等下回我來，妳可別認不得我，把我關在外頭不讓我進門。」

吳亞萍笑開來。「妳只管來吧，下次妳直接住在我家，想待多久就待多久。」

吳媽媽也在一旁跟著說：「對啊，秀蘭，我聽亞萍說妳今年有參加高考，到時候要是考上了，就來我們家住，阿姨天天給妳做好吃的。」

三人說說笑笑的，總算把吳亞萍的眼淚給哄回去。

趙長青則又和吳冠禮下起了象棋，吳爸爸也在旁邊看著，三個人連一句話都不說，氣氛卻很融洽。

從吳家出來後，喬秀蘭和趙長青回了招待所。

第二天要早起坐火車，喬秀蘭也不和他膩歪了。

趙長青卻仍舊把她哄睡了，才輕手輕腳地離開。

第二天一早，趙長青買好早飯，敲門把她喊醒了。

兩人吃了早飯，就直奔火車站。

趙長青替她拿好行李，叮囑她幾句，又買了月臺票，準備親自把她送上火車。

喬秀蘭看著他忙前忙後的，心裡格外充實。

臨上車前，趙長青拉住她的左手，從口袋裡摸出一樣東西，直接往她的手腕上套。

喬秀蘭仔細一瞧，居然是一只女用手錶。

「你買這個幹什麼？不便宜吧。」喬秀蘭驚訝地問。

趙長青替她戴好手錶，越看越覺得這銀白色的金屬錶帶戴在她白皙的手腕上，特別合適又好看。

他揉了揉她的髮頂，說：「妳在復習那時候我就想買給妳，只是剛好忙著魚塘的事，抽不開身，縣城裡又買不到什麼好的錶，妳別嫌我買得晚就好。」

這種得花上兩、三百塊錢才買得到的貴重東西，喬秀蘭又怎麼會嫌棄？而且她昨天在百貨公司的時候進過鐘錶店，當時就對手上的這款錶多看了兩眼，也不知道趙長青是真的留意到，還是隨便買的，居然剛好是她喜歡的這只錶。

趙長青怕她不肯收，所以到臨發車的時候才拿給她，兩人還來不及多說什麼，火車已經要開了。

趙長青把她送上車，替她放好行李，又特地幫她座位旁邊的人也放好行李，刷了波好感度，陪著笑臉讓他們多看顧喬秀蘭一些，這才下了火車。

因為他的安排，這一路上喬秀蘭還真是受到旁邊乘客的不少照顧，又是分她水果吃，又是下車幫她拿行李的。

下了火車，她二哥已經在等著了。

喬建國覺得對不住自家妹子，所以格外殷勤周到，搶著提走她的行李不說，又問她在城裡玩得好不好？坐車累不累？渴不渴？餓不餓……

「都好、都好，有亞萍招待我呢，還有長青哥也在啊。我吃得好、玩得好，什麼委屈都沒有。」喬秀蘭笑著回道。

喬建國笑呵呵地點點頭。「開心就好。妳這次出去才沒幾天，咱媽天天都在家裡念叨著妳，又是擔心這、又是擔心那的，還怪我沒陪妳一起去，把我罵得可不輕。」

當然不只李翠娥，喬秀蘭不在家的這兩天，喬建國自己也是既擔心又緊張，後悔沒陪她一起去。

兄妹兩個搭車回到家，李翠娥和她大嫂、三嫂早已在門口等著，幾人一見面，當然又是各種問不完的話。

喬秀蘭的四個姪子都放假了，剛從學校回來。

四個小的沒去過省城，雖然插不上話，卻都眼巴巴地在旁邊等著，想多聽一點關於省城的事情。

喬秀蘭打開大包，把買回來的東西分給大家。

姪子們看到新衣服都高興壞了，立刻衝回屋裡去換上。

買回來的成衣雖然沒有做的那麼合身，但機器做出來的衣服，總歸比手工更時髦一些。

四個姪子本來就充滿小馬駒一般的朝氣，換上這城裡人的衣褲，頓時顯得更精神了。

他們歡喜得不得了，你看我、我看你地互相顯擺著，然後又珍而重之地回屋換下。

喬秀蘭的目光一直停留在四個姪子身上。

上輩子的他們，就是在這個寒假裡出了意外。

她本來能在城裡多玩幾天的，但因為太擔心他們，所以只待兩天就趕緊回來。

姪子們換下新衣裳以後，勾肩搭背地從屋裡出來。

喬秀蘭一直關注著他們，忽然聽到三哥家的福明隨口說了句。「過幾天王波約咱們去山上玩，到時候我們就換上新衣服，看他還敢不敢嘲笑我們窮酸。」

大哥福來無語地看了福明一眼。「那衣服是小姑特地從省城買給咱們的，你要是穿著新衣服往山上跑，回頭弄髒了該怎麼辦？白白糟蹋小姑的一番心意。我看你也別穿新衣服了，反正咱們身材差不多，你的新衣服就送給我吧。」

福明是個老實孩子，被福來這樣一說，頓時紅了臉。「我就是隨便說說，我可沒有糟蹋小姑心意的意思……」說完又小心翼翼地去看喬秀蘭的臉色。

喬秀蘭的臉色說不上好，倒不是因為那新衣服，而是他們說到要上山的事……

上輩子他們可不就是在山上出事的嗎?!

第四十九章

喬福明看喬秀蘭臉色不豫，立刻紅著臉解釋說：「小姑，我真不是那個意思。」

為免嚇到他們，喬秀蘭平復心緒，掛起笑容，說：「沒事，小姑在想事情呢，沒生你的氣。衣服既然給了你們，當然是你們想什麼時候穿就什麼時候穿，又不是買回來讓你們供著的。我剛才聽到你們說要去山上玩，是怎麼回事？」

喬福東回道：「就是王波，妳還記得嗎？上回妳來看我們，在飯堂遇到的那個。」

喬秀蘭有些印象，說：「那個小胖子對吧？你們校長的姪子。我記得他不是和你們很不對盤嗎？怎麼又玩到一塊兒了？」

「其實，也不算是玩到一塊兒吧。明年開學，大哥他們就要畢業了，同學們都挺捨不得的，就想著趁寒假大家可以一起出去玩。好多同學都是縣城人，所以他們就想要到農村來看看。」喬福東笑著說。

大冬天的上山吹風，喬秀蘭真心覺得這不是什麼好玩的項目，也只有他們這些體力無處發洩的少年會覺得好玩。

喬秀蘭有信心可以勸服姪子們不去山上，但這不僅是姪子們的事，上輩子的那場災難，除了姪子們遭災，還有其他人。再說了，他們的那些同學，也未必肯聽她的話。

獨善其身並不難，難的是怎麼防微杜漸，把大夥兒都救了。

「你們準備去哪座山上玩？」喬秀蘭雖然對他們的安排已心中有數，但還是裝作什麼都不知道的樣子。

喬福明馬上搶著道：「就去咱們這附近的黑瞎子山。大哥和我們班上都有幾個同村的同學，就是他們提議的。」

黑瞎子山其實不只是一座山，而是泛指黑瞎溝屯附近的一片山脈。

像趙長青他們搞魚塘的那座山，就是最靠近村子的一座，山勢平緩，高度也不算很高，用來發展養殖很不錯，但風景就一般，上輩子姪子們是在另一個山頭上出事的。

「那山上有熊的。」喬秀蘭嚴肅地恐嚇道。

喬福東哈哈大笑。「小姑可別拿我們當小孩子哄。早些年大伯當上大隊長的時候，不是就帶人去山上確認過很多回了？現在上頭哪裡還有熊啊。而且我們老師也教過，熊冬天都是要在洞穴裡冬眠的，就算真的有，我們又不往那洞穴去，也不會有事。」

果然，這種嚇小孩的話對姪子們沒什麼用，而且別人家或許不清楚，喬家人卻都知道當年喬建軍在山上花了多大工夫，才確保山上沒有什麼凶猛野獸。

喬秀蘭只好問道：「那你們打算什麼時候去？」

「等過完年吧。」喬福明一臉興奮地說。

如此一來，地點和時間都對上了！喬秀蘭沈吟不語，沒再多問。

喬秀蘭回來後沒幾天，趙長青也從省城回來了。

他來找過喬建國一回，喬秀蘭雖然沒聽見他們聊什麼，但看兩人說話的神色，她猜想應該是生意的事情都安排好了。

等他們說完話，喬秀蘭就走過去喊趙長青一聲，表示有話要和他說。

幾天前趙長青才和喬秀蘭說，等這次過完年後，就要到她家提親，所以他此時一見到喬秀蘭，竟忍不住紅了臉。

他現在不像之前那樣每天在田裡幹活，曬得黝黑，如今他的面皮白淨多了，臉上的紅暈清晰可見。

喬建國在旁邊瞧見，奇怪地問：「長青你咋了？臉這麼紅……是不是身子不舒服？」

喬秀蘭要跟趙長青說的，可不光只有他們倆的事情，於是她揮手趕人。「二哥你別添亂，我有事要和長青哥說。」

喬建國笑呵呵地逗她道：「你們有啥事是二哥不能聽的？」

喬秀蘭懶得隱瞞，坦言道：「我們要商量提親的事，你聽這些做什麼？」

「提親？誰和誰啊？」喬建國一頭霧水。

喬秀蘭一陣無語。

趙長青沒好意思說，只是站在旁邊，看著喬秀蘭直笑。

喬建國此時若還不明白，那就真的跟傻子沒有區別了。愣了大半晌，喬建國才不敢置信地問：「你們……你們什麼時候在一起了？」

喬秀蘭無奈地說：「你不是早就知道了嗎？不然你怎麼會讓長青哥帶我去省城呢？」

若放在以前，喬秀蘭還會覺得是她二哥有些遲鈍，所以一直沒察覺到她和趙長青的關係。但既然這回二哥讓趙長青帶著她出門，誰也不會放心把親妹子託付給別的男人吧？因此喬秀蘭心想二哥多半早就發現她和趙長青的關係，樂見其成，可為了顧及他們兩人的面子，這才沒有說破。

喬建國吶吶地說：「我不是，我沒有……」

天地良心，喬建國把小了自己十多歲的小妹當女兒，把趙長青當兄弟。在他眼裡，他們兩人差了好些歲，那是長輩和晚輩的關係啊！

加上喬建國跟趙長青相處了幾年，知道他老實穩妥，所以才讓他與小妹同行，好有個照應。

況且喬秀蘭是陪吳亞萍返城，順道一起去玩的；趙長青則要去找黑豹辦事……喬建國想著兩人就是在去的路上搭個伴，進城後肯定不會同路。

「你們該不會……」後半句話，喬建國沒好意思明說，只是以一臉「自家好白菜被豬拱了」的痛心神色看著趙長青。

趙長青立刻正色道：「二哥把我當成什麼人了？我和秀蘭之間清清白白的！」

往常趙長青就是這麼喊自己的，可此時聽到這個稱謂，喬建國心裡還真不是滋味。

「你別喊我『二哥』，讓我先緩緩、先緩緩……」喬建國說完，就失魂落魄地走開了。

趙長青一臉擔憂地看向喬秀蘭。「妳二哥是不是不同意咱們的事？」他本來尋思著以他和喬建國這幾年來的交情，喬建國說什麼都會站在他這一邊，沒想到喬建國現在居然是這種反應。

喬秀蘭擺擺手，說：「沒事，我二哥這是在和自己生氣呢。咱們在他眼皮子底下來往這麼久，他卻一直沒發現……等他想明白就好了。」

趙長青悶不吭聲地點點頭，心裡忽然有些沒底，不敢再說起提親一事。

喬秀蘭也顧不上和他討論親事，她正了臉色說：「長青哥，我另外有一件重要的事得和你談談。你魚塘那邊安排得怎麼樣了？」

趙長青不明白她怎麼一下子扯到魚塘去，不過還是告訴她。「這幾天天氣冷，魚塘可能會結冰，幸好老師傅他們師徒兩個沒有家室牽絆，過年的時候也能留在那裡照看。」

喬秀蘭吁了口氣，又接著說：「我姪子他們過年的時候，要帶同學一起去黑瞎子山玩，我有點擔心……」

趙長青疑惑地說：「應該不會被發現的。附近山頭那麼多，我們那座山是風景最不好的，他們應該不會去那裡。就算真的撞上，他們都是性子單純的學生，總能圓過去。」

「不，我的意思是他們不能上山。」喬秀蘭看著他，臉上的神情是前所未有的認真。

「他們上山會出事的。」

「會出事？」趙長青認真地看著她，沒有去質疑她是怎麼未卜先知的，只問她道：「妳究竟瞞著我什麼？」

重生回來的事情，喬秀蘭和誰都沒說過。但趙長青不同，他是她即將說親，準備攜手共度一生的人。

她不想對他隱瞞一輩子，也對他有信心，相信他不會因為這件事就把她當成妖魔鬼怪。再說了，兩人往後相處的日子一長，總有些事情瞞不住，與其讓他日後猜疑不斷，不如現在如實相告。

喬秀蘭閉了閉眼，深呼吸幾下後，才下定決心。「咱們換個地方說話吧。」

趙長青點點頭，兩人一前一後地離開喬家，往沒什麼人的山腳下走去。

一直走到山腳下，喬秀蘭才打好腹稿，說：「就這裡吧。長青哥，接下來我要和你說的一切，不是在和你說笑，也不是什麼惡作劇，是真真切切發生在我身上的事。」

接下來的半個小時，喬秀蘭把她上、下兩輩子的事情，全都說給他聽。

「就因為這樣，所以我是打從一開始就喜歡你、想要接近你……」喬秀蘭垂下頭，輕聲說著。

趙長青聽完，久久不能言語。

他的反應完全在喬秀蘭的意料中，這種有如天方夜譚般的情節，任誰聽了，都得消化一陣子。

好一會兒之後，趙長青才緩過神來，問她道：「妳是不是還有什麼特別的東西？我上回在山上，看到妳突然拿出一個熱水壺，可一眨眼的工夫卻又不見了。」

喬秀蘭本來沒打算把所有事情一股腦兒地說出口，不過既然他早已發現，她也沒什麼好隱瞞的，索性開誠布公地扯出掛在脖子上的小石瓶。

「這個瓶子能不斷流出一種神奇的『水』。我一開始在自己身上做實驗，發現這種水不僅能改善吃食的口味，還對人體有益，上輩子我就是靠這種水發家的。可惜那時候小石頭已經很大了，喝過之後的效果不是很好，再加上沒多久後，又出了那檔子事……不過這輩子我是在幾年前就給小石頭喝這種水，所以他現在一年比一年機靈。」說到這裡，喬秀蘭安心地笑開來。「我這輩子做吃食，靠的也是這種水。之前你們沒先和我商量，就砸錢去搞魚塘，我擔心你們會虧本，所以才往魚塘裡加水……」

她說了這麼多，可半天過去，趙長青還是一言不發，本來信心十足的喬秀蘭，心中突然就沒底了。

會不會是她想得太簡單了？就算在幾十年後，那個各種重生穿越小說和電視劇百花齊放的年代，大眾也只會把這種事當成故事來聽。

她的頭垂得越來越低，聲音也越來越小。「長青哥，我……我真的沒騙你。你要是一時不能接受，我們、我們可以先分開一陣子，彼此冷靜一下……」

她自私地想，冷靜可以，但最終她是不會和他分開的！她和趙長青之間，早已經是剪不斷、理還亂的關係。

就在她胡思亂想的時候，趙長青已經一把拉住她的手，仔細地握在掌心裡。

喬秀蘭這才敢抬起頭去看他，只見趙長青的眼眶已經紅了。

他第一次在她面前如此失態，啞著嗓子說：「秀蘭，我怎麼值得妳這樣對我……」

從喬秀蘭的訴說裡可以得知，他上輩子只不過是在一旁守護了她幾年，最後還因為一時衝動，讓自己被關進監獄，甚至沒能在她病入膏肓的時候，陪在她身邊。

而這輩子，他一開始對喬秀蘭的示好，心裡更多的是驚訝和抗拒，甚至避她如蛇蠍……他自己想著是為她好，卻不知道她心裡藏了這麼多的苦、經歷了那麼多的難。

那時候的她，心裡該有多難受啊！

這麼好的喬秀蘭，他怎麼配得上?!

第五十章

這天晚上，趙長青作了一個離奇的夢。

夢裡的他是他，又不是他。

他已經年近半百，從監獄裡出來後選擇遠走他鄉，放下了心底藏著的那個女人。

他知道女人那麼好、那麼能幹，就算往後他不在她身邊，她也能好好照顧自己。總好過和他這個勞改犯在一起，承受外界異樣的眼光。

然而沒有女人、也沒有兒子在身邊的日子，即使他後來事業再度成功，依舊過得渾渾噩噩、生不如死。

好在女人後來的生意做得越來越大，身為成功人士的她，經常出現在電視和新聞裡。他小心翼翼地收集著女人的資料，一遍遍看著有她的採訪節目。

他心想，女人到了這個年紀依舊光彩照人，事業又那麼成功，家庭方面一定也很美滿。

可後來，看見新聞報導的時候，他才知道女人早已病入膏肓、藥石無醫。

他慌了手腳，立刻訂下機票去找她。

回到北京的那天，下著濛濛細雨，他拿著早就查到的地址，催促著司機開得再快一些。

看著紋絲不動的堵車長龍，司機很無奈地和他說：「趙先生，我真的有事先查過這條路線，按理說這個時間點不該這麼塞的。」

他也沒有責怪司機的意思，只是心頭狂跳，不好的預感壓得他喘不過氣來。

焦急地等待了半小時後，他下車改為步行。

走了大概一個小時，他終於走到最前方堵車的源頭——原來是一輛私家車，在首都大學門口撞了人。

現場情況慘烈，那輛私家車已經撞得面目全非，而被撞的人和司機則當場喪命，警務人員和救護人員都在附近不停地忙碌。

目睹事發經過的群眾議論紛紛，說這肇事的司機肯定是有備而來，而且當時在大學門口的人不少，司機卻只撞了那個人……

又有人說，被撞的人是大學校長，這位校長平時看起來文質彬彬的，也不知道是做了什麼缺德事，才會慘遭報應……

遇到這樣的事，讓他心頭那種不好的預感頓時更加強烈。不過他本來就不是好事的性子，所以也只看了一眼，便馬上離去。

最後，當他好不容易另外搭上車，找到女人住的醫院，卻發現病床空蕩蕩的。

醫務人員只說是病人在知道自己無法治癒之後，放棄了治療，選擇出院……

於是他又奔向她住的地方。他想著，在最後的這一點時間裡，他一定要好好守在她身邊，一刻也不離開。

可惜，沒有最後了。

他和她再次擦肩而過，甚至連她的最後一面，都沒有見到。

他這時候知道，原來女人後來再也沒有找過伴侶，更沒有任何孩子，最後她是以那般慘烈的方式，離開了這個世界。女人平時溫柔又樂觀，對誰都是和和氣氣的，到底是對這個世界多絕望，才會選擇以這種方式結束生命?!

他不明白，為什麼她這麼好的人，會落得這個下場。

他更恨自己，居然自以為是對她好，而把她撇在一邊……

趙長青淚流滿面地醒過來。

這個夢實在太過真實，他一陣恍惚，甚至有些分不清到底是夢，還是上輩子真的發生過這些事。

不過，喬秀蘭和他說的是，上輩子的她後來功成名就，即使沒有他在身邊，她一樣過得很好。即使是最後纏綿於病榻的時候，她也沒有任何遺憾，走得十分安樂。

顯然，她的話和這個夢是相反的。

可是不論這個夢的真假，既然她都那麼說了，趙長青也不願再追問，畢竟過去的事情，都已經過去了。

這輩子的她從頭來過，並沒有著高義的道，也就不會再次經歷後來的諸多苦難。

不過一想到高義，趙長青還是恨得牙癢癢的。

從前他只是看不慣高義的行事作風，但想著高義當初想要欺負喬秀蘭，卻也沒有得逞，只是為人討厭一些，所以他才沒有認真地出手對付高義。

可現在，他覺得這個人真是死不足惜了！

他的姑娘到底還是心軟，就算重活一輩子，她良善的本性依舊，並未對高義下狠手。

既然他已經知道一切，就不會輕易放過高義。

過年之前，高考成績將在廣播公布，因此喬建國特地從城裡買了一台收音機回來。

喬家人個個如臨大敵，此時正無比緊張地守在收音機前。

喬秀蘭本來不覺得有什麼，卻被家裡的氛圍感染，不禁心跳加速、喉頭發緊。

最後成績一一公布，跟喬秀蘭預估的分數差不多，她的數學實在考得不大理想。

喬家人一來聽不大懂，二來是怕她不高興，所以誰都沒敢多說什麼。

李翠娥實在心急，問喬建國說：「老二，你小妹這個成績能上大學不？」

家裡人的教育程度都不高，但喬建國常往縣城跑，懂得最多，尤其這幾年來，他說話和辦事都越來越有章法，所以一遇上事兒，家裡人不自覺地都會先問問他。

喬建國看了看喬秀蘭，又看了看自家親媽，支支吾吾地也說不出個所以然來。

喬秀蘭很快地平復心情，開口道：「媽，您別為難二哥了，我覺得應該是沒考上。不過沒關係，我已經盡力了。」

李翠娥點頭如搗蒜，說：「對，沒考上就算了，反正媽就希望妳過得快活自在，其他的都不重要。秀蘭啊，馬上要過年了，妳看過完年……」

李翠娥的話還沒說完，就聽喬秀蘭接著道：「反正今年不行還有明年，如今我復習過一回、也考過一回，算是有經驗了。」

李翠娥本來想勸喬秀蘭，等過完年後就好好地找個婆家，可聽閨女這樣一講，李翠娥頓時什麼話都說不出口了。

喬建國已經知道喬秀蘭和趙長青的關係，在冷靜下來之後，他也是樂見其成的，所以便適時地插話道：「媽，您別操心了，小妹想考就考唄，其他的事都交給我這個當哥哥的，肯定會替小妹安排得妥妥當當。」

李翠娥面上一喜，二兒子會這麼說，肯定是物色到好人選了！李翠娥美滋滋地想，馬上就要過年了，最好可以在那時候把人帶回來，如此一來，明年自家閨女就能嫁出去。

成績出來之後，一切塵埃落定，喬家人開始籌備新年。

喬秀蘭心頭的一塊大石落地後，如今整副心思都放在四個姪子身上。

四個正值青春期的姪子已經開始放寒假，再加上這時候田裡的活計又少，他們在家裡肯定待不住。

話。

往常喬秀蘭這個當小姑的最沒有架子，爸、媽在念叨他們的時候，小姑還會幫著他們說話。

這次喬秀蘭卻一反常態，先是和李翠娥說姪子們都大了，尤其老大、老二開學後不久就要中考，正是要緊的時候，可不能放鬆。再說如今高考也恢復了，姪子們那麼聰明，往後肯定都是要考大學的，可不能因為放了寒假，就耽誤學習……

李翠娥聽得直點頭，立馬跑去和兒子、媳婦們說了。

李翠娥是家裡最有威信的，她一發話，喬秀蘭的兄嫂們立刻就把姪子們約束起來，不許他們成天往外跑。

姪子們叫苦連天，可任憑他們說了多少好話，爸、媽就是不肯放行。

喬家人同住在一個屋簷下，也藏不了什麼秘密，因此姪子們很快就知道這件事是他們小姑先起的頭。

換成其他孩子，這時候肯定要埋怨喬秀蘭，可喬家的孩子卻格外懂事。

老大喬福來的心思最通透，他想了想，對弟弟們說：「小姑平時最不愛管我們了，這次卻一反常態……會不會是因為她高考沒考好？」

老二喬福生和喬福來是一母同胞的兄弟，聽他這樣一說，馬上反應過來。「是了，小姑這次那麼用功都沒考上，雖然她沒表現出來，但心裡肯定很難受。她自己走過那條艱難的路，一定是不希望我們重蹈覆轍，才會突然嚴格起來。」

喬福東和喬福明聽了，也都贊同地點點頭。

「小姑考不上也沒事。往後我們四個一起努力，考上大學，然後再學好知識，就能輔導小姑了。」喬福東志氣滿滿地說。

喬福明馬上接著說：「對，我們要加倍努力才行，要是小姑一直考不上，我以後就去當老師，看小姑想學什麼，我就教她什麼，不會讓她比那些大學生差的！」

「就你還當老師？」喬福東嘲笑喬福明。「咱們兄弟四個，就數大哥、二哥的成績最好，要給小姑當老師也輪不到你啊！」

喬福明也不生氣，搔了搔後腦勺說：「是啊，大哥、二哥肯定比我厲害。」

最後，四個兄弟的想法一致，那就是喬秀蘭絕對不會害他們，肯定是為了他們好！

喬秀蘭不知道姪子們是怎麼想的，她只想著要盯緊姪子們，這輩子千萬不能讓他們再次發生意外。

同時她又擔心盯得太緊，會引起姪子們的逆反心理。畢竟他們再乖、再懂事，到底還是正值叛逆期的孩子，若他們偷偷約同學出去玩，那可就不好了。

不過喬秀蘭確實想太多了，姪子們替喬秀蘭找好理由後，就再也不提出去玩的事，每天只是在家裡幫忙、認真看書，還時不時地逗喬秀蘭開心。

喬秀蘭本來打算親自安排讓眾人可以避開山崩一事，但自從那天和趙長青坦白之後，趙長青就說這件事包在他身上。

再加上自家母親最近不知道怎麼了，成天樂呵呵的，好像家裡就要有什麼喜事似地，而且雖然依舊疼愛她，卻將她看得很緊，不僅不讓姪子們出門，也不許她出去。

喬秀蘭厚著臉皮對李翠娥撒嬌耍賴，卻都不管用，李翠娥只是讓她在家安心等著過年。

幸好，現在趙長青已然知情，身為一個男人，他行動起來可比她方便太多了。

過年前，喬秀蘭趁著李翠娥出門送年禮，總算找到了空檔出門。

趙長青平時都在山上照看魚塘，但是一到冬天，村裡的人都閒了下來，他就不好再經常往魚塘跑了，所以魚塘的事情都交給兩個幫工。

喬秀蘭直接去趙長青家，卻發現只有小石頭在家。

小石頭快到上小學的年紀，他現在說話已經十分流利，面貌上也發生很大的改變。他的眉眼長開了一些，也抽高不少，再加上伙食變好，身上的肉多了，看著眉清目秀的，像個小女孩般玉雪可愛。

這會兒村裡可沒人把他當瘋小孩了，平時在路上遇到他，有些大人看他可愛，還會主動和他說說話。小石頭也沒有因為小時候被大家歧視而仇視鄉親們，還是保持著小孩子單純美好的天性。

「姨姨？妳好久沒來看我啦！」小石頭一看見喬秀蘭，就一頭扎進她懷裡撒嬌。

喬秀蘭歉然地抱了抱他。

之前她忙著復習高考，考完後又去了省城一趟，回來後沒多久，李翠娥就不再讓她出門，說起來她確實好久沒來看小石頭了。

「你爸爸呢？有事出去了？」喬秀蘭摟著他問道。

小石頭在她懷裡蹭了一會兒，才抬起小臉說：「爹說有事，最近都扛著鋤頭出門，還和我說姨姨要是來了，就讓姨姨去後面的山上找他。」

喬秀蘭頓時明白了，趙長青肯定是在為姪子們的事情忙碌著。

她又和小石頭說了會兒話，此時天色突然暗下來。

這段時間陸陸續續都在下大雪，也就這兩天放晴，李翠娥才會忙著出去送禮，把喬秀蘭先放到一邊。

喬秀蘭怕一會兒下雪路不好走，就讓小石頭先在屋裡待著，自己則動身去找趙長青。

她才走出去沒多遠，就看到扛著鋤頭、往她這個方向走來的趙長青。

正值隆冬，田裡可說是一點活計都沒有，而且鋤頭都是由公社統一發放，誰家裡也不會有私人的鋤頭，因此他以這個模樣出現，著實奇怪。

喬秀蘭緊張兮兮地左右張望了一下，確定附近沒有別人，才鬆了口氣，快步上前。「長青哥，你這是在幹啥呢？生怕別人不知道呀？」

趙長青安撫地握緊她的手，笑著說：「這大冬天的，又老是下雪，誰會沒事往山上跑？再說我是因為看到妳才會過來的。」他指了指遠處的一座山峰。「我是從那裡下來的。」

喬秀蘭順著他指的方向看去，一眼就認出那是上輩子姪子和同學們出事的那座山。之前她只和趙長青提過姪子們選了離村子稍遠、地勢高且視野最好的一座山，沒想到光是這些隻言片語，趙長青還真把那地方給找了出來。

喬秀蘭彎了彎唇角，說：「你都安排好了？」

趙長青點點頭。「那是自然，我說過包在我身上的。」

說完，他怕喬秀蘭不放心，又說要帶她過去瞧瞧。

大雪說下就下，不過兩人都是在農村長大的，也沒那麼講究，只是放慢了腳步，仍舊繼續往山上走。

走了大概十幾分鐘，喬秀蘭便來到那座山的山腳下。

只見山腳下被挖了一個巨大的坑，而且坑上雖然鋪著一層草，但鋪得十分隨便，還露出半個坑洞口，而且這些草還是那種從家裡拿來的乾草，一大片發黃的乾草看起來顯眼極了，像是生怕別人看不見這裡有個大洞似地。

「我不只在這裡挖了坑，在山上也挖了，還在明顯的地方放了自製捕獸夾。妳放心，那捕獸夾是我用木頭做的，特地做得十分粗糙，一點也不鋒利，連小動物也傷不著。」趙長青一邊說話，一邊拉起喬秀蘭的手，帶著她往山上去。

只見上山這一路上，擺著各種粗製濫造、顯眼無比的陷阱。趙長青也真是煞費苦心了，只差沒在每個地方都插上一塊寫著「此處陷阱多，不宜上山」的牌子。

喬秀蘭心中感動不已。重生回來的這幾年，她一直過得順風順水，但心底的秘密壓抑得太久，不能與人分享、不能對人傾訴，她的內心到底還是有些孤獨。幸好，現在她終於不是一個人了。

兩人在山上待了一會兒，雪也下得越發大了。

「這附近有個小山洞，咱們先躲一會兒吧，我這幾天經常在山洞裡休息。」趙長青笑著對她說。

兩人好些天沒見面，喬秀蘭確實也不捨得就這麼回去，於是她點點頭，隨著他又往山裡走上一小段路，找到了他所說的那個小山洞。

山洞確實不大，要從洞口進去的時候，趙長青還得微微低頭，不過進去以後，高度倒是夠了。裡頭也就巴掌大的一塊地方，兩人挨著身子坐下，連個點火把的位置都沒有。

幸好外頭雖然下著大雪，但氣溫並未驟降，再加上兩人都穿得厚實，身上也熱乎著，此時挨在一起，又吹不到風，根本不覺得冷。

喬秀蘭問他道：「你這幾天都忙著在山上挖洞啊？」

趙長青不大好意思地笑了笑。「我是個大老粗，也想不到其他辦法。我就想著如果這樣佈置一下，不論是誰看到，都不會想往山上去了。」

喬秀蘭摩挲著他手心裡的老繭，也不知道是不是她想多了，總覺得才半個月不見，他手心的繭子又厚實不少。

兩人正說著話，喬秀蘭忽然感覺到從地底深處傳來一絲震動。

因為坐在地上的關係，所以儘管那震動的感覺不是很強烈，她還是很明顯地察覺到了。

「不好，快走！」喬秀蘭立刻站起身，拉著趙長青出了山洞。

她真是自信得昏了頭，只想著上輩子這座山是在過完年後才出事，可這輩子趙長青事先在山下挖了那麼多大的坑，她居然沒想到山崩會提前！

第五十一章

趙長青瞧見喬秀蘭一臉慌張，立刻反應過來，他長腿一邁，三步併作兩步就來到喬秀蘭前頭，拉著她往山下跑去。

他們倆才跑沒多久，震動感忽然變得更加強烈了。

幸運的是趙長青之前來山上挖洞時，已經摸熟了地形，於是他帶著喬秀蘭飛速地下山。地上積了雪，並不好走，走得太快容易打滑，不過在這個當口他們也顧不上了，只能全力以赴地往山下跑。

趙長青的速度顯然比喬秀蘭快，但為了遷就她，他刻意放慢一些速度。

「你先走！」喬秀蘭緊張地說。這大冬天的，上山容易、下山難，他們上山才走了不到二十分鐘，但以她的腳程，踏著雪下山起碼要半小時。

「妳說什麼傻話呢?!」趙長青頭一次用這般嚴厲的表情看著她。

喬秀蘭腳下不停，她的心跳得飛快，腦子也轉得飛快，連忙說：「你的速度比我快，萬一……我說的是萬一……」她要是死在這裡，家人雖然會傷心，但日子還能過；可要是趙長青有個三長兩短，小石頭可就沒了唯一的親人。

「沒有什麼萬一！」趙長青斬釘截鐵地說，說完就蹲下身，用不容置喙的命令語氣對她說：「上來！」趙長青對她一向是溫柔寵溺的，很少有這麼大男人的時候。
喬秀蘭被他的強硬嚇到，立馬乖乖地爬上他寬闊的背。
趙長青站起身，用盡全力跑下山。
喬秀蘭在他背上緊緊地環住他的脖子，好幾次她都覺得趙長青快要滑倒，最後卻都化險為夷。
二十分鐘不到，他們就來到山下。
此時這座山上的震動感已經明顯到連在山下都難以忽略，山上還時不時有石頭滾落，不過幸好其他山頭似乎沒有被波及。
趙長青對她說：「妳先回家去，我去村裡通知鄉親們。」雖然這裡荒山野嶺的，平時沒什麼人會來，但也保不齊有貪玩的孩子，所以還是有回去通知的必要。
喬秀蘭點點頭，兩人正準備分開，忽然聽到一陣微弱的呼救聲。
那是個成年男人的聲音，說的是有點蹩腳的普通話。
聲音不是從其他地方傳來，而是山腳下趙長青挖的一個大坑裡。
兩人走到坑洞附近一看，就瞧見一個灰頭土臉的外鄉人，正在坑裡喊著「救命」。
坑挖得不深，但這個男人身上帶著傷，一邊的肩頭還在出血，一隻手也無力地垂著，就是這傷勢讓男人沒力氣從坑裡爬出來。
趙長青趕緊跳下去，把這個瘦弱的男人推上來，而喬秀蘭則站在大坑旁邊幫忙，很快就把人拉上來。

「你帶他去看醫生吧，我去通知鄉親們就行。」喬秀蘭對趙長青說道。

趙長青剛要點頭，卻見那個瘦弱男人掙扎著坐起身來，像抓住救命稻草似地緊緊扯住趙長青的手。「這位兄弟，還有其他人在山上，求求你救救他……」

電光石火之間，趙長青還沒來得及回答，喬秀蘭已經搶著說：「不行！咱們回村子裡去找人來幫忙吧。」

別人不知道這座山之後會變成怎麼樣，但她可是知道的，這座山最後肯定會崩塌！而且是以一種詭異的姿態，就像山腹被挖空一樣，整個山頭塌陷下來。這種情形下，別說趙長青只是個普通人，哪怕他是個會飛天遁地的大俠，都將九死一生。

「求求你了，我兒子還在裡面……求求……」瘦弱的外鄉人呢喃著，不一會兒就暈了過去。

「沒事的。」趙長青神情認真地對她說：「妳不是說這座山要到年後才會崩塌嗎？現在或許只是先兆。我先去看看，要是有危險，我立刻下來。」

喬秀蘭後背發寒，比剛剛在山上察覺到震感時還害怕，她緊張得連話都說不出來，忍不住想去拉趙長青的手。

趙長青卻避開了她，對她笑了笑，說：「我去去就回，妳要好好的。」

喬秀蘭的眼淚一下子就滾落下來，可她還來不及再說些什麼，趙長青已經飛快地往山上去。

喬秀蘭把暈倒的瘦弱男人往遠一點的地方拖過去，因為帶著遷怒，所以她的動作特別粗魯，卻還是理智地避免去碰到他肩頭的傷處。

離開那座山幾十公尺遠之後，震感已經完全消失，男人終於醒過來。

他睜開眼看了看眼前的喬秀蘭，隨即像是想起什麼，他忽然掙扎著爬起來，一副要往山上去的樣子。

「你都傷成這樣了，就別再添亂，我對象已經去山上了。你兒子在什麼地方？」喬秀蘭把男人按住，心裡默默祈禱著，希望他兒子所在的地方離山腳並不遠。

「我兒子就在半山腰的盜洞裡……」他因為失血，臉色慘白，可比臉色還慘澹無光的，是他的眼神。他們打盜洞的位置選得特別偏僻，兒子又還在底下，他已經想到最壞的可能。

喬秀蘭一聽到「盜洞」這個詞，忍不住暗罵一句髒話。她總算知道為什麼在這個連本地人都不來的山上，會遇到這麼一個陌生的外鄉人，敢情他是個盜墓的！

上輩子這座山之所以會坍塌，一部分是因為大雪，另一部分主要是因為這座山裡藏了一個古代墓穴，有好幾個目無王法的盜墓集團盯上了這裡，跟耗子似地在這裡打洞勘測，將這座山的山腰處挖空了一部分。當時公安也是查了好久，才找到這個位置隱密的墓穴。

可惜剛開始大家誰也沒想到山崩會是因為這一回事，那些盜墓集團在山崩之後就溜之大吉，還趁著那時候一片混亂，乘機運走一批貴重的文物。

也可以說，這些盜墓集團才是上輩子害死她姪子的元凶！

她之前的計劃是讓趙長青幫忙阻止姪子們上山，然後等山崩之後，再讓趙長青以墓穴發現者的身分，把這件事報告上去。這樣一來既能保護墓穴裡的文物，二來也能讓趙長青掙一個功勞，把身分的問題給解決。

這個計劃她思慮許久，怕提前把墓穴的事情報上去，上面的人若問他們是怎麼發現的，可不好交代，也怕那些窮凶極惡的盜墓賊事後尋仇，所以她才想等著山崩後，再讓趙長青出面。但她千算萬算，沒想到這座山居然會提前崩塌……

喬秀蘭不再理會那個瘦弱男人，她拔腿就往村子跑。

正是農閒時期，外頭又下著大雪，所以村子裡的人大都歇在家裡。

喬秀蘭一路狂奔，一路大喊。「山塌了，大家快去救人啊！」

她歇斯底里地吼著，音量不小，很快地鄉親們就都從屋裡出來，詢問發生了什麼事。

喬秀蘭來不及細說，她急急忙忙地跑回家裡，一邊流淚、一邊對家人說：「黑瞎子山塌了，長青哥上去救人，現在不知道怎麼樣了……」

喬家人一聽，都倒吸一口冷氣。

喬建軍倏地站起身，沈著臉說：「妳先別急，我帶人去看看。」

喬秀蘭的另外兩個哥哥也跟著起身，和大哥一起出門去了。

「咋回事啊？山怎麼就塌了？」李翠娥忙不迭地幫自家閨女擦眼淚。

喬秀蘭只是抹了抹臉，沒時間多解釋，她立刻就跟上哥哥們的步伐。

因為喬秀蘭的沿路吶喊，此時喬家外頭已經聚集不少鄉親。

喬建軍很快就組織好人手，帶著村裡的幾個壯年男子，往大山的方向而去。

喬秀蘭主動為他們帶路，一行人很快就來到山腳下。

這幾個村民們本來還將信將疑的，直到此時在山腳下感覺到一絲震動，又看山頭上的雪和石子撲簌簌地直往下滑，才相信喬秀蘭所言不假。

他們這會兒誰都不敢貿然上山了，神情一個比一個擔心。

「隊長，這山怎麼好端端地就塌了？不會影響到咱們村子吧！」

喬建軍也不知道是怎麼一回事，他用眼神詢問喬秀蘭。

喬秀蘭沒好氣地往旁邊一指。「問他啊！他是個盜墓的！」

村民們立刻議論紛紛，有人說要抓那個盜墓者去公安局，又有人說也不知道這荒山野嶺的能有什麼寶貝……可他們說來說去，誰也不提上山救人的事。

喬秀蘭拉著喬建軍的袖子，著急地說：「大哥，那個盜墓的說他兒子在山上，長青哥這才上去救人，怎麼辦啊……」

喬建軍神情凝重，自己雖然是大隊長，卻也不能逼著村民們不顧自身安危去救人。

「我上去看看，誰願意來的就一起吧。」喬建軍說完，就往山上走去。

喬建國和喬建黨一直沒說話，但喬建軍一動，他們也立刻跟上去。

剩下的幾個村民你看我、我看你的，誰也沒動。

喬秀蘭這才後悔起自己的心急魯莽，她光想著要回村子裡求救，卻忘記人都是貪生怕死的。而且鄉親們都是農民，誰也沒學過山難救援，大家就算有心，也是心有餘而力不足。

喬秀蘭可不想在趙長青生死未卜的時候，再把哥哥們搭進去。此時她心裡有著說不出的難受，卻只能啞著嗓子說：「大哥，我們報警吧，等警察來處理。長青哥他本事大，應該不會有事的。」

喬建國卻堅定地回道：「小妹，不管是趙長青或是別人，我都有這個義務去幫忙。」

「看！有人下來了！」忽然間，有人大喊道。

喬秀蘭眼眶一熱，隱忍許久的淚水再次落下來。

只見趙長青揹著一個瘦弱的人影跑下山，村民們趕緊七手八腳地上前幫忙，把他背上的人放到地上。

喬秀蘭也顧不上旁邊有沒有人，馬上奔過去抱住趙長青。

趙長青剛把背上的人放下，猛地被她一撲，踉蹌了兩下才穩住身形。

「好啦，我這不是回來了嗎？」他笑著用力地回抱她。

喬秀蘭忍不住埋在他的懷裡，嗚嗚地哭起來。

趙長青臉上掛著寵溺的笑意，輕手輕腳地拍著她的背，小聲地哄著她。

旁邊的村民們也好，喬秀蘭的三個哥哥也好，此刻臉上驚訝的神情完全不亞於剛才看到山崩的時候。

「好了，咱們先回去吧，以免再出什麼事。」喬建國實在沒眼看了，趕緊招呼大家把盜墓的那對父子一起帶走。

喬秀蘭和趙長青走在最後面，兩人緊牽著的手始終沒鬆開過。

一行人離開大山，回到村子裡，大家才鬆了口氣。

此時村裡的鄉親們聽到風聲，都焦急地等著他們一行人的消息。

「沒事了，大家不用擔心！」喬建軍威信十足地發話。

聽喬建軍這個大隊長開口說，鄉親們提著的心才放下來。

不久，縣城的公安也趕過來了。喬建軍和公安們說了一下情況，公安們便把盜墓的父子倆帶上警車，然後又派一些人手去山腳下查看。

好在這場山崩雖然聲勢浩大，但只是虛驚一場。

震動沒多久就停止了，除了盜墓的父子倆運氣不好，在盜洞被滾下來的石頭砸傷，其他人沒有受到一絲傷害。就連上山去找人的趙長青，也只是在救人的時候擦傷了手。

公安很快就把人帶走，並撫慰了群眾的情緒，說是會向上頭回報情況，再派一些地質專家過來查看，讓村民不用擔心。

第五十二章

山崩事件暫時告一段落，但喬秀蘭和趙長青兩人之間的事，卻無法輕易地揭過去。

兩人在山腳下不但抱在一塊兒，就連之後回到村子裡，喬秀蘭也一直沒有放開趙長青的手。

幾個八卦婦女的視線就這樣黏在他們牽著的手上頭，一刻也沒離開過。

「都回去吧，看什麼看啊！」喬建國沒好氣地趕人，又伸手拉住喬秀蘭。「快跟我回家去。」這小妹可真是愁死他了。

剛開始是瞞著他這段戀情，後頭告訴他以後，又要求他必須對家人保密，說是日後會找個好機會和家人坦白。這麼大一個秘密，可把他憋壞了！結果她倒好，今天在這麼多人面前，她居然什麼也不管地與趙長青摟摟抱抱。

「老二。」喬建軍不動聲色地看了喬建國一眼，顯然已經看出來他是知情者了。

「咱們一起回去。」喬秀蘭一邊說，一邊拉著趙長青往家裡走。

「秀蘭，不然咱們改天再找個機會……」趙長青有些猶豫。方才去山上救人的時候，他都沒有猶豫，這會子卻緊張起來，手心不停冒汗。

「不用改天，就今天！」喬秀蘭說得斬釘截鐵。

出了這麼大一樁事，她可不想再瞞著家人什麼了。她之前就是想太多，這也怕、那也怕的，險些將趙長青置於險地！

喬建軍兄弟幾個看到喬秀蘭已經拉著趙長青往自家走去，紛紛快步跟上。

喬家人一走，鄉親們大都散了，卻仍有一些愛看熱鬧的跟在他們後頭。

李翠娥和媳婦們全在喬家大門口憂心忡忡地等著，一見到他們回來，立刻迎了上去。

喬建軍同家人們說了一下情況，李翠娥聽完，隨即長長地吁出一口氣，可下一秒她的眼神就落在喬秀蘭和趙長青拉著的手上。

「媽，咱們有話進屋再說。」喬建國趕緊跳上前，哄著李翠娥進屋。

喬秀蘭和趙長青對看一眼，也跟著進去了。

喬建軍則特地在門口多站了一會兒，沒有馬上跟著家人進去堂屋。

鄉親們一直以來都有些怕喬建軍這個大隊長，此時看到喬建軍正面無表情地盯著他們，大夥兒誰也不敢再吱一聲，都一溜煙地散了。

一進堂屋，李翠娥就怒氣沖沖地瞪向喬秀蘭。「還不把手鬆開！」

喬秀蘭還來不及說話，趙長青已經率先一步撒開手，像個做錯事的孩子一樣，低著頭站到一邊。

「蘭花兒啊，妳讓我說妳什麼好？」李翠娥是真的急了。

她一直是個好脾氣的人，但為了外頭關於喬秀蘭的流言蜚語，已經不知道和村裡的那些八婆吵過多少次。之前她聽二兒子說得那麼篤定，還想著自己終於可以放下心來，只等著過年的時候，二兒子把人帶上門來相親。

可今天這事一出，不用想，閨女的親事肯定黃了！再加上還被村裡那些人瞧見，流言不知道又會傳得多難聽……

「媽，您別急，我和長青哥原本就在一起了。今天他險些出事，我也顧不上太多，就想著乾脆把事情挑明，直接帶他回來和您說說咱們的親事。」喬秀蘭認真地解釋道。

「什麼叫原本就在一起？喬秀蘭，妳真是翅膀硬了，居然敢偷偷地談對象？」李翠娥忍不住大聲吼道。

喬秀蘭已經記不得母親是什麼時候叫過自己全名的，可見她這回氣得不輕。

「媽，您別生氣，咱們有話好好說。」喬建軍上前打圓場。身為大哥，他本來也不大同意喬秀蘭和趙長青在一起，但瞧著自家小妹那副鐵了心的模樣，自家母親又氣得厲害，他反而不好發作，只能居間調和。

喬建國也適時地開口說：「就是啊，媽，我之前不是說要幫小妹相看對象嗎？我想的就是長青啊。誰知道還沒來得及和您說呢，今天就出了這麼大的事。」

「好啊，你們！」李翠娥的眼眶紅了。「你們一個個的都知情是不是？就只把我蒙在鼓裡！你們眼裡還有我這個當媽的嗎？」

說完，李翠娥氣得回房，還用力地甩上房門。

堂屋裡，大家面面相覷，一時氣氛有些尷尬。

「我、我先回去吧。」趙長青不安地說。

喬秀蘭沒有回答趙長青，只是看了喬建國一眼，說：「我去勸勸媽。」

喬建國糊裡糊塗地被李翠娥當成他們的「同謀」，卻還得幫著說好話，心中真是無比憋屈。他接受到小妹的眼神示意，只好無奈地拍了拍趙長青的肩膀。「沒事，咱媽就是一時生氣，等回頭咱媽想明白，也就好了。來，別傻站著，坐啊。」

聽喬建國一口一個「咱媽」，彷彿已經把趙長青當成自家人，因此喬建軍他們就算想趕人，此時也說不出口了。

喬秀蘭來到臥房門口，門雖然被關上，卻沒有鎖上。她輕手輕腳地進了屋，便瞧見她媽正坐在炕上，無聲地抹著淚。

她忍不住嘆氣。她就是怕李翠娥傷心，所以一直沒敢坦白，只想著要等待時機，可這麼一等，今天差點把趙長青給等沒了。

「媽，咱們好好談一談行嗎？」她放軟語氣，整個人黏到李翠娥身邊。

這種撒嬌的招數，過去可謂是百試百靈，可這回李翠娥的臉色卻一點也沒有緩和，仍然冷著臉說：「還有什麼好說的？好的、壞的，媽都和妳說過了，可妳就是不聽，居然還敢瞞著我……」

「媽，您別哭，您先聽我說。您看我一開始喜歡的是高義，那您覺得長青哥同高義比起來，長青哥如何？」喬秀蘭問道。

李翠娥「哼」了一聲。「這有啥好比的？長青怎麼也是個勤奮踏實的好性子……」

聽到自家母親誇趙長青，喬秀蘭面上一喜。

李翠娥看她這樣，馬上止住話頭。「反正不好比的。」

喬秀蘭不氣餒，接著說：「那還有後來那個當兵的，叫啥來著我都忘了。他也算是不錯的人選吧？可他家裡那個老母親，卻不是好相與的。」

她忘得差不多了，但李翠娥可沒忘。當時退完那門親事，潘家還故意放出謠言，毀損自家閨女的名聲，要不是出了那件事，喬秀蘭的親事也不會難上加難。

「您看吧，這前後跟我有糾葛的人，都不如長青哥。」喬秀蘭笑著說。

李翠娥不滿地回道：「那兩個是不如，可總有好的啊！」

「可我不喜歡別人，就喜歡長青哥。」喬秀蘭一臉堅定。

「妳這丫頭……」李翠娥聽她這麼說，一時間也不知道該說些什麼了。

「媽，我知道您在擔心什麼，但長青哥的家庭背景，已經完全不是問題了。」喬秀蘭心裡明白，母親最在意的無非就是這一點。

李翠娥止住眼淚，愣愣地看著她。「真的？」

「今天長青哥不是上山救人了嗎？您還不知道吧，他救出來的人，是個盜墓的。聽說那座山裡頭，有個什麼墓穴，裡面的東西可值錢了，公安還說過幾天會有專家來勘測。長青哥這回不僅救了人，還保住咱們國家的財產，他那些個身分背景還能是什麼問題？我上回不是去省城玩嗎？那時候就聽吳亞萍的哥哥說，現在大城市裡好多人都靠著立功，把那『帽子』給摘了呢。」

為了替以後趙長青摘下「帽子」一事做鋪墊，喬秀蘭只好把吳家大哥的話轉述給李翠娥知道。

不過李翠娥聽完，還是將信將疑。「妳可別再騙我。不過，要是長青的『帽子』這回真能順利摘了，不用妳說，我立馬備好嫁妝，等過完年就把妳這個不省心的給嫁出去！」

喬秀蘭最終還是沒能說服李翠娥，不過李翠娥的態度已經軟化不少，說一切都等山崩事件的處理結果出來再說。

在這個時代，李翠娥並不覺得趙長青家裡窮和撿了個孩子養是多大的問題，只是一直糾結於他的家庭背景，才遲遲不肯點頭。

這樣的母親，已經算是很開明的了，所以喬秀蘭也沒強求母親要一口答應下來。

出了臥房以後，喬秀蘭才發現家裡的氣氛有點奇怪。

此時已經快到晚飯的點，于衛紅等幾個嫂子們都在廚房裡忙活。

姪子們感覺到家裡怪異的氛圍，都老老實實地坐在一邊不說話。而她的幾個哥哥們，則和趙長青坐在一起，個個神色凝重，也不知道在聊些什麼。

喬秀蘭剛想去活絡一下氣氛，恰好于衛紅端著菜從灶房裡出來。

「蘭花兒，還愣著幹什麼，快來灶房幫忙。」于衛紅喊道。

喬秀蘭應了一聲，便快步走向灶房。

灶房裡她二嫂李紅霞和三嫂劉巧娟正在洗刷灶臺，她一進去，李紅霞就對她擠眉弄眼地說：「蘭花兒啊，灶房裡有我們收拾呢，妳去堂屋招呼客人就行。」

對於趙長青和喬秀蘭一事，李翠娥現在是持反對的態度，其他人則是在觀望，就連喬建國，也只敢偷偷地幫他們敲敲邊鼓。只有李紅霞，是喬家人裡頭最急著要讓喬秀蘭嫁人的，甚至恨不得越過李翠娥，立刻把他們的親事定下來。

飯菜很快地被喬家的幾個媳婦們端上桌。

趙長青幾次想要起身告辭，但喬建國說什麼都不讓，只是讓他留下來吃飯。

喬家其他人的態度雖然不怎麼熱絡，但看在喬秀蘭的面子上，該有的客氣還是有的。

這一頓飯，眾人吃得尷尬極了。

飯後，趙長青不願再多待，立馬同眾人告辭，離開喬家。

趙長青一走，真正的「批評大會」就開始了。

喬建軍坐在上首，不怒自威。

「老二，你先說。」喬建軍先審的不是喬秀蘭，而是喬建國。

喬建國苦哈哈地罰站在一旁，說：「大哥，我是真冤枉，我也是在小妹從省城回來後才知道的。小妹說等過完年就要跟家裡攤牌，所以我才幫著瞞了幾天。我要是一早便知道他們的事，就算借我兩個膽子，我也不敢不跟你說啊……」

喬建國雖然是做生意的，一向油嘴滑舌慣了，但面對家人時，他卻從來不會耍什麼心眼，所以聽他這樣一說，喬建軍也沒有再為難他，轉而看向了喬秀蘭。

喬秀蘭已經明目張膽地把趙長青帶回家，因此也沒有再隱瞞下去的必要，不用她大哥多問，她就老老實實地交代了整件事情的始末。

喬建軍聽完，臉色已沈了下來，就連她大嫂、三哥和三嫂的臉色也都不大好看。

喬秀蘭知道自己瞞著家人和趙長青在一起的事，在這個年代算得上是離經叛道，家人沒有大聲地斥責她，已經算是好的了。

她輕聲解釋道：「大哥，我就是喜歡長青哥，想和他在一塊兒。我不是故意要瞞著大家，只是怕大家不同意，才尋思著要找個好時機再和家人說。」

喬建軍還是沒說話，只是長長地嘆口氣。

于衛紅出來打圓場，說：「建軍，事情都這樣了，咱們再怪蘭花兒也沒用。長青是什麼樣的品性，這幾年接觸下來，咱們都是清楚的，他配得上咱們蘭花兒。至於其他的……那也不是長青的錯。」然後又對喬秀蘭說：「先讓妳的哥哥們商量一下吧，妳跟我進屋去。咱媽今天連飯都沒出來吃，我另外給咱媽留了飯，咱們先去勸媽把飯吃了再說。」

喬秀蘭點點頭，就跟著于衛紅端了飯菜，進到房裡。

李翠娥的情緒已經平復許多，卻一樣沒什麼胃口，後來還是于衛紅好說歹說，李翠娥才看在大媳婦的面子上，吃完了半碗飯。

等李翠娥吃完飯，喬秀蘭便陪著于衛紅去灶房洗碗。

「大嫂，今天真是多虧妳了。」喬秀蘭感激地看著自家大嫂。

于衛紅認真地看著她，說：「小妹，我今天會這麼做，並不是覺得妳瞞著家裡談對象這件事是對的。妳之前喜歡高義，咱媽和妳幾個哥哥都不同意，後來妳在家裡鬧絕食，弄得咱媽和妳的哥哥們沒法子，差點就要答應下來……那時候我是絕對不會同意的，因為我真心覺得高義配不上妳，妳若跟了他，往後不知道要過多少苦日子。可這次我是覺得長青還不錯，妳也長大了、成熟了，所以才想著要尊重妳的決定。但妳要明白，結婚可不是兒戲，一旦妳嫁給這個人，就沒有回頭路了。我們都是盼著妳好的，妳明白嗎？」

喬秀蘭用力地點點頭，心裡感動不已，眼淚差點就落了下來。

接下來幾天，李翠娥一直不大願意出房門，也沒給喬秀蘭和喬建國什麼好臉色看。年節將近，李翠娥卻鬧著脾氣，因此喬家裡誰也不敢提起喬秀蘭和趙長青的事，只當作這件事沒發生過。

就在喬家人都以為這個年將要過得淡然無味的時候，事情卻忽然有了轉機。

臘月二十六，縣城公安局又來人了，與他們同來的，還有幾名省城的地質學家和考古專家。他們是開兩輛車過來的，一輛是普通警車，另一輛卻是洋氣的小轎車，引得村裡不少人都去看熱鬧。

公安把出事的那座山封起來，只讓幾個專家和陪同人員進去。鄉親們站在山腳下，誰也上不去，因此議論得更厲害了。後來公安怕大夥兒不了解情況，容易造成恐慌，便找來喬建軍這個大隊長，和他說明現在的情況。

原來那對盜墓父子檔真的在這荒山下頭發現墓穴，還在不經意間走漏風聲，引得其他盜墓團隊也爭相過來勘測。

之前盜墓父子檔發現山腳下有人做了捕獵陷阱，以為是這個消息被外行人聽去，再加上又怕這裡的人會報警，所以才在年前這個眾人都回家團圓的時候，還跑來繼續挖盜洞。沒想到卻發生山崩的意外，這對父子一個被困在洞裡；一個被砸傷胳膊要下山求救，卻不小心掉進捕獵陷阱裡……

公安審問出這些事情之後，就把信息上報，於是上面就派了專家過來查看。要是真的發現墓穴，往後將會在這裡開展大型的考古活動。

說完這些，公安又向喬建軍打聽最早發現山崩和救人的是哪一位？畢竟如果墓穴的消息坐實，那麼這個人不僅是救人有功，還保護了國家財產，政府肯定會頒獎給這個人的。

第五十三章

喬秀蘭之前就和家人說過，這回趙長青立了功，國家肯定會給他獎勵，他的出身將不再是問題。

可家人都是半信半疑，畢竟在他們這樣的小地方，一旦被扣上「帽子」，那就是一輩子的事情，誰家也沒見能翻身的。他們以為她是不想和趙長青分開，所以才會異想天開地這麼說。

誰知道，公安卻驗證了她的說法。

喬建軍其實挺喜歡趙長青的，雖然他年紀大了點，還帶著小石頭，但是為人正直、不拘小節，長得也端正；小石頭現在也是聰明伶俐，家人對小石頭都喜歡得不得了。再加上以喬秀蘭的年紀，在農村可不算小了，前面還黃了兩次親事，兩人在一起倒還算相配。

因此聽完公安的話，向來沒什麼表情的喬建軍難得地彎了彎嘴角，把看熱鬧的鄉親們都帶回村裡後，喬建軍立刻回喬家報告這個好消息。

李翠娥已經好幾天沒露出笑容了，一聽到這個消息，總算放下心來。

「咱們小妹的親事有著落啦！等過完年後，我們幾個當嫂子的就都閒下來了，該操辦的可得趕緊操辦起來。」李紅霞在一旁計劃著，只差沒直接說想在過年前把喬秀蘭嫁出去。

喬建國眼看著趙長青和自家小妹能成事兒了，忍不住嘿嘿直笑。

喬建軍把臉色一正，看了喬建國一眼。

喬建國立馬止住笑，看向李紅霞說：「妳別瞎說，咱們小妹的親事八字還沒一撇呢！」

李紅霞不大高興地撇了撇嘴，不過到底這兩年來她有太多次都沒討著好，性子已收斂不少，所以也沒回嘴。

最高興的還是喬秀蘭了。不過家人都在，她也不好表現出什麼激動的反應，只是垂著眼睛，偷偷地笑。

公安和專家們的動作極快，再加上那盜墓父子倆的口供也詳細，他們沒兩天就找到了墓穴入口。

只是這墓穴入口建得極其講究，別說是他們這群不想破壞墓穴構造的專家，就連那些只想撈一波就跑路的盜墓賊，都沒能找到捷徑，只能採取最蠢的辦法，在各個地方打盜洞。

不過這墓穴的講究，也恰恰證明了墓穴主人的顯赫身分。

幾乎在一夜之間，省城各路的考古專家都放棄了過年和家人團圓的時間，齊聚到了黑瞎溝屯。

上頭更加派不少公安過來，把後面那個差點崩塌的山頭團團圍住，以免閒雜人等擅闖。

領導們也是一波接一波地來視察情況，可見政府對這個墓穴的關注程度有多高。

因著多了這麼些外人，黑瞎溝屯的這個新年過得格外不同。

人一多，首先他們的吃住就成問題，最後這個任務被分配到喬建軍身上，喬建軍只好安排專家們入住本地人家。

鄉親們忙著過年，本來都不大願意讓外人住到家裡的，但大夥兒也知道茲事體大，再加上喬建軍很有威信，所以他們雖然不大情願，還是紛紛打掃了自家的空屋子出來。

喬建軍作為大隊長，當然要以身作則，所以喬家也被安排了兩個專家住進來。

專家住了進來，所透露的消息也就更多了。

經過專家們幾天的努力，墓穴的入口已經被打開，裡頭陪葬品的價值難以估計，墓穴主人的身分更是尊貴無比，但到底有多尊貴，卻還有待考究。

於是黑瞎溝屯就在這般鬧哄哄的氛圍裡，過完新年。

年頭上，政府對趙長青的表彰也下來了。然而表彰就真的只是表彰，實質性的獎品是沒有的，只有一面寫著「見義勇為」和「先進個人」的錦旗。

但最重要的是，藉由這次的表彰，趙長青的身分已經完全不同了。連國家都承認他的「先進」了，誰還能拿他的「帽子」說事？而記者和縣城的領導們也紛紛聞風而來，採訪的採訪、道賀的道賀，一時間趙家人來人往，好不熱鬧。

趙長青也沒耽擱，打鐵趁熱，立刻提著一堆東西到喬家提親了。

最大的「帽子」問題被解決，李翠娥和喬建軍他們也沒什麼好不同意的，兩家樂呵呵地就把這門親事給定下來。

盼望經年的事情終於塵埃落定，喬秀蘭心裡簡直比吃了蜜還甜，不過她也沒因此而忘記另一件重要的事。

等家人和趙長青說完話，她就把趙長青拉到一邊，問他魚塘該怎麼辦？畢竟最近黑瞎溝屯的外人太多，而且趙長青作為牽引出墓穴一事的主角，不少眼睛都盯著他呢。

趙長青寬慰地拉了拉她的手，喬秀蘭剛想躲開，又想起現在他們兩人可是未婚夫妻，也沒什麼好遮遮掩掩的。

這是兩人第一次正大光明地拉著手說話。

趙長青細細說道：「不用擔心。之前我救完人，就大概猜到之後會發生什麼事，在那時候已經連夜安排好了。老師傅他們早就回家過年去了，山上的小屋則被我拆了，魚塘那邊也做了一些佈置。現在黑瞎子山那邊人多眼雜，我們暫時都不會去魚塘的。」

喬秀蘭這才放下心來。

如今好不容易撥雲見日，錢財已經不在她的考慮範圍內，她只希望兩人能順利成婚。

他們兩人就這樣挨著身子說話，親密無間。

這番景象落在李翠娥眼裡，倒不覺得刺眼了，只是無奈地對于衛紅笑道：「這丫頭和長青的感情還真要好，過去也不知道是怎麼瞞過我們的。」

于衛紅也跟著笑。「他們感情好是好事。不過，今天長青帶來的東西讓我特別吃驚，那點心和茶葉就不說了，還有幾十斤糧票和肉票呢。這麼多東西，就算是咱們家，一時之間也是拿不出的。看來長青這是攢了好些年，就等著娶咱家小妹呢。」

她們並不知道這只是趙長青積蓄的一小部分，兩人都覺得趙長青為了娶喬秀蘭，竟拿出自己整副身家來提親，顯得格外用心。

丈母娘看女婿，越看越滿意，李翠娥笑得更加開心，說：「他們婚後還要帶著小石頭，蘭花兒也被咱們嬌慣得不大會謀生，我看這些東西……」

于衛紅拍了拍婆婆的手背，說：「媽，您別操心，這件事咱們幾個當兄嫂的已經都說好了，聘禮是一分都不會拿，回頭咱們各家還要拿出陪嫁，肯定讓他們婚後過得順風順水。」

李翠娥心中越發滿意，現在閨女的婚事已經定下，自己這輩子就不會再覺得有任何遺憾了。

喬秀蘭和趙長青的婚期定在一九七八年的春天。

年前李翠娥雖然和喬秀蘭說了氣話，說等到趙長青的「帽子」摘掉以後，過完年就要立刻把她嫁出去。可真到了喬秀蘭要出嫁的時候，李翠娥卻捨不得了。

不過再捨不得，喬秀蘭的年紀到底也不小了，加上她之前和趙長青當著鄉親們的面牽了手，再拖下去的話，肯定會有不少閒話。所以一過完年，李翠娥和于衛紅幾個媳婦們就開始忙著操辦喬秀蘭的婚事。

喬秀蘭婚後肯定是要去趙長青家住的，那趙家的房子裡裡外外都必須好好地整修一番。

既然兩家訂了親，喬家人也不會去嫌棄趙長青家貧，喬秀蘭的幾個哥哥們紛紛趁著年後事情還不多，去幫趙長青把房子整個修補一遍。

至於家具，李翠娥早在喬秀蘭沒長大的時候就和縣城的木匠說好，每次只要尋到好木頭都先存在木匠那裡，等婚期一定下來，木匠再把存下的木頭全打成耐用又美觀的家具。

被套、枕套什麼的，則有于衛紅她們幾個當嫂子的日夜不停地繡起來。

趙長青看著喬家人忙裡忙外的，心裡很過意不去，私下裡他便問喬秀蘭，看要不要他再拿些錢和票據出來補貼。

喬秀蘭當然說不要，他提親的時候拿了幾十斤糧票和肉票出來，喬家人已經覺得那是很大的一筆聘禮，如果再拿出更多的話，她家人肯定會懷疑的。

後來趙長青還是覺得心裡不安，又去和喬建國提了一遍這件事。喬建國也是同樣的話，說他們的錢都還不能見光，尤其現在黑瞎溝屯有好些個外人來往，更不能在這個時候太過高調。不過趙長青有這份心，自己這當舅兄的還是挺欣慰的。

婚期定好，喬秀蘭的嫁妝也準備得差不多了，剩下的就是得確定要擺多少桌宴席和通知親朋好友。

這年代結婚都是在家裡辦宴席，普通人家就是由家人自己煮菜，條件稍微好點的則會請廚子來幫忙。

李翠娥的意思是這次喜宴就由自己來掌勺，讓幾個媳婦打下手，到時候早一點開始準備，還是來得及的。

喬秀蘭卻不同意。喬家的本家親戚不多，趙長青那邊的親戚更是幾乎沒有，可兩家人的朋友卻特別多啊……尤其她大哥當了那麼多年的大隊長，在黑瞎溝屯十分有聲望，到時候來道賀的鄉親肯定不少。

她是打算請幾個廚子和幫工來幫忙，這時候的工錢也不貴，花不了多少錢。她自己攢了個小金庫，支付這點費用根本不在話下。

李翠娥卻罵她才多大點年紀，能有什麼錢，就算真攢了錢，那也得留著往後過日子用。兩廂爭執，後頭還是趙長青直接把人給請了，親自帶到喬家。

女婿有心，李翠娥自然高興，也就不再提要親自操持喜宴一事。

很快地，婚禮的一切都安排妥當，剩下的就是邀請親朋好友了。

這時候的通訊也不發達，住得近的他們便親自上門送喜帖，遠一些的則用郵寄的方式。喜帖都是喬秀蘭自己寫的，用的是普通紅紙，寫上端正的毛筆字，很是簡潔。

住得近的親朋好友們接了喜帖，自然都樂呵呵地道賀，並答應一定會去吃喜酒。而吳亞萍雖然住在省城，可一接到喬秀蘭的喜帖，就馬上提前搭車過來，說是要陪著喬秀蘭出嫁。

作為新嫁娘，喬秀蘭除了寫請柬以外，她大部分的時間也就是陪著嫂子們做做針線活。于衛紅她們還不肯讓她多做，說是她往後嫁了人，多的是要操持家務的時候，不如趁現在還沒出嫁，在家裡好好地歇一歇。

母親和哥哥們對她好也就罷了，畢竟他們可是血脈相連的親人，難得的是嫂子們這些年來對她也是十分照顧。

她二嫂李紅霞雖然有些小心思，但心地不壞；三嫂劉巧娟自從懷安安的時候承了她的情，後來就一直把她當作親妹子看待。她大嫂于衛紅就更不用說了，說是把她當成親女兒在呵護也不為過。

可惜在這個時代，許多好東西都不能輕易顯露，不然喬秀蘭肯定會在出嫁前報答一下嫂子們的。

不過來日方長，她只要把她們對她的好記在心裡，總有能夠報答她們的時候。

第五十四章

黑瞎溝屯有未婚夫妻在婚期定下來之後，婚前不能見面的習俗。所以自從過完年，雖然趙長青經常往喬家跑，但喬秀蘭卻是不能和趙長青見面的。

幸好還有小石頭這個小機靈鬼，時不時往喬秀蘭身邊去，充當他爸的傳聲筒。

照理說小石頭得等到喬秀蘭和趙長青結婚之後，再改口喊她一聲「媽」的，但小傢伙實在太喜歡喬秀蘭了，一聽說他們定下婚期之後，就自動自發地改口了。

李翠娥樂得同喬秀蘭打趣道：「這孩子真是乖覺，平常人家總要給小輩一個大紅包，可小石頭連紅包都不收，就一口一個『媽』地喊妳，說起來還替咱們省錢了呢。」

小石頭聽完，喜孜孜地點頭。「我要媽，不要錢！」

李翠娥抱著他坐上膝頭，還是往他口袋裡塞了個大紅包，又點了點他的小鼻子。「那你以後也不能喊我奶奶，得喊一聲姥姥了。」

小石頭跟李翠娥的感情，不比和喬秀蘭的差，他在李翠娥懷裡咯咯直笑，立刻清脆響亮地喊起了「姥姥」。

喬秀蘭看著他們祖孫倆其樂融融的模樣，心頭柔軟得彷彿能掐出水來。

日子如流水般緩緩流淌，終於來到喬秀蘭和趙長青結婚當天。

這天一大早，李翠娥做好早飯，大家吃過以後，就開始各自行動。

男人們搬出借來的桌椅，放在院子裡準備招待客人。

趙長青也是天剛亮就到了，跟著他們一起忙活。

女人們則是在房裡幫喬秀蘭打扮。

喬秀蘭的喜服是仿唐裝的樣式，上面是寬袖窄領的大紅色斜襟長袖上裝，下面是一條長到腳踝的紅色長裙。樣式雖然簡單，不像百貨公司裡賣的那般花紋複雜，卻是李翠娥和于衛紅幾個一針一線，仔細地按照喬秀蘭的尺寸做出來的。

喬秀蘭自身的條件本就不錯，這喜服一穿上身，越發襯得她豐胸窄腰、身材勻稱。

喬建國還特地託人從省城買了一套化妝品過來。

喬秀蘭撲了粉、描了眉，嘴唇再塗上薄薄一層口紅，讓她的五官頓時變得更加亮麗。

李翠娥直誇她好看，隨即又想到這麼好的閨女就要嫁進別人家，不禁紅了眼眶。

喬秀蘭同樣眼眶發熱，還是于衛紅把她們的眼淚給勸住了，說兩家離得又不遠，喬秀蘭就算想要每天回娘家都不成問題。

就這麼到了快中午的時候，來參加婚禮的客人已經把喬家的院子擠滿。

牛新梅和吳亞萍充當喬秀蘭的儐相，兩人方才都忙著給客人們發紅蛋和喜糖，忙完後才進去屋裡陪喬秀蘭。

「秀蘭今天可真好看！」牛新梅眼睛冒光地看著喬秀蘭，覺得她今天就像畫報上的明星一樣。

吳亞萍也心有所感，紅著眼睛說：「妳們前後都嫁人，現在就只剩下我了。以後我在省城結婚，妳們可一定要來。」

喬秀蘭一左一右地摟了摟她們的肩膀。「妳要是結婚，我和新梅肯定會去的。咱們往後都得努力過日子，希望將來咱們能一起在省城生活。」

吳亞萍和牛新梅都說「好」，三個小姊妹手拉著手，誰也不肯放開。

堂屋裡，趙長青一邊招待客人，一邊心急地頻頻往喬秀蘭的臥房看去。

好不容易到了吉時，喬秀蘭才走出房門。

趙長青拔腿就往她身邊走。

他今天穿了一件嶄新的皮夾克，胸前還別著一朵大紅花。最讓人耳目一新的是，這一日的他笑得格外開懷，整個人顯得神采奕奕。

「哎呀，看把我們新郎官給急的。」喬建國在一旁打趣，惹得一屋子的人都笑起來。

趙長青絲毫不介意，也跟著笑，黑灼灼的雙眼卻始終沒從喬秀蘭的身上離開。

喬秀蘭被他看得紅了臉。

喜宴開席之前，一對新人要先對著主席像宣誓，今日由喬建軍這個大隊長充當見證人，他連忙讓這對新人往主席像前站。
趙長青拉住喬秀蘭的手，眼神裡飽含著期待和小心翼翼。「秀蘭，妳會後悔嗎？」
喬秀蘭笑了。「怎麼會呢。」說完，她的目光轉而在喬家人身上一一梭巡，愉悅地看著他們臉上的笑容。
重活一輩子，家人富足安康，她也終於和趙長青結了婚。
後悔？她肯定不會。
喬秀蘭和趙長青結婚後，日子好像沒什麼變化，又好像一切都不大相同了。
她搬到了趙長青家，房子還是那一間看起來有些破敗的土房子，裡頭雖然收拾得煥然一新，可到底不比喬家好。
趙長青覺得愧疚，不止一次問她要不要搬到縣城去住。
喬秀蘭卻說不用，一來趙長青的錢不好過明路，二來若搬到縣城，離她娘家就遠了，回去也不方便。
於是趙長青也不再提起這件事，一家三口仍然住在山腳下的老房子裡。
兩人成婚是在春天，農村裡正是農活多的時候，加上趙長青又要看顧魚塘，更是忙得分身乏術。
喬秀蘭從前在家是不怎麼幹重活的，頂多就是在農忙的時候，去做一些低工分的輕省活兒，平時她都是在家操持家務。

不過嫁給趙長青之後，家裡也就三口人。趙長青單身久了，生活習慣極其優秀；小石頭也到了快要能上小學的年紀，現在又聰明伶俐的，更不是那種需要大人跟在後頭的年紀。因此，家裡幾乎沒有什麼家務活兒需要喬秀蘭費心去做。

眼看著趙長青在田裡、魚塘兩頭跑，半個月就瘦了一大圈，喬秀蘭心疼不已。於是這天她趁趙長青請假去魚塘，就自己下地去了。

喬建軍在分配農具的時候看到喬秀蘭，不禁大吃一驚，連忙把她拉到一邊，問她是不是遇到了什麼困難？

喬秀蘭無奈地和大哥解釋。「沒有什麼困難，只是家裡也沒什麼事情可做，就想過來掙點工分。」

喬建軍仍然將信將疑，說：「沒事幹的話，妳回家陪陪咱媽，咱媽這幾天還老念叨，說家裡少了個妳，她一個人冷清得不行。」

喬秀蘭應了聲「好」，卻說要等幹完田裡的活兒，再回娘家去陪母親。

喬建軍也沒勉強她，給她分配了還算輕鬆的活計。

喬秀蘭來到田裡，和周圍的鄉親們打了聲招呼，便開始幹活。

喬秀蘭很少來參加集體勞動，這回又是她出嫁之後第一次來，所以大夥兒不由得多看了她幾眼。

某個眼紅喬秀蘭的婦女在一旁酸言酸語地說：「喲，這不是喬家的小丫頭嗎？以前在家裡被幾個哥哥寵得跟大小姐似地，現在嫁了人，可過不上那種好生活了吧？還不是和咱們一樣，又得在家裡幹活，又得和男人一塊兒下地……」

喬秀蘭並未生氣，只是抬頭看了一眼，發現那個說酸話的不是別人，正是錢奮鬥的媳婦。

錢奮鬥這個人，是黑瞎溝屯有名的紅小兵，幹活不是很積極，最喜歡捉著人鬥，被他鬥得最狠的，就數趙長青了。自從錢奮鬥吃過趙長青的虧，更是處處刁難趙長青，一直到四人幫粉碎之後，這才消停下來。

喬秀蘭冷冷一笑。「過去是我娘家人多，我媽一個人在家忙不過來，後頭我三嫂又添了閨女，家裡的活兒就更多了，所以我才一直待在家裡幫忙。現在我嫁了人，可長青一個人就把家務都做完了，我在家太無聊，這不就來參加集體勞動了嗎？再說了，勞動最光榮，我不覺得下地有什麼不好。」

錢奮鬥的媳婦「呸」了一聲，說：「什麼光不光榮、好不好的，妳自己心裡清楚！還在這兒打腫臉充胖子，當大夥兒看不出來嗎？」

喬秀蘭懶得同錢奮鬥的媳婦囉嗦，反正過得好不好，她自己心裡清楚，沒必要和這種不相干的人爭論。

錢奮鬥的媳婦又酸了幾句，見喬秀蘭不理自己，討了個沒趣，也就回去幹活了。

喬秀蘭低著頭幹活還不到一個小時，趙長青就已經腳步匆匆地過來。

一道黑影冷不防地出現在她面前，喬秀蘭不禁嚇了一跳。

「你怎麼來了？不是有事嗎？」喬秀蘭心虛地笑著。

趙長青的臉色說不上好看，他拿起自己手裡的一包糕點，在她眼前晃了晃。「恰好看到供銷社的點心不錯，想著要先拿回來給妳嚐嚐。」

「好，我現在就回去吃點心。」喬秀蘭討好地說，她感覺到趙長青是真不高興了。

趙長青什麼也沒說，只是把點心塞到她懷裡，然後從她手裡接過農具，默默地幹起活來。

喬秀蘭捧著點心，乖乖地站到一邊。

于衛紅就在喬秀蘭附近幹活，一瞧見她突然站到田埂邊，便趕緊過去問她發生什麼事。

喬秀蘭訕訕地撓了撓臉，朝趙長青的方向努努嘴。「長青回來了，看我在幹活，他不高興呢。」

于衛紅稍微一想，就明白其中緣由。「妳下地的事，沒和妹夫說？」

「沒說啊，他肯定不會同意的。」喬秀蘭無奈地道。

「知道他不會同意，那妳還來？」于衛紅輕輕地拍了一下她的頭。「傻丫頭，他這是在心疼妳。」

喬秀蘭點點頭。「我知道的，一會兒我再哄哄他。」

于衛紅笑著搖搖頭，便轉身回去幹活了。

喬秀蘭被分配到的活計不重，趙長青在中午之前就做完了。她討好地上前遞帕子，給他擦汗。「累壞了吧？咱們快回家去，我泡茶給你喝。」

趙長青無奈地看了她一眼，把農具拿到公社歸還後，就帶著她回家去了。

進了家門，他們發現小石頭不知道跑去哪兒玩了，並不在家。

喬秀蘭放下點心，立馬要去燒水泡茶。

趙長青伸出一隻手捉住她，跟捉小雞似地，把她拉到長凳上坐下。「妳啊，我該怎麼說妳才好？從前在妳家，家人都疼妳，不讓妳幹重活；現在我們結婚了，妳反倒要下地，這讓妳家人會怎麼想？我跟咱媽保證過要一輩子對妳好的……」

喬秀蘭舉手投降。「我就是給自己找點事情做，你別說得我好像做了什麼大錯事似地，況且活計是大哥分配的，大哥怎麼可能讓我幹重活嘛。我知道我不應該沒先和你打聲招呼就下地，肯定沒有下回了。」

見她態度這麼好，趙長青心中最後的那一點不愉快，瞬間消失無蹤了。

第五十五章

趙長青嘆口氣，道：「妳不是說還想考大學嗎？今年夏天就要考試了，可剩沒幾個月，這段日子妳在家裡好好復習就行，其他的不用操心。」

喬秀蘭之前確實是這麼想的，但同趙長青結婚之後，小石頭就越來越依賴她，每天都要她哄著睡覺，因此她考大學的決心反倒沒那麼堅定了。

因為要是考上大學，那她必須去省城，就得和他們分開了。

見她絞著手指不出聲，趙長青坐到她身邊，摟著她的肩膀。「妳儘管放心去考，只要考上了，我會供妳上學的。到時候我再想想辦法，讓咱們一家三口都能搬到省城去住。等往後我賺了更多錢，咱們在省城的日子也穩定了，我就把咱媽和哥哥、嫂嫂們都一起接到省城生活。」

這年頭城市戶口金貴，農村人口要轉到城市去是十分困難的，別說要讓一大家子全在省城定居，光是趙長青一個人想在省城立足，恐怕都不容易。

可他說得好像一切都很簡單，喬秀蘭內心其實也相信他有這個本事，於是她也想通了，點點頭說：「好。我去年復習得還算扎實，今年再把一些比較不熟的地方加強一下，務必這次就考上大學！」

趙長青握著她的手，溫柔地笑著。「妳也不用給自己太大的壓力。」

喬秀蘭是那種下定決心後，就會全力以赴的人。因此從隔天開始，她就恢復了去年復習課業時的作息，開始全天候的復習。

後來她和吳亞萍通信的時候，提到自己要再次準備高考。

過沒幾天，吳亞萍便寄來了新的學習資料，說是自家大哥弄來的，還在信裡說等著她的好消息。

吳冠禮在去年就已經考上大學，可以接觸到的資源也更多、更廣了，所以這回寄過來的學習資料更加全面且完整。

喬秀蘭道了謝，寄出回禮後，就趕緊定下心來復習。

趙長青看她如此認真，自然全心全意地支持她，家裡的活計都由他一手包辦。

喬秀蘭去年在娘家備考的時候，還得做做飯、洗洗碗和衣服什麼的，現在這些家務她都不用做了，每天除去吃飯、睡覺，其他時間她全用來看書了。

幾個月的時間轉眼即過，很快就入夏了，七月分的高考近在眼前。

趙長青的廚藝相比喬秀蘭來說很一般，他怕喬秀蘭營養不夠，乾脆沒事就往喬家跑，向李翠娥請教廚藝。

李翠娥自然越看他越喜歡，手把手地傾囊相授。

趙長青也很聰明，李翠娥教過一回，他就能學到七、八成，自己再做過一回，口味居然就差沒多少了。

於是高考前一個月開始，喬秀蘭每天吃的菜式就日日不重樣。今天老火湯、明天紅燒肉、後天燉排骨……

小石頭這一個月以來，也圓了好大一圈，他雙眼冒光，開心地和趙長青說：「爹，原來考大學這麼好啊！那等媽考完，我也要考。」

這話把喬秀蘭和趙長青都給逗樂了。

小傢伙連字都不認識幾個，竟立下這般大的志向了！

這年夏天，喬秀蘭再一次參加了高考。

這年頭考大學已經是稀罕事兒，更別說考兩回的了。

不少鄉親們都在背後說道，說喬秀蘭心氣比天高，在家當姑娘的時候也罷，現在都嫁人了，成日裡不相夫教子，竟還想著要去城裡當大學生。

他們雖然嚼舌根，卻不敢嚼到喬秀蘭跟前，但這背後說道的人多了，多多少少也被李翠娥和于衛紅她們知道了。

她們在關於喬秀蘭的事情上，可是絲毫不會讓步的，所以一打聽到這閒話的源頭是來自錢奮鬥的媳婦，李翠娥立馬帶著三個媳婦上門討公道去了。

別看錢奮鬥的媳婦說起風涼話那是一套一套的，這時候見喬家人找上門來，她卻只敢躲在家裡當鵪鶉。

李翠娥和于衛紅她們當著看熱鬧的鄉親面前，站在門口對著屋裡大罵一番，可錢奮鬥的媳婦愣是連屁都不敢放一個。

錢奮鬥替自家媳婦道了歉，又低聲下氣地說了一籮筐好話，還答應喬家人，說他一定會好好地管教自家婆娘。

李翠娥和于衛紅她們這才罷休，回家去了。

可這還不算完，回頭喬建軍刻意找錢奮鬥過來，當著眾人的面和他說：「你媳婦看不上我妹妹，也就是說你家看不上我家了。往後你少來我家吧，你要是有困難，也不用勉強自己來求我，可以直接上公社書記那兒反應去。」

錢奮鬥前幾年當紅小兵的時候還挺風光的，不少人都以他馬首是瞻，可後來十年風波結束，他就什麼都不是了，許多以前被他欺負過的人，都恨他恨得咬牙切齒，就等著秋後算帳呢。要不是有喬建軍這個大公無私的大隊長在，錢奮鬥早就被人嚼成骨頭渣了。

公社書記雖然也能在農村說得上話，但論威信，卻遠遠不如喬建軍。

因此喬建軍這些話一出口，代表錢奮鬥的好日子已經到頭了。

喬秀蘭是一直到考完高考，才聽說這件事。家人都把她瞞得好好的，生怕外頭的閒話影響到她考試的心情。

要說這回高考，那可是一回生、二回熟了，喬秀蘭自己覺得考得還挺不錯的。

可惜這時候網絡還不發達，不能馬上找到標準答案來估算分數，所以還是只能等一個月後的電臺通知了。

考完試的當天，李翠娥把喬秀蘭他們小夫妻喊到了喬家，一大家子熱熱鬧鬧地吃上一頓飯。

家人們依舊默契十足，只是問喬秀蘭考完後感覺如何，絲毫沒有給她壓力。

從喬家回去後，小石頭饜足地咂吧著小嘴，還在回味剛剛飯桌上的美味菜餚。

不過一看到喬秀蘭要去灶房燒熱水，小石頭馬上起身，寸步不離地跟著她，還乖乖地自己洗好澡。等洗得香香的了，他就膩歪著說要喬秀蘭和他一起睡。

之前晚上喬秀蘭要復習，趙長青不許他和喬秀蘭一起睡，因此他等喬秀蘭考完試這天已經等好久啦！

喬秀蘭剛要開口答應，趙長青就打斷她，不大開心地說：「睡什麼睡？等夏天一結束，你就該去縣城上小學了，都是小學生了，怎麼還跟兩、三歲的孩子似地要和大人一起睡？到時候你的同學都要笑你了！」

小石頭已經懂事了，也開始愛面子，當然不想被人笑話，可他確實太久沒和喬秀蘭一起睡，十分想念她香香軟軟的懷抱。

他努著嘴不說話，小小的臉上寫滿糾結。

喬秀蘭用手肘撞了撞趙長青。「兒子都多久沒和我一起睡了，偶爾一次有什麼關係？」

趙長青卻是一副不情願的樣子。

最後喬秀蘭想了個折衷的法子，說：「那這樣吧，小石頭，媽先哄你睡，等你睡了我再回房去。」

小石頭笑嘻嘻地點點頭，立馬推著喬秀蘭去自己房間。

喬秀蘭陪著小石頭上了床，她回憶著自己小時候聽過的故事，輕聲細語地說給他聽。

小石頭靠著她的胳膊，足足聽了三個故事，才終於抵擋不住睡意，沈沈睡去。

喬秀蘭用扇子替他搧了會兒，確定他睡熟以後，才輕手輕腳地回到主臥房。

房間裡，趙長青已經在床上等她了。

屋子裡瀰漫著一股好聞的皂角味，他方才洗過澡，身上雖然乾了，但髮梢還帶著水氣。

「你啊，小石頭想跟我睡，那就讓他和咱們一起睡嘛，還扯到小孩子的面子上做啥？」喬秀蘭一邊脫衣服，一邊嗔怪道。

趙長青一聲不吭，只是目光灼灼地盯著她漸漸展露出來的白皙肌膚。

兩人雖然親近過好幾次，但結婚沒多久，喬秀蘭就開始備考，趙長青也很自覺地開始去和小石頭一起睡，省得晚上妨礙到她。

從前兩人還是男女朋友的時候，趙長青對她一直十分規矩，就連訂親以後，趙長青對她也沒有任何越軌的舉動，最多就是拉拉她的手、親一下她的臉頰……因此，喬秀蘭一直以為趙長青對男女之間的親密事不是很熱衷。

可結婚當天晚上，趙長青生猛異常的表現，讓喬秀蘭對他大大改觀。

原來不是不熱衷，是這個男人太能忍了啊！

單身多年的隱忍一旦爆發，結果就是喬秀蘭在三朝回門的時候，腿還是軟的。

之前他為了讓她安心復習而再次壓抑自己慾望的舉動，讓喬秀蘭覺得窩心無比。

喬秀蘭還來不及想更多，下一秒趙長青已經像撲兔子似地把她推到了炕上。

她臉頰通紅，害羞地閉上眼睛。

趙長青像對待珍寶似地，從她的額頭開始親吻，然後一路向下……

這一夜，喬秀蘭是別想好好睡覺了。

一個月後，廣播電臺宣佈了高考結果。

喬秀蘭的預感沒有錯，她終於成為一個名正言順的大學生，秋天就可以去省城的大學報到。

喬家人像過年那會兒一樣高興，李翠娥還特地做了一大堆紅雞蛋發給鄉親們。

鄉親們沒想到山窩裡還真能飛出金鳳凰，那些之前在背後嚼舌根的人瞬間被啪啪打臉，再也不敢瞎傳什麼了。

錢奮鬥的媳婦還特地上門來送禮祝賀，想藉此緩和兩家關係，卻被于衛紅擋回去，連門都沒讓進。

在這喜悅的氛圍中，小石頭是最懵懂的了，他其實不大明白「大學生」在這個年代意味著什麼，只知道他媽媽很厲害、很厲害就是了。

後來當他得知喬秀蘭要去省城上學，而他和他爸卻得留在村裡的時候，小石頭哭得不能自已。

他平時非常乖巧懂事，此刻突然爆發大哭，把喬秀蘭和趙長青嚇得不輕。

喬秀蘭也捨不得和他們分開，不禁跟著紅了眼睛。

趙長青一個頭、兩個大。

上大學是喬秀蘭一直以來的心願，趙長青生怕她一心軟就說出不去上學的話，便同她保證道：「最多兩年，我一定想辦法帶兒子去省城住。這兩年妳也別擔心，從縣城到省城有不少直達車，每到週末我就帶兒子去看妳。」

看趙長青慌慌張張的樣子，喬秀蘭破涕為笑。「我又不是小孩子，不用你哄。」說完，她又把小石頭抱起來，慢慢地和他解釋上大學的重要性。

小石頭到底聰明，明白這是一件非常重要又無可避免的事，又聽他爸說一到週末就會帶他去省城找喬秀蘭，於是他很快地也不哭鬧了。

一家三口和和睦睦地繼續過日子，到了八月底，喬秀蘭要提前去大學報到了。

趙長青當然是要親自送她去的。

碰巧的是，兩人居然在車站見到了高義。

自從喬秀蘭和趙長青結婚後，就沒有再去關注高義的任何消息。

此時的高義看起來十分邋遢，滿臉鬍碴、頭髮蓬亂地擠在一堆乘客中間，身上挎著兩個大包，似乎是為了早點上車，所以他格外專注地推搡著人群，根本沒看到喬秀蘭和趙長青。

「他今年也參加高考了，但還是沒考上。他實在不想繼續待在鄉下，剛好他家裡給他找了門親事，對方是個年紀挺大又二婚的，相中了他，便拉關係把他弄回城了……」趙長青解釋給喬秀蘭聽，語氣卻不自覺地微妙起來。

喬秀蘭抿唇一笑，握了握趙長青的手。「你說這個幹啥？他怎麼樣都和我沒關係了。」

趙長青回握住喬秀蘭的手，兩人相視一笑，默契十足，不用再多說什麼。

兩人走在人群的最後頭，因為喬秀蘭帶的東西少，她二哥又特地託人給她買了個拉桿行李箱，所以行動起來輕鬆又方便。

到了車上，趙長青替她放好行李，又和她周圍的人打了招呼，卻還是不大放心地說：「不然我還是陪妳去省城吧，妳人生地不熟的，如果出事該怎麼辦？」

喬秀蘭起身牽起他的手，送他下車。「好啦，亞萍會在省城車站接我，還會陪我去報到的。等我都安頓好了，你再過來也方便不是？倒是過幾天小石頭就要開學了，你這個當爹的記得帶他去報名呢。」

兩人依依不捨地惜別，終於到了火車要出發的時刻。

喬秀蘭笑著推了推他。「下個週末就能見面了，你別這麼膩歪，小心讓人笑話。」

火車緩緩啟動，早晨的陽光落在她秀美的臉龐上，她神采飛揚、意氣風發，眼角眉梢都是笑意。

趙長青跟著她笑起來，朝她揮手道：「妳自己小心點，別和人起爭執，要是遇到困難，就隨時往村裡打電話！」

「知道啦！」喬秀蘭也跟他揮了揮手。「下個禮拜我等你！」

趙長青跟著火車跑了長長的一段路，喬秀蘭清脆的聲音似乎還飄蕩在這夏末的微風中。

她說「我等你」，不知道為什麼，這句話讓趙長青突然眼眶發酸。

她曾經等了他半輩子，結果卻是兩人連最後一面都沒能見上。

幸好，他們這輩子總是要長長久久地在一起的。

第五十六章

喬秀蘭一下火車，就見到早已等在月臺上的吳亞萍。兩人也有一段時間沒見面了，心情都很激動。

吳亞萍伸手拿過喬秀蘭的行李，帶著她坐上人力車，一起回家去。

吳家父母自然熱情地招待喬秀蘭，吳媽媽讓她像和在自己家一樣，不必拘束。

隔天吳冠禮則以學長的身分，帶著喬秀蘭去學校報到，省下她不少工夫。

吳媽媽和吳亞萍都盛情邀請喬秀蘭在他們家住下，畢竟省城大學的宿舍雖然條件還算不錯，卻是六人住一間，喬秀蘭初來乍到，她們都怕她會不習慣。

但喬秀蘭還是婉拒了她們的美意，一來是她不好意思麻煩吳家太多，二來是往後自家男人不時要過來，到時候可能會有些尷尬。

吳亞萍和吳媽媽看她堅持，也沒再說什麼，只是親自把喬秀蘭送到宿舍，還幫著她一起鋪床、擦桌子。吳媽媽更是分了一些水果給她的室友，讓她們以後多多關照喬秀蘭。

宿舍裡六個人，四個都是本地的高考生，只有一個是和喬秀蘭一樣從農村考過來的。好在大家都十分熱情，年輕女孩間又有聊不完的話題，很快地大家就熟絡起來。

省城的大學生活如同喬秀蘭想像中一般，美好而充實。

這年頭大學生十分金貴，學習資源更是寶貴，因此但凡憑自己實力考上的大學生，絕大部分都是來認真學習的。不過也有不少被推薦進大學的工農子弟兵大學生，學習態度不佳，上課時睡覺那都是常事。像喬秀蘭同宿舍那個同樣從農村來的女孩子，家裡已經有了丈夫和孩子，每天上課不是嗑瓜子，就是打毛衣。

短暫的新鮮感過後，喬秀蘭已全心全意地投入學習中，每天不光上課認真聽講，放學也經常泡在圖書館裡。不到一個星期，圖書館的管理員都認識她了。

喬秀蘭確實熱愛學習，但另一方面也是因為她這輩子從來沒和家人分隔兩地過，猛地一個人獨自來到省城，只要閒下來，她總是掛心著家人。於是她乾脆什麼都不想，一想家就看書去。

趙長青本是說好開學後的第一個週末就去看喬秀蘭的，但後來出了點事，他打了電話到大學宿舍，和她說要再過一陣子才能去看她。

喬秀蘭知道這個消息後，心裡不免有些失落。

幸好她很快就在吳冠禮的介紹下，認識了好幾個有真才實學、志同道合的朋友。大家每天在一起學習，一起討論各種不懂的問題，課外時間倒是越發充實。

就這麼過了半個月，終於等到趙長青要來看她的日子了。

週六這天，喬秀蘭一大早就爬起來梳頭。之前剛來大學報到的時候，她和室友一起去逛街，買了一個淡藍色髮夾，一直沒捨得戴。這會兒她梳好齊肩長髮，將髮夾別在耳後，雖然只是一點小小的裝飾，卻讓她整個人看起來更加青春洋溢。

室友們早就知道喬秀蘭已經結婚，這天她老公要來，她們各自打趣她兩句，這才讓她出門。

喬秀蘭剛出宿舍沒多久，迎面就看到一個戴眼鏡的平頭男孩。

這個男孩名叫鄭𬉼，長得斯文白淨，戴著一副黑框眼鏡，書卷氣很重，看起來還不到二十歲的模樣。他比喬秀蘭高一屆，和吳冠禮是同班同學，兩人之前是在吳冠禮的介紹下認識的，又因為鄭𬉼也是圖書館的常客，所以他們經常會遇到，也算是說得上話。

「喬同學！」鄭𬉼一看到她，就笑著揮手打招呼。

喬秀蘭回以微笑。

「喬同學週末也去圖書館嗎？這麼勤奮的大一新生可真少見。」鄭𬉼看她和自己行走的方向一致，以為她也要去圖書館。

想到馬上就能見到趙長青，喬秀蘭唇邊漾起一絲溫柔的笑意，回道：「不是，今天家裡來人了，我要去車站接人。」

喬秀蘭長相漂亮那是有目共睹的，不過她話不多，總給人一種不符合年紀的成熟感。今天她難得笑得這樣燦爛，鄭𬉼一時之間看呆了，等他回過神來，連耳根子都紅透了。

喬秀蘭一心想著趙長青，倒是沒發現他的失態。

「喬同學現在學習有沒有覺得吃力的地方？我……我大一時候的學習筆記還在呢，妳需要的話，我可以借給妳。」鄭燁連忙轉移話題。

聽見這話，喬秀蘭心動了。鄭燁是學霸，高中畢業後正好趕上恢復高考，頭一次就以年級第一的成績考上省城大學，他的筆記當然是有錢都買不到的好東西。

她現在雖然學習得十分認真，但她自己知道，她是因為復習的時間長，才能考上這裡，和那些有天賦的學生還是有差距的。她可不僅想當個能及格的學生，而是想拿獎學金的。

只是她和鄭燁說不上有什麼交情，平白無故拿人家筆記，就等於欠了人情，所以她沒有立刻答應，只是猶豫地問：「這樣會不會不大好啊？我沒有什麼可以和你分享的資料，要是單方面收了你的好處，對你也不公平。」

鄭燁有些害羞地偏了偏頭，說：「我又不是想要妳的回報，才說要借妳筆記。若妳能用得上的話，我……」

兩人正說著話，忽然聽見一道洪亮的叫聲。「秀蘭！」

這聲音真是再熟悉不過了，喬秀蘭驚喜地轉過頭，就看到穿著一件淺綠色立領短衫的趙長青。他背靠著路邊的一棵大樹，單手插在褲兜裡，也不知道在那裡等多久了。

「你怎麼自己過來了？」喬秀蘭驚喜地跑上前，攬住他一條胳膊。

趙長青笑道：「我昨天晚上就來了，在你們學校附近找了個招待所過夜的。」

喬秀蘭抿嘴直笑。「昨晚通電話的時候，你也不和我說，你這人真是……」

鄭燁站在一邊，臉上露出尷尬的神色。「喬同學，這位是……」

不等喬秀蘭回答，趙長青就朝鄭燁伸出手。「趙長青，你喬同學的丈夫。」

鄭燁僵硬地和他握了握手，笑得比哭還難看。「我倒是不知道喬同學已經結婚了。」

趙長青挑了挑眉，痞痞地對喬秀蘭說：「怎麼，妳沒和妳同學說過妳已經結婚了？」

喬秀蘭嗔怪地努努嘴。「我總不能逢人就說吧？不過我們宿舍的同學都知道的。」言下之意就是和她走得近的人才知道，眼前的鄭燁和她又不熟，不知道也很正常。

趙長青笑著揉了揉她的髮頂。夫妻倆雖沒說什麼親密的話，舉手投足之間卻盡是甜蜜。

鄭燁臉頰通紅，再也待不下去了，打過招呼後就腳步匆匆地往圖書館而去。

鄭燁一走，趙長青臉上的笑淡去不少，望著鄭燁背影的眼神，瞬間冷下幾分。

「好啦，你是來看我，還是來看我同學的？走吧，我帶你去吃早飯。」喬秀蘭溫聲細語地撒著嬌，親熱地拉著趙長青往校門口的早餐店走去。

吃過早飯，趙長青臉上的笑還是很淡，喬秀蘭撐著下巴看他。「怎麼了？你不高興？」

趙長青搖搖頭，說：「沒事，只是晚上連夜搭車，又起了個大早，累得很。」

喬秀蘭理解地點點頭。這時候日頭已經升高，天熱了起來，這個時代也沒有什麼消遣的地方，喬秀蘭就跟著趙長青回到招待所。

一進屋，趙長青就用力地把喬秀蘭抱住。

兩人分別了半個月，喬秀蘭當然明白他的用意，便順從地任他解開自己的襯衣……

一陣鬧騰過後，喬秀蘭雙頰泛紅地靠在趙長青的胸口上，累得直喘氣。緩過來以後，她伸手捶向他的胸膛。「光天化日的，你是要把我往死裡折騰嗎？」

趙長青笑了笑，饜足地呼出一口氣說：「我這不是太想妳了嘛。」

喬秀蘭啐了他一口，問他道：「那你還耽擱這麼久才過來看我？」

「有點急事，實在無法脫身。妳還記得周瑞吧？他前幾天又和我聯絡上。」趙長青忽然嚴肅地說。

喬秀蘭自然記得這位黑市大老，她驚訝地問：「他不是帶著大娘在省城定居嗎？這是又打算幹從前的營生了？」

趙長青點點頭。「他本就是個閒不住的，眼下風頭已然過去，他不知道從哪裡知道我們搞起了魚塘，就想和我們一起幹。」

「周瑞為人小心謹慎，又懂得審時度勢，還有靠山在他身後……若他想來分一杯羹，對咱們只有好處。」喬秀蘭分析道。

「他的意思是縣城的市場畢竟太小，我們在省城搭的路子也不算寬，出貨有限。等他加入之後，就打算把主要市場放到省城這裡。」趙長青耐心地解釋道。

喬秀蘭聽完，認真地想了想，說：「他要是都想好了，那往後省城的出貨可以交給他，你們只管在鄉下搞養殖就行。」

「是呀。」趙長青頓了頓，又說：「往後妳二哥和黑豹管著魚塘就行，我則負責運輸。

周瑞說要去弄一輛小貨車，等我學會怎麼開以後，到時候來看妳就更方便了。」

喬秀蘭當然想更頻繁地和趙長青相聚，但又怕他累著，便說：「你們還是輪流送貨吧，你別累壞身子才是。」

趙長青卻只說：「我心裡有數。」

他心裡暗暗想起之前黑豹同他說笑，說他們幾個都是大老粗、鄉下人，連字都不認識幾個，而喬秀蘭又是出了名的美人，這一去大學，遍地都是斯文俊秀的大學生，怕是轉頭就要被人挖牆腳。他當時還信誓旦旦地說絕對不會，自己卻有些心虛，因為沒人能比他更知道喬秀蘭的好，她不論走到哪裡，都將成為最引人注目的那一顆明珠。

今天他特地提早來到大學，沒想到一來就看到一個斯文男孩正和自家媳婦搭話。他的傻媳婦或許沒注意到，他卻把那男孩看喬秀蘭的眼神看得一清二楚。

他這才下定決心，要把運輸的活兒給攬下來，好不容易娶到這麼個好媳婦，他才不會讓別的小子有可乘之機！

兩人在招待所廝混了一整天，隔天趙長青主動提起，說要請喬秀蘭的室友吃飯。

喬秀蘭的室友早就對她的丈夫充滿好奇，一聽說她老公要請吃飯，小姑娘們立刻集合下樓。她們本以為趙長青是從鄉下來的，大概只會請她們去食堂吃飯，沒想到下樓後喬秀蘭卻和她們說要去國營飯店。

小姑娘們心地好，直說太破費了，在食堂裡隨便吃一些就行。

喬秀蘭讓她們別客氣，還說趙長青已經先過去找位子了。

正值週末，來看望子女的家長很多，所以國營飯店的生意十分火爆，人滿為患。幸虧趙長青去得早，搶到了一張能坐六個人的大桌子。

一看到喬秀蘭她們走進來，趙長青馬上站起身來迎接她們。

趙長青穿著一件普通的淺色上衣，下面是一條略微修身的牛仔褲，雖然不是什麼標新立異的穿著，卻顯得足夠時尚，一點兒也不老土。尤其他身材極好，寬肩、窄腰、大長腿，又因為他的年紀比學生稍微大一些，身上有一股難以言喻的男人味，光是往那兒一站，就吸引了不少人的目光。

室友們吃驚不已，本來她們背地裡還在替喬秀蘭可惜，心想她長得那麼漂亮，又是個大學生，找個城裡人結婚絕對綽綽有餘；然而她卻嫁給鄉下種田的，真是一朵鮮花插在牛糞上……萬萬沒想到，喬秀蘭的丈夫居然這般出色，簡直把學校裡的毛頭小子們都比了下去。

在室友們詫異的目光下，趙長青替喬秀蘭拉開椅子，又用一口十分流利的普通話邀請她們坐下。等室友們一一落坐後，趙長青又遞上菜單，讓她們點菜。

室友們雖然有四個是城裡人，但她們也不常來國營飯店，畢竟這裡的消費太高。因此五個人稍微商量一下，就隨便點了兩道素菜。

菜單最後傳到喬秀蘭手裡，她可不和趙長青客氣，吃了半個月食堂的大鍋菜，她早就吃膩了。於是她又加點了回鍋肉、燉排骨和烤魚，要不是知道室友們胃口都小，她怕是還要多點幾道硬菜。

點完菜以後，大家這才說起話來。

服務生送上茶壺和杯子，趙長青先用熱茶燙過杯子，而後才倒起茶來。他先是遞了一杯茶給喬秀蘭，而後才讓她遞茶給其他人，言行舉止有著恰到好處的禮貌，卻又不會顯得過於殷勤，讓室友們心裡都十分受用。

當趙長青問起喬秀蘭這段時間有沒有給大家添麻煩的時候，室友們紛紛搶著把喬秀蘭這段時間的行程交代得一清二楚。

趙長青聽說喬秀蘭這段時間除了上課，就是泡圖書館，頂多偶爾參加一下吳冠禮組織的學習小組，他的一顆心瞬間放下來。

喬秀蘭也不是傻的，這時候還有什麼不明白？昨兒個問他，他還嘴硬說沒有不高興，今天可不就是來刺探軍情的嗎？都二十好幾的人了，居然還這麼口不對心，真是個幼稚鬼！她心裡感到既好笑又甜蜜。

一頓飯下來，室友們和趙長青也混熟了，有膽子大一些的，便開始和趙長青打聽他是怎麼把喬秀蘭這朵嬌花給拐回家的。

趙長青笑著說：「誰拐誰還不一定呢……」說完，他故意看了喬秀蘭一眼。

室友們紛紛詫異地看向喬秀蘭，喬秀蘭則臉頰泛紅，伸手在桌底下狠狠地掐了趙長青的大腿一下。

趙長青笑呵呵地用大手裹住她柔嫩的小手，這才同室友們說：「好了，不跟妳們開玩笑了。我家秀蘭長得這麼漂亮，性格又好，在我們農村裡不知道有多少人覬覦她呢，當然是我拚了命地追求她。那時候我死皮賴臉地纏著她，她好不容易才答應跟我在一起……」

聽他一本正經地說著顛倒話，喬秀蘭忍不住直笑。

吃完飯後，室友們都很識相地回了宿舍，讓他們小倆口獨處。

一個週末的時間眨眼而過，喬秀蘭還沒膩歪夠呢，趙長青就又要坐車回去了。

臨別之際，趙長青用力地抱了抱她，在她耳邊叮嚀。「妳回去也別光顧著看書，要多注意身體，不過上學半年，妳看起來就瘦了不少，可別把自己累壞了……還有那個什麼鄭燁的，我看著可不像好人……」

喬秀蘭笑著捏了捏他的後背。「八竿子都打不著的人，你還真吃味了？好啦，這次回去我就在自己臉上寫上『已婚』兩個字，那些男同學肯定在三里外看到我就跑。」

趙長青眼中含笑，他鬆開她，飛快地低頭在她的唇畔親了一下，柔情且認真地說：「秀蘭，妳別笑我，我只是太在乎妳了。」

喬秀蘭神情甜蜜地點點頭。「我知道的。」

火車準點進站，兩人就算再捨不得對方，終究得分開了。

自從那天鄭燁見過趙長青，趙長青又請了室友們吃飯之後，喬秀蘭有個又高又帥又有錢的丈夫這件事，已經傳遍省城大學。

在那之後，再也沒有其他男生敢主動接近喬秀蘭了，甚至等喬秀蘭升到大二，剛進學校不懂事的學弟和人打聽她，學長、學姊們都會語重心長地告誡道：「別想了，她可是我們的校花級人物，可惜的是人還沒進大學就已經結婚。而且就算人家單身，還能輪得到你們這些毛頭小子？」學弟們這才失望而歸。

當然，這些事情喬秀蘭是不清楚的，她整副心思都撲在學習上。

就在她剛升上大三這一年，趙長青兌現了他的承諾，帶著小石頭搬到省城。喬秀蘭也搬出宿舍，一家人住進了周瑞幫忙找好的筒子樓裡。

小石頭已經快十歲，早些年看著瘦弱，如今卻是一年賽一年地長個子，這會兒身高比一般孩童修長。不變的是他仍然把喬秀蘭當作自己的親娘，私下裡依舊黏著她，經常惹得趙長青吃醋，覺得他同自己搶媳婦。

三人相聚之後，他們的小日子過得更加美好。

就在這一年的下半年，喬秀蘭忽然在期末考試的考場上暈倒。還好她當時剛交了卷，監考老師就站在一旁，眼疾手快地扶住她，才沒讓她摔到地上去。

當時是學校放寒假前的最後一天，校醫正好不在，老師們就直接把她送到醫院。

等喬秀蘭再醒過來的時候，她已經躺在病房裡，病床前站著臉色不大好看的趙長青。

「我這是……」她想要坐起身，趙長青立刻上前扶住她，在她身後墊了枕頭。

「妳在考場上暈倒了，幸好監考老師眼尖，把妳扶住，不然妳頭上就要磕出一個大包來了。」趙長青憂心地說。

喬秀蘭摸了摸自己的額頭。「你別嚇唬我。我可能是這幾天復習太晚了，沒睡飽。」說來也奇怪，最近不知道怎麼了，一個勁兒地犯睏，連連打瞌睡，身上總感覺綿軟無力。不過她這些年一直喝善水保養身體，也不怕身體出毛病，所以才一直沒理會。

「妳啊……」趙長青皺起眉，心裡又是好氣、又是好笑。「都要當媽的人了，怎麼還這麼魯莽？」

「我都已經當了小石頭好幾年的媽了……等等！你是說我……」喬秀蘭頓時會意過來。

「我的傻媳婦，妳懷孕了！」趙長青低下身子，抓著她的手微微顫抖，激動的情緒不言而喻。「妳懷了我們的孩子！」

喬秀蘭愣了半晌，才不敢置信地伸出右手，小心翼翼地撫摸著自己的小腹——這裡居然有了她和趙長青的骨肉！天知道她上輩子流掉孩子，得知自己再也不能生育之後，承受多大的痛苦，沒想到這輩子，她居然這麼快就……

眼淚瞬間從喬秀蘭的眼眶中落下，趙長青伸手拭去她的淚水，溫熱的指腹在她的眼角摩挲。「傻媳婦，哭什麼？這可是好事。」

喬秀蘭甩了甩頭，不再去想曾經痛苦的回憶，她把頭埋進趙長青的懷抱裡。「沒事，我就是太開心了。長青哥，我慶幸自己嫁給了你，也慶幸自己能當小石頭的媽媽，更讓我高興的是，我們從一家三口變成了一家四口。」

趙長青輕笑出聲，耐心地叮囑她。「往後妳可得多注意身子，不能再熬夜看書了。妳都不知道，我剛到醫院的時候，心裡有多緊張……」

「好，我答應你。我們會在一起一輩子的，是不是？」喬秀蘭深情款款地看著他。

「是。」趙長青認真地回道：「一輩子，少一天都不行。」

來年年底，喬秀蘭生了一個大胖閨女，夫妻兩人幫閨女取名為趙新玉，小名就叫小玉兒。

這時候小石頭已經是小學四年級的大孩子了，喬秀蘭還擔心他會不喜歡妹妹，沒想到這小子卻成了家裡最寶貝小玉兒的人。

每天一醒來，小石頭就要先去看看妹妹，再親親妹妹的小臉，和妹妹說上幾句話，然後才去上學。放學回到家裡，他也是先去瞧妹妹，寫完作業更是不出去玩了，就待在家裡守著妹妹。

後來小玉兒會說話了，第一個喊的居然是「哥哥」，把小石頭樂得當天晚上睡覺的時候都笑出了聲。

看他們兄妹間的感情這般要好，喬秀蘭和趙長青總算放下心來。

這時候喬秀蘭已經大學畢業，雖然大四那年她正好生產，得坐月子，但她前面三年一直十分刻苦用功，所以課業並未落後。只是她身邊有個離不開身的奶娃娃，畢業以後要找工作就不大方便了。

趙長青對她心存愧疚，畢竟他知道喬秀蘭有多重視大學生活，兩人本來的計劃是等她畢業之後，工作穩定了，然後再要孩子的。都怪他那時候覺得喬秀蘭早早地便開始復習，冷落了他，半夜裡找她胡鬧，這才陰差陽錯有了小玉兒……

兩人後來開誠布公地談了一次，喬秀蘭知道他有這樣的想法時，忍不住笑起來，說：「我想讀大學本是為了一償夙願，可直到現在我才發現，原來比起現在這種幸福的日子，其他我所追求的就都不那麼重要了。」

這輩子她的家人平安喜樂，她的丈夫是值得託付的心愛之人，如今她更是兒女雙全、闔家幸福。

那些曾經的傷痛、曾經的不甘，終於悉數消弭了。

兩人相視一笑，脈脈溫情盡在不言中。

——全書完

2019年3月出版

嫡女大業

文創風 730～733

就連元瑾自己也不明白，她嫁給朱槙是為了大計，還是有什麼連她自己也釐不清的東西？

年年歲歲花相似，歲歲年年人不同／千江水

丹陽縣主蕭元瑾，聰慧貌美，拜倒在她石榴裙下的男子不計其數，
可與她定親的魏永侯世子卻説另有所屬，讓她成為京城的笑柄。
倒楣的還不只如此，朝堂風雲變幻，她成了犧牲品，
如今重生為薛家四娘子元瑾，卻連當初毒殺她的人是誰都不知道！
她記得她是在那從小被她帶大的三皇子離開後昏睡過去，
接著吃了一碗湯圓後就死了，難道下毒手的是如親人般的三皇子？
可三皇子如今已入主東宮，她只是普通官家的庶房小嫡女，如何查明真相？
豈料這時天降大禮——定國公無後，要選繼位世子，竟也有薛家的一份！
她立刻就想到明明是天才、卻被錯當傻子的庶弟薛聞玉，
如果能讓聞玉順利入選，成為未來的定國公，是否就能離真相更近一步？

文創風
735

霸妻追夫 下

國家圖書館出版品預行編目資料

霸妻追夫 / 踏枝著. --
初版. -- 臺北市 : 狗屋, 2019.04
冊 ; 公分. --（文創風）
ISBN 978-986-328-989-0（下冊：平裝）. --

857.7 108002545

著作者	踏枝
編輯	江馥君
校對	黃薇霓　周貝桂
發行所	狗屋出版社有限公司
地址	台北市104中山區龍江路71巷15號1樓
電話	02-2776-5889～0
發行字號	局版台業字845號
法律顧問	蕭雄淋律師
總經銷	知遠文化事業有限公司
電話	02-2664-8800
初版	2019年4月
國際書碼	ISBN-13　978-986-328-989-0

本著作物由北京晉江原創網絡科技有限公司授權出版

定價250元
狗屋劃撥帳號：19001626
網址：love.doghouse.com.tw　E-mail：love@doghouse.com.tw